Libertés d'avant l'an 2000

Roman

Pour cette version collector, je vous offre quelques photos d'un retour en 2013 sur ces lieux de mon enfant, théâtre de ce roman...

Du même auteur*

Certaines œuvres sont connues sous différents titres.

Romans

La Faute à Souchon (Le roman du show-biz et de la sagesse)
Quand les familles sans toit sont entrées dans les maisons
fermées
Quand les familles sans toit sont entrées dans les maisons
fermées
Viré, viré, viré, même viré du Rmi !
Ils ne sont pas intervenus (Peut-être un roman
autobiographique)

Théâtre

Neuf femmes et la star
Les secrets de maître Pierre, notaire de campagne
Ça magouille aux assurances
Chanteur, écrivain : même cirque
Deux sœurs et un contrôle fiscal
Amour, sud et chansons
Pourquoi est-il venu :
Aventures d'écrivains régionaux
Avant les élections présidentielles
Scènes de campagne, scènes du Quercy
Blaise Pascal serait webmaster
Trois femmes et un Amour
J'avais 25 ans
« Révélations » sur « les apparitions d'Astaffort » Brel / Cabrel

Théâtre pour troupes d'enfants

La fille aux 200 doudous
Les filles en profitent
Révélations sur la disparition du père Noël
Le lion l'autruche et le renard,
Mertilou prépare l'été
Nous n'irons plus au restaurant

* extrait du catalogue, voir page 269

4

Stéphane Ternoise

Libertés d'avant l'an 2000

12 septembre 2013

Jean-Luc PETIT Editeur / livrepapier.com

Stéphane Ternoise

Libertés d'avant l'an 2000

Roman

Aucun texte n'est définitif tant que l'auteur est vivant : *Liberté, j'ignorais tant de Toi* 1998 est devenu en 2011 un nouveau roman, *Libertés d'avant l'an 2000*.

Liberté, j'ignorais tant de Toi fut publié en livre papier, en janvier 1998 (ISBN 2-9506158-3-X)

En 1998, j'ai publié un premier roman intitulé *Liberté, j'ignorais tant de Toi*. Je l'ai repris en 2011. Peu de modifications, finalement. Mais c'est, malgré tout, un autre livre.

J'aime cette idée de retravailler un roman. Aucun texte n'est définitif tant que l'auteur est vivant.

Naturellement, ces différentes versions pourraient susciter des études... si l'une d'elles rencontrait un large lectorat...

Libertés d'avant l'an 2000 : une époque où seuls les installés pouvaient agir mais ne le souhaitaient pas, préféraient profiter des avantages en essayant de les transmettre à leurs enfants.

Génération dont la décennie cruciale, de vingt à trente ans, s'est déroulée bien autrement des vagues prédictions de l'instituteur du CM2 prétendant : "*vous êtes la génération de la paix, et vous connaîtrez le temps béni où tous les êtres humains seront heureux. Ne vous inquiétez jamais pour l'avenir.*"

Une jeunesse élevée au mythe d'une ère enchantée débarrassée de la barbarie par la morale et de la maladie par la médecine, catapultée dans la réalité des années 1990. Déjà une génération dupée.

9

Liberté, j'ignorais tant de Toi était ainsi présenté :

Liberté, j'ignorais tant de Toi, quatrième livre publié par Stéphane Ternoise, premier roman, roman de formation du héros, roman qui ne se contente pas de raconter une histoire, conscient de la grandeur de cet art vers lequel convergent tous les genres, conte, nouvelle, essai, poésie, théâtre...

Cadre dynamique, régulièrement accompagné, tout, apparemment, "pour être heureux." Pourtant, à vingt-cinq ans, retrouver Mathieu, l'ami d'adolescence, bouleverse cet équilibre, Jel croit encore pouvoir prendre ses rêves pour la réalité, il veut devenir riche, très riche, et rapidement. La vie des Hommes se joue souvent sur quelques décisions cruciales, après qui peut, qui sait encore s'arrêter, ne pas se laisser emporter par les vents ?...

La promotion sociale, le grand Amour, l'Amitié, la Littérature, l'argent, l'alcool, la flemmardise, la délinquance, le vedettariat, la tendresse des filles, le pouvoir, le paraître et la gloire, la paternité... Derrière chaque objectif l'envie d'exister, *être quelqu'un*, ne pas végéter dans la routine, atteindre **la Liberté**. Mais qu'est-ce que la Liberté ? Notre héros, avec régulièrement à la bouche ces trois syllabes, le sait-il lui-même ?

Qu'est devenue la génération glorifiée *morale* en 1986 ? Rattrapée engloutie par la sinistrose le sida la

11

télévision et la crise économique, se plaît-on à conclure facilement, cette génération aborde la trentaine, Stéphane Ternoise a trente ans, et une œuvre cohérente loin du monde de l'édition mondaine parisienne prend forme.

Libertés d'avant l'an 2000

Première Partie

I

L'euphorie de sentir proche l'instant idéal pour placer le speech mûrement élaboré et jugé génial, réveille chez Jel le sourire déclaré carnassier par ses collègues, quand gravir la hiérarchie le démangeait, il savoure d'avance le nécessaire "c'est d'accord" d'un Mathieu rallié à sa démesure, presque déraison, alors ils s'enlaceront et cette accolade scellera leurs retrouvailles, leur, son triomphe ; il jubile, certain de son fait, et cela vaut bien quelques risques, quelques arrangements avec la légalité : voici le temps de la Liberté.

- Comment peux-tu te satisfaire de cette petite vie galère, entre télévision, stress, horaires, embouteillages et traites à honorer ? A vingt ans on rêvait d'autre chose...

Bien sûr qu'à vingt ans les inséparables rêvaient. Du pays de cocagne ! Pourtant, BTS en poche, Jel signa chez *Gropassur*, la prospère compagnie d'assurance Arrageoise ; contrat à durée déterminée, huit mois, renouvelable pour une même période en cas d'entente, programme avant l'armée puis retour pour le vrai grand bail (plan de carrière déjà défini). Sa mère rayonnait : son fils avait *"une belle place"* ; une fiche de paye qui impressionna Mathieu au point de lui faire regretter son entêtement passé à préférer les bistrots aux cours. Néanmoins sa situation apparaissait correcte : commercial d'une chaîne d'approvisionnement asiatique, chargé de fourguer des nanars aux grandes surfaces ; pas une sinécure mais la possibilité d'obtenir un salaire décent en cas d'objectifs atteints. Malgré quelques conneries, *"de jeunesse"*, ils étaient "sauvés", sur le droit chemin.

A l'époque de cette théâtrale déclamation, pour justifier excuser ses *"saisons en enfer"*, ses années petit bureaucrate méticuleux, notre cher jeune homme accusait le conditionnement mercantile, cynique, frileux, décadent, les années Tapie. Fric et esbroufe triomphaient, éblouissaient, alléchaient, les *eighties* s'achevaient, exhibaient valeurs-pacotille et réussites rapides, les notables péroraient sur la conjoncture économique : c'était déjà la crise, conséquence regrettable, quoiqu'inévitable, de la mondialisation (des échanges), providentielle crise alibi. Ainsi les derniers arrivés, diplômés sans expérience, devaient réviser à la baisse leurs prétentions ou s'investir à fond. L'idéal conservateurs, une société figée, s'installait : les bons sujets révéraient les patrons, messies sans miracle des mégalopoles en mal d'emplois. Et le conformisme ambiant conseillait, naturellement pour le bien des néo-pions, de remiser au rayon distractions juvéniles les apparats d'un autre âge, cheveux longs et barbe gainsbardique. Il convenait d'intégrer les règles et impondérables, ce qui, finalement, présentait des avantages, prétendaient des quadras bedonnants et cravatés, vieux de la vieille *"désabusés"*, toujours partants, durant les pauses-café ou apéritifs du vendredi, pour ressasser gaiement leur fantaisiste mai soixante-huit, régulièrement catalogué leçon de l'histoire, mythe collectif dont le contrecoup gaulliste réussit à convaincre une génération, puis ses suivantes, que toute velléité révolutionnaire est inutile, à l'échec condamnée.

II

Leur amitié, évidemment, était vouée à s'étioler : le cercle d'accointances du cadre appelé à viser l'estampille "supérieur" et celui d'un simple V.R.P. privé de perspectives ne sauraient se concilier longuement. Chacun sa vie, chacun son chemin, résumaient, *par expérience*, *s*es collègues, volontiers condescendants envers *le petit dernier*. Logiquement, *plus tard*, ils auraient toujours été ravis de se revoir mais à intervalles régulièrement plus espacés puis sans le provoquer et en comblant l'amenuisement croissant des sujets de conversation par la nostalgie du bon vieux temps et les vannes avariées. Oiseaux de mauvais augure !

Ils se prétendaient pourtant inséparables, potes jusqu'au dernier whisky. Preuve supplémentaire, signe du destin, ils avaient signé leur contrat le même jour, puis traîné les troquets, entonnant *société tu m'auras pas* dès l'ivresse. Chaque soirée de leur première quinzaine dériva invariablement ainsi. Ils juraient de ne jamais changer, ne jamais se laisser récupérer, endoctriner, ni risible petit chef ni fayot frustré. Croix de bois, croix de fer, si j'embourgeoise j'vais en enfer. Mais le lundi suivant Jel découvrait la spécialité maison, servie par Thérèse, la directrice informatique : le savon ; menaçant d'abréger sa période d'essai elle exigeait *"des yeux dessillés et un cerveau opérationnel dès huit heures" ;* s'affirmant humaine et tolérante Sa Sainteté daignait accorder un sursis, tout en le prévenant du *"caractère potentiellement préjudiciable de certaines fréquentations."* Ce style l'impressionna ! Enfin quelqu'un qui s'exprime en bon français. Pas suffisant pour le convaincre, l'envie de claquer la porte montait, *elle se prend pour qui la bovine.*

- Je vous glisse amicalement cela pour votre bien, car je vous crois suffisamment intelligent pour le comprendre.

Son visage reflétait la sincérité, la gentillesse, l'écoute, le bien de l'humanité ; si c'était une femme elle me trouble. La crainte de ne pas retrouver ailleurs d'aussi avantageuses conditions financières, l'impression d'avoir réellement exagéré et la peur de devoir rentrer et annoncer ce drame achevaient de le calmer : terminées les virées en semaine.

- Non, j'suis pas un lâcheur, ça m'fatigue trop, et mon foie commence à me jouer des tours, et j'vais t'dire frère, j'ai réfléchi, ce job c'est ma chance. Ouais j'suis sérieux, j'ai compté, si j'dépense pas trop et que j'place le reste en bourse, si ça flambe comme maintenant, jackpot. J'bosse quelques années et ensuite j'peux vivre de mes rentes. J'ai trouvé le bon filon ! Génial mon plan ! Tu sais on changera pas le système alors mieux vaut en profiter. Même Renaud s'est rangé, alors. Mais on change pas, nous sommes les extraterrestres d'une planète poubelle, on fait juste semblant, pour l'oseille. C'est le grand secret frère : faire semblant pour niquer ceux qui veulent nous baiser.

Et la sacro-sainte réunion informelle du lundi matin, occasion à remarques, l'assagissait encore un peu plus : dimanche rimerait dès lors avec repos, décompression, batteries à recharger.

Et sa paye rapidement lui sembla dérisoire, celle de Thérèse, même s'il ne la connaissait pas exactement, lui donnait l'eau à la bouche. Et comme pour être augmenté un travail correct ne suffit pas, il s'investit à fond (et fayota).

Moins vivace, sur la pente descendante ?, leur complicité s'interrompait plus rapidement que "prévu", n'apparaissait plus suffisamment importante pour hypothéquer ce qu'il pensa être l'amour de sa vie, l'incarnation de ses

espérances d'être enfin quelqu'un (si elle m'aime c'est que je suis quelqu'un de bien). Assise à l'indienne sur une baffle, congédiant d'un sourire divin les dragueurs, elle resplendissait, l'hypnotisait, son visage, ses yeux, sa silhouette, rappelaient tellement Isabelle, la vaporeuse sylphide rencontrée le samedi après la *trahison* de son premier amour, la déesse qui ne fut qu'un mirage, une série de slows collés, baisers goulus, découverte de l'utilité des banquettes d'une voiture, et l'aveu final :
- On ne se reverra pas, je suis en vacances au château d'Equirre, je repars demain chez moi, où m'attend le fils unique d'une très riche famille, pour moi et les miens c'est inespéré, ce soir j'enterrais ma vie de jeune fille, j'étais vraiment à toi, je t'ai donné ce qu'il n'a jamais eu, je ne t'oublierai jamais, c'est vrai, et un jour je l'empoisonnerai et quand tu ne penseras plus à moi, tel le phénix, je renaîtrai.
Elle s'était enfuie et ses jambes coupées n'ont pas repoussé suffisamment vite pour lui permettre de la rattraper.

Son imagination, déjà échauffée par quatre doubles cocktails, s'enflamma, en quête d'une phrase magique sésame du cœur forcément supérieur.
- Tu préfères danser un slow ou prendre un verre ?
Rien d'original n'avait jailli de cette cervelle en ébullition, néanmoins ce qu'il redoutait improbable arriva : elle se leva, le suivit au bar, et ce fut "*le rêve éveillé*"... et cette princesse, Michèle, méprisa Mathieu, "*ce loubard*", son "*indigence culturelle*", ses "*airs rustres*" et "*plaisanteries de soudard.*"

"*Tu ne voudrais quand même pas gâcher notre amour*" : du ton amadouant mais péremptoire d'une donzelle à qui l'on ne doit rien refuser sous prétexte qu'elle mélangera

19

régulièrement son corps au vôtre, elle entraînait son élégant galant dans une discothèque *"plus convenable"* et s'appropriait les plages vacantes de son emploi du temps.

Elle savait sa beauté, durant ses lumineuses années, suffisante pour façonner l'immature à la patine de culture qui l'attira, qu'elle s'appropriait, conquise par ses invitations au restaurant et d'innombrables cadeaux, officiellement sous le charme d'un *"humour fantastique"* et de *"poèmes Rimbaldiens."*

C'était l'éloignement, la rupture avec l'itinéraire en zigzagues à renier, la fin de l'errance dont Jel s'efforça méticuleusement d'abréger le récit par des pirouettes, quand elle désira la connaître, sournoise manière (curiosité ingénue puis poses en bigote effarouchée par ses *"bêtises"*) de le contraindre à une gymnastique de l'affabulation lui offrant matière à réécrire, à sa convenance, un passé désormais incompatible avec sa situation, la moralité, l'avenir, les officielles fiançailles célébrées au Grizaldy.

C'était la condamnation à mort, décrétée au nom d'un amour intolérant, d'un bon septennat d'Amitié : treize ans, la cinquième D du collège Marcel Dollet, le solitaire repéré par les bandes de "grands" qui exhibaient fièrement trois poils au menton derrière la grille grise, molestaient et délestaient de leur monnaie les mômes, se rapproche du plus baraqué de la classe. Certes, simple recherche de protection. Mais affinités. Puis les rêves, les espoirs, les secrets partagés. Et l'entrée en fratrie, le vœu de fidélité lors du mélange du sang après une petite entaille au poignet. La rencontre du malabar et de la svelte Patricia, un premier Amour qui durera, n'entravant nullement cette harmonie.

L'Education Nationale, en adjugeant la noble filière à un Jel incapable de formuler le moindre désir d'orientation, seconde à option technologique, antichambre de l'informatique (l'avenir selon le professeur principal et de mathématique), les envoyant en BEP, testait ces liens : déposés dans la même "grande ville", déjà théâtre des tentations, ils adoptaient leurs horaires afin d'effectuer ensemble les dix-sept kilomètres de train biquotidien et, malgré sa réprobation, Patricia accompagna leur dérive vers la petite délinquance, le vol dans les magasins puis des autoradios, palpitante pratique résolvant de prétendues carences en fric mais surtout façon de s'extraire du troupeau, frimer, "exister", inspirer le "respect." Ils exercèrent impunément presque trois ans. La chute fatale fut pourtant frôlée, lorsque, quittant une voiture vidée de son contenu monnayable, deux flics à rouflaquettes, visiblement (et à l'odeur) avinés, souriaient, le flingue sorti : dix minutes de suppliques d'abord bredouillées puis argumentées et Jel leur obtenait une "liberté conditionnelle." "*Espèces de fripouilles, vous avez du bol que nous sommes payés des clopinettes*" : que de fois ont-ils répété cet épilogue !

--> "*La chute fatale fut pourtant frôlée...*", ainsi s'exprima Jel quand il me raconta ces aventures. Qui sait si cette chute n'aurait pas été préférable ? J'aurais dû prendre des notes… Je ne m'en sortirai jamais !

Sommés d'acquitter rapidement cette "dette" ils passaient au stade supérieur : les appartements. Mais trois visites, pourtant sans problème, leur décrassaient les méninges, les décidaient à délaisser ce sport finalement peu rentable : à quoi bon multiplier les risques pour engraisser un receleur. Cruelle révélation et enseignement profitable : même dans la délinquance l'exploitation prévaut.

Durant ces entrefaites, Catherine, son premier Amour, le métamorphosait. "Craquante" aux yeux couleur noisette, au regard tendre et polisson, elle lui offre, sur le quai, où chaque soir elle le raccompagne, *une vie*, signé Guy de Maupassant, l'engage à le "*lire attentivement.*" Sans cette insistance, assimilé à un original cadeau décoratif, il serait atterri sur une étagère. Elle lui inocule le virus littéraire. Emporté par un élan alors incompréhensible, mystérieux, il découvre l'insoupçonné plaisir des mots, furetant dans le dictionnaire à la poursuite de sens, étymologies et trésors. Abrogeant le règne des idées reçues qui réduisaient la lecture à un pis-aller de grabataires, vieillards, malades et ménagères coquettes, il réalise la médiocrité du cul-de-sac où d'incultes parents l'avaient expédié. Selon eux, mais comment leur en vouloir, eux simples maillons d'une chaîne de paysans forgée depuis la nuit des temps et qu'ils croyaient encore éternelle, apprendre signifiait vénérer les professeurs, retenir *par cœur* des récitations puis des formules, ingurgiter d'indigestes "*connaissances utiles.*" Cette vision astreignante ne pouvait concevoir de "*perdre son temps avec des imaginations*", "*ces bouquins qui ne racontent que des imbécillités.*" Ainsi, dès le départ, l'école représenta une corvée, "*sacré Charlemagne, bourrer le crâne des gosses alors qu'ils seraient si utiles aux champs*", et il s'y ennuya, en timide sans éclat au relevé de notes regorgeant de "peut mieux faire", veillant seulement à dépasser légèrement la moyenne afin d'épargner chagrin et pleurs à sa mère.

Comme tout nouveau converti il dévora jusqu'à la boulimie. Enfin il accédait aux mots de ses colères et constatait que, contrairement aux sentences de professeurs surtout préoccupés par leur tranquillité et les dates des vacances, le dégoût de la société telle qu'elle les aspirait ne relevait ni de l'insignifiant cas isolé ni d'une sotte pulsion juvénile ; il entrouvrait la porte d'un monde parallèle, un

monde où des gens biens estiment le langage encore destiné à élever les âmes, titiller l'ordre établi, un monde fortement et forcément marginalisé. Zola, Flaubert, Baudelaire et bien sûr Arthur Rimbaud (mais aussi Léon Schwartzenberg, Alexandre Jardin, Bernard Tapie, Guy des Cars, Jean-Jacques Servan-Schreiber et le dictionnaire des citations célèbres, "*c'était plus facile à lire*") devinrent ses mentors en rébellion, insolence, romantisme, nonchalance, insouciance. Mathieu et Patricia raillaient cette "*lubie*" et le mettaient en garde. Ils craignaient que les livres l'ensorcellent et refusaient d'y toucher. Ils redoutaient l'habileté des beaux parleurs. Ils voulaient conserver *leurs idées*. Jel riait de cette frilosité, heureux, il se déclarait heureux, restait le plus longtemps possible loin de chez ses parents, voulait penser que la vie n'est pas forcément une accumulation de cris, pleurs, insultes, coups, assiettes brisées, literons de rouge renversés, sommeils entrecoupés de cauchemars où explosent les bouteilles de gaz, planent les serpes, vrombissent les tronçonneuses. Il entrevoyait une vraie vie, simple, même dans un appartement d'une pièce pour commencer, mais à deux, rien qu'à deux, amoureux, follement et pour toujours follement amoureux.
"*Malheureusement*", après six mois d'euphorie Catherine rêva d'un grand mariage, d'enfants. Pour dès la fin des études en plus ! Et vilipenda son opposition catégorique à toute descendance. Il ne se sentait pas la force d'avouer la vérité (nous avons souvent honte des choses qui nous furent imposées, contre lesquelles nous ne pouvions rien). Assimilant cette fuite à un manque de confiance, une insuffisance d'Amour, une inhumanité, elle suivit les conseils de papa maman et, comme aux siècles de l'assujettissement féminin, se fiança à un voisin.

Lors de terribles et inutiles colères il la voue aux gémonies, lui prédisant *"un avenir au corridor tout noir"*, en Emma Bovary condamnée à la désillusion, aux platitudes, à vieillir en versant des larmes sur le bonheur enfui. Mais elle jure préférer le droit chemin d'un forcené du boulot à l'aléatoire des coups foireux, au danger d'opinions l'affublant du sobriquet "anarchiste." Et remet la littérature à *sa* place : *"les futilités de l'adolescence."* Seule l'Amitié de Mathieu et Patricia adoucit le sombre trou sans fond de sa déprime. Ils comprenaient, accueillaient avec joie le cynisme du consommateur, cette période où, découvrant les possibilités sexuelles, l'inconsolable multiplia les expériences, rabaissant les filles, femelles dans la bouche du chasseur, à un simple corps à prendre, posséder.

Pourtant, un soir de pleine lune, dans sa minuscule chambre, lambeaux du volet remontés, fenêtre ouverte, allongé sur son lit une personne, bras croisés sous la nuque (attitude voulue poétique), sûrement choisi par la grâce, le frappa la stupidité de cette folle course à la vengeance derrière l'insaisissable fée ne le rêvant plus en prince charmant sur leur ronronnante Harley : décidé, je serai un jeune loup solitaire (métamorphose voulue poétique) ; il espérait puiser la force, les raisons d'oublier cette déconvenue chez les mythes présentés par l'encyclopédie des grands mouvements littéraires acquise le mois précédent. Don Juan, Werther, Faust et Alceste l'accompagnaient ainsi quelques mois, lui passaient le temps, quelques mois durant lesquels il n'acheva que le Misanthrope, l'envie d'aller faire un tour, écouter Trust Téléphone ou regarder la télévision le prenant toujours après quelques pages.

III

Les livres le maintenaient en mélancolie, lui évitaient la dépression, sa scolarité s'acheva en roue libre, en *"branleur doué"* aux facilités soudainement dévoilées : le matin des devoirs, consulter le cahier propre de Lydie, discrète condisciple effectuant en leur compagnie le trajet ferroviaire, suffisait pour obtenir une note honnête. Il en tirait une fierté illimitée, un sentiment de supériorité, et ne saisit que plus tard la logique de cette réussite : ses lectures, même superficielles, se révélaient plus profitables que n'aurait pu l'être, que ne l'était précédemment, une présence assidue mais distraite en classe ; les associations de parents d'élèves sages, la confédération des énarques et le ministre de la Normalisation Internationale décréteront alors absurde, dangereuse et anarchique cette révélation aussitôt traduite en conseil aux jeunes durant ses années médiatiques : *"vous pouvez sécher les cours... à condition de consacrer ce temps gagné aux arts majeurs."*
Cette passion le marginalisa : *"le français"* ne pouvait concerner un informaticien bon teint qui se doit de semer au minimum une faute par ligne, façon d'entériner la supériorité de sa haute technologie ésotérique sur les misérables mots du commun des mortels. Ce français, la remarque vaut aussi pour son pendant *"listoire"*, était inutile, dédain étayé par son insignifiant coefficient à l'examen ; les futurs cadres (tous escomptaient ce statut) pouvaient toiser sans crainte les professeurs en évoquant les salaires d'embauche au moins équivalents à celui de ces fonctionnaires malgré leur culture avec un grand Q, comme il convenait de s'exprimer dans le bâtiment central, réservé aux génies des ordinateurs, inauguré par le président de la République en personne ; fierté de

25

l'établissement. Et, naturellement, indifférent aux préoccupations des accros aux écrans placés à sa proximité, fatigué par leurs engouements et obsessions hardware / software, inconsolable du comportement de Catherine-*Célimène*, Jel s'identifia à la légendaire figure du Misanthrope, pensant, à son instar, réussir sa dérobade en s'exclamant :

Trahi de toutes parts, accablé d'injustices,
Je vais sortir d'un gouffre où triomphent les vices.
Et chercher sur terre un endroit écarté
Où d'être homme d'honneur on ait la liberté.

Les professeurs, d'abord choqués par ses "excentricités", se scandalisèrent puis l'ignorèrent, les réduisant au besoin d'un bon élève de se faire remarquer ; lorsqu'elles dépassaient des bornes dont chacun fixait la limite, la colère s'exprimait généralement par une phrase style : "*ici vous pouvez faire le mariole, on en a vu d'autres, et on n'en a plus pour longtemps à vous supporter mais vous avez intérêt à vous calmer quand vous travaillerez, sinon ce sera la porte.*"
Embauché, il suivit ce conseil. Et quelques semaines oscilla entre deux faces fondamentalement irréconciliables : au bureau, *le jeune cadre dynamique* s'adonne aux mœurs locales, fayotage, hypocrisie et apparente droiture ; les week-ends, *le mutant*, tendance délires liqueurs moqueur, là mais ailleurs. Embobiné par ses envolées systématiques, du genre, "*nous sommes seuls ici*", son esprit ne voyait plus qu'au travers d'un prisme : malgré les rythmes saccadés en guise de musique, malgré les gloussements d'un disc-jockey fils à papa-patron, malgré l'agitation, il ne dénombrait nul contemporain à

bord autres que Mathieu-*Philinte,* surtout pintes, Patricia-*Eliante* et quelques copains. Parfois, interpellant des ombres, "*crois-tu à la pureté ?*" ou "*je suis Dieu, sois mon apôtre*", sa charpente chaloupante fuyait au moindre mâchonnement.

Et cette Michèle, autoproclamée "*fille de ta vie*" glosait sur le romantisme, invoquait l'Amour éternel ; et il déifia ses platitudes, ses certitudes, ses principes ! Préservée pour "*l'homme de ma vie*" elle offrait sa virginité. Et le grand benêt s'enthousiasma, c'était l'âge ! disons plutôt, hypnotisé par sa beauté, le cœur en mal de sentiments partagés, de stabilité, de miroir, s'abandonna sous son ombrelle de petite Lorolei élevée aux contes de Perrault et surprotégée par une mère veuve trois mois avant sa naissance. Elle lui inculqua, comme à un enfant de quatre ans, sa vision du mari modèle, melting-pot composé par son oncle et les beaux cœurs de romans galants, l'encourageant à s'impliquer professionnellement toujours davantage, être affable avec tous, sourire régulièrement, flatter la directrice informatique, s'inquiéter de la rhino du dernier braillard dans la smala principale secrétaire du directeur, l'entraînant à poser le timbre de sa voix, soutenir une conversation sur la météo, n'affichant aucune mauvaise humeur quand, après leur mise en ménage, huit mois seulement après leur rencontre, il rentrait rarement à dix-sept heures en pleine forme mais couramment à vingt, crevé, ingurgitant, faute de forces, le breuvage cathodique et la délaissant. Il avait besoin d'un mentor en belle chair, quelqu'un qui le guide quotidiennement, ce cher jeune homme à la confiance en lui encore très limitée ! Tombé en quenouille.

Vingt et un ans : le cheveu régulièrement taillé, toujours rasé au plus près, courtisan des membres du comité de direction au départ nommé la confédération des vieux schnoques, et casé ! Le dessin de cette attentive compagne - une propriété à la campagne avec balançoires sur la pelouse, légumes dans le jardin et, traversant le verger, une petite rivière où se perdaient trois traits, des truites, et bien sûr, j'allais oublier ! puisqu'elle adorait cela, qu'il ne devait surtout jamais rester une semaine sans lui en offrir, des fleurs, des fleurs partout, même sur les ridicules poissons -, punaisé au seuil de leur "appartement de tourtereaux", le fidélisait chez "le banquier du groupe", intarissable sur les avantages du prêt longue durée. L'avenir familial déjà balisé aussi : son Deug d'Histoire obtenu elle entrerait à l'Ecole Normale et, lors d'un fastueux mariage, ils uniraient les Plans d'Epargne Logement. Ils se projetaient tendrement vingt-cinq ans plus tard, heureux propriétaires sans dette : elle institutrice, lui directeur informatique.

Mathieu et Patricia, dont le concubinage débutait à la même période, lui étaient radicalement sortis des méninges. Dans la classification sociale il pointait aux *adultes*, débarrassé des juvéniles vestiges. Ainsi ses nouvelles références, édulcorées au bienveillant filtre du penser correct afin de ne pas heurter les préjugés lors des discussions "à bâtons rompus" entre collègues, avaient réduit la révolte à une cruelle illusion incapable d'atteindre son lyrique objectif d'un monde meilleur. Changer le monde : un créneau de politicards vicelards ! et pour quoi en faire ? Ses arguments se prétendaient incontestables - ses arguments se sont longtemps prétendus incontestables, voilà au moins un point sur lequel nous pouvons parler de constance - : les lendemains de révolutions, d'euphorie, virent aux cauchemars, goulags, ghettos, ayatollahs et intolérance ; ni les mots ni les morts n'enjolivent la terre ;

les mots leurrent avant la mort. Il s'enorgueillissait d'une réflexion estampillée trouvaille digne d'édifier les troupeaux utopistes : "*la révolte est, au mieux, un sujet romanesque prompt à enivrer les naïves idéalistes âmes ou les adolescents attardés.*" Il assassinait d'un cinglant "*débile*" le graffiti, "*Ne travaillez jamais*", de Guy Debord, "*un excentrique.*" Même à la chute du Mur de Berlin, comme Sainte Thérèse et finalement l'ensemble du service il resterait sceptique, méfiant, cynique, pronostiquant le rapide désenchantement des insouciants, des bains de sang. Il avait changé, rayonnait en cadre à l'ego hypertrophié, la semaine partagée entre "*mon travail*" et "*ma femme.*" On soulignait sa pondération, sa maturité, "à son âge, c'est exceptionnel ; quel avenir !" Naturel mon cher Watson : la suite logique de la contestation, comme nous l'enseignent les soixante-huitards, mène, à condition de troquer le blouson noir contre le costume-cravate, aux rutilantes situations, résidence secondaire et chalet à la montagne. Perfection du système d'embrigadement : on met le masque de circonstance en se jurant qu'il n'est qu'une apparence mais rapidement on se retrouve avec le visage, et le cœur, de l'emploi ; on se moule dans la masse. Comme *les bourgeois* de Jacques Brel à vingt ans on veut tout casser, tout changer, on se prend pour Voltaire, Casanova ou soi, et on finit middle class aisée indigné par l'outrecuidance des jeunes peigne-culs. A vingt et un ans ils étaient déjà loin "mes vingt ans", l'hôtel des "Trois Faisans" le comblant au point de limiter ses lectures aux rubriques financières des journaux, ne plus ouvrir le moindre roman.

Oubliée aussi l'identification au héros de Germinal (développée à une Lydie secrètement amoureuse) : Etienne Lantier s'est découvert à la mine, s'est formé au contact d'hommes grossiers, c'est là [au bureau] mon initiation, et quand les blés germeront moi aussi je partirai. A Paris. J'entrerai par la grande porte dans le monde. Je serai l'homme libre par excellence de la fin du millénaire. Et qui sait, un jour peut-être, à l'Elysée.

Oublié novembre 1986, sa prétention à représenter le prototype de la moralité d'une génération proclamée exemplaire, lucide, allergique aux matraques et aux magouilles.

Oublié aussi le chevelu schlass du Café de la Poste, au temps du CGA, Catherine Grand Amour, dont un soir il avait retranscrit les réflexions à un autre disjoncté plus jeune, vingt-deux-vingt-trois contre la bonne trentaine, et cravaté :
- T'es naïf, c'est normal à ton âge, t'es dans le tourbillon. Adolescent on veut un monde sans pouvoir puis on grandit, on vieillit quoi, et on se contenterait que ce maudit pouvoir ne nous écrase pas, et finalement on est pris dans les rapports de force, le *tourbicons*, et alors soit on philosophe ou on se dit qu'il vaut mieux être écraseur qu'écrasé, et petit rouage bien propre sur soi, sur seulement, on participe activement à la pérennité du pouvoir au départ abhorré, abhorré comme on abhorre quand on prend conscience d'avoir été mené en radeau de la Méduse. C'est le cycle classique. La vraie liberté, c'est sortir de ce cycle.

--> Jel avait noté ces propos désabusés dans l'agenda *Gropassur* de l'année précédente.
Que sont devenus ces braves gens ? Sûrement éliminés.

IV

Phobie des piqûres, qui plus est dans le dos, dégoût du culte de l'uniforme entretenu par l'antienne populaire *on n'est pas un homme tant qu'on n'a pas fait l'armée* : la convocation au centre de sélection du service militaire le surprenait en pleine léthargie. Electrochoc. *Trop tard pour faire un enfant mon chaton.* Colère. Non ! Discipline, bières, brutalités, humiliations, crânes rasés, concours de pets, rots, lits au carré, bêtise des ratés gradés (son père et ses frères, avec leurs souvenirs du régiment, lui avaient, par ricochet, imprimé cette vision de la répugnante "vénérable institution") : l'idée de perdre un an le répugnait ; il était prêt à tout tenter pour leur échapper. Objecteur de conscience ? Perdre deux ans ! Il croyait ne pas perdre son temps dans un bureau enfumé...

Jean-François, son responsable, l'adjoint de la directrice informatique, attaché à son habitude de le soulager du volet technique des projets, ne jurant que par le piston, avait la « *solution parfaite* » : déposer un dossier en dispense "soutien de famille"... soutenu par le beau-frère de son oncle, député et ami du Ministre de la défense... médiatiquement *en guerre* contre les exemptions !...

Cette petite magouille ne nécessitait qu'un minime sacrifice pour Jel : un moi de salaire, en liquide naturellement, dans une enveloppe, « *tu sais bien, ça fait des frais... l'amitié, il faut l'entretenir...* »

La légèreté du couple dans l'ignorance des lois avait permis pareille démarche : afin que sa mère conserve intégralement ses aides (veuve avec enfants : six ans après Michèle la joyeuse eut des jumelles... père inconnu), sa chère compagne avait préféré retarder l'officialisation de leur concubinage et, craignant un contrôle, ils n'avaient

31

pas déclaré leur location d'appartement (à posteriori cela semble absurde : personne ne serait venu vérifier son célibat et, un an plus tard, un rappel de taxe d'habitation le démasquait). Administrativement il demeurait donc chez sa mère, l'unique revenu du foyer : dès le décès du mari, un mois avant les examens BTS de Jel, les banquiers, naguère prompts à ajouter des lignes de crédit au "brave homme", rappliquèrent, la contraignirent à vendre son cheptel de laitières ; de connivence les maquignons lui raflèrent l'ensemble à un prix dérisoire ; ruinée et sans ressources elle vivait de peu (prudente, viscérale paysanne, elle s'était constituée, par la vente de volailles et œufs au noir et à l'insu du monstre, un petit magot en liquide). Le bureau du service national, compréhensif, humain, aurait accordé... un report supplémentaire d'incorporation, le versement d'une maigre retraite devant la retirer de sa charge moins d'un an plus tard. *"Un coup de piston, et hop, t'es exempté p'tit."* Tomber à la merci de ces gens qui légifèrent et violent la loi l'angoissa, il craignait de devoir un jour renvoyer l'ascenseur, devoir frayer avec des politiques, les soutenir publiquement (il se faisait un film, les maîtres chanteurs en possession d'un document compromettant). Il refusa poliment. Il voulait autre chose.

Je est un autre : ce souvenir d'Arthur Rimbaud l'émerveilla. Convaincu, il exposa ce joyeux dessein au médecin de famille, réticent, forcément réticent, qui lui recommanda un psychiatre conciliant duquel il obtint aisément, plus aisément qu'espéré (il avait emporté dix mille francs en liquide, disposé à les abandonner sur la table si cela aidait), un accablant rapport de personnalité appelé, selon les lois Hernu qu'il avait lues, à demeurer secret. Deux semaines avant la date fatidique, posant en congés, Jel répétait son premier grand rôle, visionnant en boucle le *vol au-dessus d'un nid de coucou* de Milos Forman afin d'adopter bégaiement et troubles de Billy, et restreignant au maximum son alimentation : amaigri et vibrionnant, un matin de février, l'autre au corps aux normes de la déviance, sans sommeil depuis vingt heures, gavé d'amphétamines, yeux hagards, démarche chaloupante, pieds nus, chemise débraillée, jean crade, cheveux gras et barbe, se présenta aux examinateurs flairant une simulation et résolus à le piéger.

Le duel : une administration "castratrice d'identité" face à un "rêveur" (termes du "héros"). Enfin il m'appartient mon destin ; aucune tutelle ni restriction, enfin un instant sans inhibitrice, loin the mère (elle aurait préféré le piston mais le soutenait *"pour garder ta place"*) apeurée par le qu'en-dira-t-on, révérante devant les puissants, loin the mimiche (elle aurait préféré le piston mais le soutenait : *"sinon nous ne pourrons pas garder l'appartement"*) et ses bonnes manières.

De brefs tremblements : ils s'interrogent sur sa prétention bredouillée de ne pas toucher à la drogue. Même le cannabis ! Il ne leur joue pas la totale et réussit partiellement les tests, passant même ceux de l'école des officiers ! Donc ils entrent dans son jeu et la liberté se gagnera chez le psy : il faudra rendre plausible un poste à responsabilités et cette *déchéance*.

- C'est quand la princesse m'a quitté que tout a foiré.
- La princesse ?
- Mon soleil, ma meuf, ma copine si vous préférez.
- Il faut se reprendre, la vie ne va pas s'arrêter pour une femme.
-

- Vous en trouverez une autre. Un peu de nerf !
-
- Votre avenir, vous le voyez comment ?
- La troisième sera peut-être la bonne.

Les bons samaritains préconisaient la bonne vieille méthode de la vessie ruisselante souillant les draps... La tentative de suicide, sujet tabou, exigeant plus d'aplomb, s'avère infaillible ! Statutairement tenu d'éviter le moindre risque, malgré son scepticisme, l'officier orienteur l'incorpora au stock des exemptions sociales, populairement appelées P4.

Dernier piège ? A la gare, un jeune coupe souris verte, s'approche :
- Bravo mec, bien joué.
Regard de déterré.
- Allez, tu peux le dire maintenant, tu les as bien baisés.
Re-regard de Lazare. Il lui tape sur l'épaule. Jel se recroqueville tel Billy face à la surveillante le menaçant de rapporter à sa mère son égarement. Le supposé sycophante, en hommage à Jean de La Fontaine, s'éloigne. L'armée ne pouvant accueillir l'intégralité des classes d'âge, les plus audacieux se sont toujours faufilés entre les mailles de la conscription. Ah ! quel palpitant et sain défi ! Un lien invisible entre les rétifs, souvent longs tifs. Des histoires à se raconter. Des histoires à ne surtout pas oublier. A publier ! Simuler, un acte répréhensible ? Sollers a pourtant simulé la schizophrénie en mille neuf cent soixante-deux pour ne pas être expédié en Algérie. Et qui ose critiquer le Joyaux Bordelais ?

V

Titularisé et augmenté au retour de cette escapade (il affirma avoir été exempté comme soutien de famille, la vérité étant choquante, source plausible d'ennuis, railleries, entrave à la progression hiérarchique et financière programmée), son avenir s'enferrait inexorablement : cadre, fiancé à une *"femme fascinante"*, éloigné des *"mauvaises fréquentations"*, *"le bon créneau et le bon parti."* Heureusement, profitant de leurs vacances à Antibes, dans une villa louée "à prix d'ami" (et en liquide naturellement) par un "cadre encadrant", Saddam Hussein et sa horde sauvage ont envahi le Koweït ! Et l'ambitieux a tout perdu ! Alléché par les gains faciles et rapides présentés sur les exponentielles courbes des magazines, encouragé par quelques succès, suivant les incitations des intermédiaires qui s'engraissent sur les commissions et se contentent d'une couverture limitée à 10% de la somme investie, Jel usait au maximum des possibilités du règlement mensuel de la place parisienne et achetait, chaque début de mois, des actions à crédit, misant sur une hausse pour encaisser les substantiels bénéfices d'une revente à un cours plus élevé trois ou quatre semaines plus tard : ne pouvant honorer ses engagements il dut vendre, engloutir d'un seul plongeon ses économies, même son Plan d'Epargne Logement, et seul un prêt, contracté dans l'urgence à un taux exorbitant, combla le gouffre du krach ! Plumé ! Ruiné ! La Michèle simili-intellectuelle ne l'a pas supporté. Impensable de galérer avec un loser, endetté : elle appela l'énarque connu à la faculté où chaque mardi il dispensait trois heures de cours magistraux ; aux anges (il multipliait depuis des mois les avances) il s'empressait de la déménager chez sa mère, l'inviter au restaurant.

Larmes, déprime. Et isolement : mademoiselle et son aversion des *"ploucs"* ayant rebuté un à un ses potes, personne ne se précipitait pour le prendre par les épaules, l'exhorter à une fiévreuse errance vulnéraire, alcool, décibels, sexe et cætera. Et la proximité du choc lui masquait sa chance : ce départ aura été la plus profitable tuile tombée sur cette petite tête ! Car pour elle, l'argent de son confort, son paraître, ses belles tenues, il aurait accepté les contraintes professionnelles jusqu'à la retraite. De plus, "incarnation de la beauté terrestre", "créature de rêve" - expressions couramment employées à son égard -, sa fascination virait à la jalousie. Parfois à en crever, jusqu'à lui imaginer aventures voluptueuses et pires méfaits. Cette situation ne pouvait qu'empirer : son aura la prédisposait à subir l'assaut continu des hommes, les collectionneurs, les profs pervers évidemment, mais aussi les timides, solitaires, qui l'idéaliseraient et consacreraient leur inexistence à la séduire, accentueraient son enfer. Inconsciemment il la sentait incapable d'une fidélité absolue : elle n'aimait pas suffisamment sa vie, manquait de la maturité indispensable pour ne pas, parfois, céder, devenir, comme Mathieu le prétendra des années plus tard, une pute de luxe. L'éternelle supputation sur la nature des actes reste permise : cause ou conséquence ? ; est-elle devenue ainsi après leur échec ou l'était-elle viscéralement ?

Jel ne pouvait raisonnablement pas comprendre l'implacable logique de cette rupture - dans le monde de la vitesse, quand il s'agit de notre propre cas, on comprend généralement trop tard - aiguillé par un subconscient persuadé qu'elle n'était qu'un succédané et qu'on ne fait pas sa vie sur un "faute de mieux" - on ne fait pas sa vie sur un "faute de mieux" *à vingt ans* - il l'avait désirée, la précipitant par insuffisance d'attention, excès de colères et remarques désobligeantes.

Signe de cette dérive, dès leurs premières disputes, au sujet de broutilles bien sûr (une émission télé, l'heure du repas, une parole, un verre cassé, un chanteur, un regard...), soit seulement après une idyllique période d'environ trois mois - le survol en apesanteur de la réalité (cet aveuglement classique à la découverte de la vie conjugale) - un rêve s'installa dans ses nuits, le réveillant toujours vers quatre heures du matin :

Aux pas cadencés du rythme d'*Another Brick in the wall*, défilent en silence des filles nues, le visage paisible, sur trois tapis rouges suspendus à une dizaine de mètres du sol et les emmenant au-dessus d'une immense cuve blanche où elles tombent ; c'est un sacrifice : les corps sont broyés (nul cri ne perturbe la sereine ambiance Pink Floyd), le sang gicle de minuscules milliers de trous situés au bas de la cuve blanche et irrigue le sol ; ses pieds baignent dans ce tiède liquide éosine, sensation agréable ; relié à ce charnier géant par d'impressionnants tuyaux lui rappelant ceux du centre Georges Pompidou visité avec le lycée Guy Mollet, un hachoir (de forme identique à celui avec lequel sa mère tournait le pâté de porc mais de la taille d'une girafe) déverse un mélange de chair et d'os, une onctueuse bouillie dont se délectent d'immenses colombes qui s'envolent un morceau en bec (comme si elles partaient nourrir leurs petits), des lapins angora, une girafe et un éléphant ; l'idée de proposer un pacte, la délivrance contre l'éternelle soumission, aux plus ravissantes et appétissantes l'enivre, mais, comme si ses pensées étaient connues, une voix mécanique et stridente l'avertit "*vous n'avez le pouvoir de sauver qu'une seule future petite bourgeoise*" ; sa compagne le regarde et sourit, puis passe de la surprise à l'effroi, se décompose carrément : il ne se précipite pas vers elle, mais court, il court, il court comme un dératé, il cherche Catherine ; ne la trouvant pas il se résout à libérer la plus resplendissante volontaire à la soumission.

Il se réveille en sueur, épuisé, à l'instant où sa main, à l'ultime seconde, saisit celle de la blonde platine endormie à sa gauche.

Ils habitaient un appartement en centre ville, une ancienne mansarde coquettement aménagée, et la mezzanine tenait lieu de chambre, d'où un vasistas, malgré maints subterfuges, laissait filtrer le petit jour, les lumières électriques : profitant de cette lueur habituellement maudite - l'un de leurs sujets brûlants où les bricoleurs du dimanche soir se renvoyaient la responsabilité de l'incapacité à obtenir le noir absolu sans condamner cette lucarne - il la contemple, parfois plus d'une heure, outré du grotesque d'un tel *cauchemar* : il élève son amour au rang d'inaltérable.

Il ignorait alors que, selon Freud, le rêve est l'accomplissement d'un désir inavouable, inacceptable par la conscience. Néanmoins, décoder le message principal n'exige aucune connaissance particulière du mécanisme onirique : faute d'un idéal de polygamie sans entrave (un harem, toutes les femmes désirées), faute de Catherine (il la cherchait sans attention au physique des autres), il lui fallait la plus belle, celle dont le regard des autres le mettrait le plus en valeur.

Le quotidien aussi distillait des signes probants (négligés naturellement) : peu après l'apparition de ce rêve, son masque Mona Lisa durant l'accouplement l'énerva, l'incitant à la prendre par derrière ou à fermer les yeux (grands ouverts au début ils scintillaient traduisaient "quelle chance tu as d'avoir rencontré pareille amazone", alors dégradé en "baiser ce canon, quel pied"). Les dernières nuits, s'imaginer en Catherine ou Juliette Binoche abrégeait régulièrement l'acte devenu un devoir (ou une violence) conjugal(e). A l'intérieur mais ailleurs ! Cette dérive ne l'inquiétait nullement, apparaissait logique, liée à l'usure, nécessité de transformer la passion en cohabitation raisonnable : au bureau, ses collègues du plateau insistaient sur leurs besoins en maîtresses et déploraient la rigidité, accusaient l'assurée frigidité des secrétaires. Leur adage : le vrai mâle en vadrouille, nique et bobonne aux wassingues astique. Ils l'encourageaient à profiter pleinement, sous peine de le regretter à leur âge, d'un physique véritable aimant à jouvencelles. S'étant fixé l'objectif de ne pas céder à l'adultère avant le premier anniversaire de leur mise en ménage, Jel s'estimait héroïque mais pressentait qu'ensuite, les régulières formations en banlieue parisienne s'égayeraient de fornication sans mauvaise conscience. Eh oui, maladivement jaloux, dans une colère noire au moindre de ses regards supposé sur un mec, il avait programmé sa cocufication ! Un petit con ! Un jaloux classique, qui bouffe l'autre mais se considère autorisé à butiner gaiement.

La pauvre petite fille trop belle ignore sûrement encore la portée du naufrage qui engloutissait son compagnon, et leur concubinage avec : elle pensait découvrir sa face cachée et en souffrait, espérant, en de larmoyantes crises, qu'il *redevienne comme avant.* Ils n'étaient plus heureux mais faible, "comme tous les hommes", jamais il ne l'aurait quittée sans certitude plus envoûtante. Selon sa compréhension actuelle de cette période, l'épisode financier fut l'excuse officielle, la raison palpable excluant une énième franche discussion (prémisse depuis la première à une factice réconciliation sous couette), où, fatiguée de son invivable humeur, elle puisa la force de partir en lui épargnant le coup de poignard du laconique : "Je ne t'aime plus." Elle savait que l'être jeté "sans raison" s'en fabrique une, se culpabilise, se méprise : en un dernier acte d'Amour (elle n'aimait plus le parano mais ne voulait surtout pas blesser son premier Amour), persuadée que la vie commune trop rapide, par elle désirée, presque exigée, était la cause fondamentale de cet échec, elle s'appropria les fautes en singeant une dame détestable (attirée par le fric et le clinquant).

Ainsi il étouffait et a tout fait pour la dégoûter, a limé ses barreaux et elle le laissa seul dans une prison où il ne savait pas aimer, une froide cellule où ce rêve, modifié en sa phase finale dès la semaine de son départ, le poursuivrait (il s'arrêta durant l'aventure avec Laurence et disparaîtra définitivement après la nuit de Rennes) : il se réveille en ayant raté sa main, traumatisé par la certitude qu'aucune ne peut l'égaler, répugné des laiderons restant à sauver. Il se réveille hanté par la voix mécanique et stridente : *"dépêchez-vous de choisir, sinon il n'y aura plus personne"*, et il pleure, sans savoir si ses larmes noient son Absence, celle de Catherine ou sa propre vie partie dans une direction si éloignée des rêves éveillés d'avant la vie active. Il pleure, il a besoin de passion, un contrepoids à ce quotidien figé de bureaucrate, alors même une passion malheureuse, c'est mieux que rien, il se veut le Martyr de l'Amour, il se cogne la tête contre ce mur où il l'a tant serrée, il maudit le Beffroi et son tigre, ce tigre

40

visible par le vasistas, ce tigre si souvent appelé *notre témoin*, il maudit la terre entière, il maudit comme tous nous maudissons lors des premières grandes déconvenues.

VI

C'est l'enfer ! C'est l'enfer, jeune et en bonne santé on grogne facilement ainsi. A cet âge, nous prétendons toutes et tous, au moins une fois, souffrir comme jamais personne n'a souffert sur cette terre. Sa vie s'effondrait, de nouveau : la déprime... *ce mal normal d'un siècle qui s'emballe*, quelle aubaine, quelle volupté ! Rétrospectivement bien sûr. Car c'était "l'enfer", songes et larmes. Que vais-je devenir ? Je t'aime et je te déteste, comment te le dire pour que tu trouves cela naturel, pour que tu reviennes. Trop de souvenirs, de bons moments nous unissent, on ne peut pas arrêter comme ça. Les réflexions classiques, quoi. Que faire ? Déjà jeudi, bientôt lundi et le retour. A cause des maudites disputes il a même oublié d'envoyer une carte. Quel drame ! Qu'est-ce qu'ils vont dire ? M'absenter ? Certes c'est la trêve, aucun dossier urgent mais quand même, qu'est-ce qu'ils vont penser, et dire ? S'absenter après un mois de vacances, ça ne se fait pas. Jours larmes, désespoirs. Annoncer la nouvelle à la mère, d'une voix la plus mécanique et froide possible, pour éviter de pleurer :

- Elle et moi, on a décidé de ne plus se voir pendant quelques temps ; nous ne viendrons donc pas manger dimanche, et moi non plus.

Lundi matin, sept heures, putain de réveil, je me sens pas en état, va pour des congés maladie, un chaud et froid sûrement, à bientôt Thérèse. Poésie apocalyptique d'Hubert-Félix Thiéfaine. Invoquer une charge exceptionnelle de travail pour éviter les questions maternelles et ne voir, de la semaine, qu'un docteur, un docteur pris au hasard des pages jaunes, un brave homme compatissant sur vos malheurs, peintre à ses heures pas perdues, volontiers historien philosophe de l'exacerbation concurrentielle du monde :

- De mon temps, après les études, même pendant, on pouvait s'octroyer une année sabbatique, partir à Katmandou, aux Amériques, sacoche en bandoulière, révolte à la boutonnière, revenir avec cette force de ceux qui ont vécu autre chose, on était certain qu'au retour, le moindre diplôme, ou du courage, permettait de vivre normalement, s'insérer on dirait aujourd'hui. C'est cela le plus dommageable : vous les jeunes, vous n'avez plus de temps pour les gestes gratuits, on ne vous pardonne plus la moindre erreur.

Ah ! Voyager ! Enfant, ses parents lui répondaient : quand tu seras grand. Mais les promesses des grandes personnes ne sont jamais tenues. Plus tard la liberté fut reportée à la majorité. Puis il fallut travailler. La peur de la pauvreté, du chômage, succède à celle du croque-mitaine et sa copine Marie Groette. L'adolescent a rêvé (souvent à la suite d'émissions télé) Jamaïque, tropiques, Grand Canyon, Everest, étendues sableuses martiniquaises, trésors du triangle d'or, Singapour, ailleurs Baudelairiens, l'adolescent s'est vu "le corps fou dansant sur la colline", chef indien seigneur des plaines, enchanteur des scènes ludiques, petit prince héros des cinq continents... et l'adulte arbore son titre, numéro trois du service informatique, sorti de la masse depuis deux mois, avec bureau personnel et appellation officieuse d'adjoint de l'adjoint. Pitoyable constat : l'adulte ne croit plus à ses rêves d'enfant, l'adulte ne verra jamais autrement que par photos ou écrans interposés, ou avec des yeux de touriste, les terres qui agitent son imaginaire les soirs sans stress.

43

Et ce fut une véritable déprime, celle du fiancé délaissé masquant celle, plus profonde mais alors inconsciente, d'un jeune dans les rets du conformisme, rebaptisé consensus. Mais incapable de renoncer aux petits avantages procurés par les geôliers capitalistes, donc embrigadé, à la dérive.

Trois ans plus tard, lors d'oisifs après-midi avec Mathieu, il prétendra expliquer politiquement ce vague sentiment diffus d'immense vide. Didactique, il prétendra déjà tout comprendre :

- Depuis la chute du mur de Berlin, les arrivistes arrivés exigent que soit jeté "le mirage de Karl Marx" avec son utilisation stalinienne. En un coup de baguette tragique, fi des luttes de classes, place à l'ordre mondial décrété immuable ; tout récalcitrant subit la vindicte générale, fiché vilain perturbateur, anachronique fanatique écervelé. Ce qui apparaissait comme une joyeuse ambition durant les seventies n'est déjà plus d'actualité.

La chute du mur de Berlin a dévoilé la cynique utilisation du dernier rêve commun de l'humanité : la jeunesse se mobilisait pour l'avènement d'une démocratie sans frontière, s'enthousiasmait à l'idée du grand soir de la fraternité planétaire, et les dirigeants occidentaux souhaitaient se débarrasser du communisme, alternative officielle du capitalisme. La jeunesse et le pouvoir ont uni leurs forces mais le pouvoir jouait un double jeu et, plutôt que de se précipiter protéger des nauséabondes résurgences les peuples libérés, les dirigeants occidentaux ont claironné leur victoire, méprisé la jeunesse : "ne rêvez plus d'autre chose, le capitalisme est l'unique manière d'organiser la société." Tant pis pour les millions perdus au bord du chemin en France, les milliards de par le monde…

Après une courte pause champagne :
- Les conservateurs ont spolié le rêve de la jeunesse, notre rêve de mille neuf cent quatre-vingt-six, d'une véritable éthique, d'une politique au service de chaque citoyen du monde, d'un monde sans les frontières ni le racisme, et ils ont sorti leurs slogans de frileux recroquevillés sur leur fric : "le monde est trop complexe ; restez à votre place ; ailleurs = dangers ; vive l'individualisme." Pour la première fois le progrès permettrait la dignité planétaire mais les points stratégiques sont bloqués. C'est la désillusion fondamentale, l'impression que toute action est inutile. C'est pour cela qu'il est plus difficile d'être jeune aujourd'hui. L'être humain a besoin d'un projet qui le dépasse.
- T'as sûrement raison.
- Mais que faire à notre petite échelle ? Le piège s'est refermé. Poussée dans la caverne de Platon la jeunesse déifie des ombres, des marchands d'orviétan, gobe les mensonges officiels et s'enfonce toujours plus loin au creux des cavités troglodytes.
- Trop... ?
- Troglodytes, pour la énième fois, sous terre.
- Ah ouais ! Encore un de tes mots fétiches.
- Mais comment s'en sortir ? Et aussitôt la question matérielle : comment vivre sans fric ? Travailler c'est trop dur et pas rentable mais voler, c'est risqué. Simplement dénoncer ? Dénoncer c'est être exclu, moqué, ignoré. La quadrature du cercle : seuls les installés pourraient agir mais ils ne le souhaiteront jamais ! Ils tiennent à leur place ! Et la bonne société s'étonne qu'un nombre croissant fuient cette vie de cons dans la drogue.

Mathieu acquiesçait, souvent en reprenant une bière ; naïf

Jel pensait il médite mes démonstrations. Mais essayer de s'élever, d'atteindre une vision d'ensemble lui semblait *"une coquetterie d'intellectuel."* Une coquetterie d'intellectuel, version polie du "cause toujours, tu m'intéresses."

La drogue : à cet instant de déprime, si un "copain" lui en avait proposé, aurait-il su refuser ? Sillonner cette petite ville provinciale ne confrontait pas encore systématiquement à un dealer enthousiaste envers les bienfaits du paradis artificiel et les cadres supérieurs hésitaient à chasser le stress par le snif.

Le suicide ? Est-ce la peur de mourir incrustée très jeune en lui, lorsque son père, quelques minutes avant le coma éthylique, brandissait son fusil de chasse en hurlant son intention de zigouiller tout le monde, mais jamais cette solution finale ne le séduit. Au mieux un mot-moyen-de-pression, sérum des sentiments.

VII

Quelques citations apprises par cœur et les copains l'avaient persuadé qu'il faut laisser du temps à la personne qui rompt, surtout ne pas la harceler. Elle le jugeait foncièrement impulsif, *"un chaton qui a besoin d'être tenu en bride"*, le silence devait donc la surprendre. Comme geignaient les marionnettes des reality shows ("spectacle" alors suivi assidûment par sa mère), six jours furent une éternité. Une vaine attente. Est-ce qu'elle pense à moi au moins ? Est-ce qu'elle se pose les mêmes questions que moi ? Est-ce qu'elle regrette déjà ? Puis il espéra raccommoder les fils effilochés.

D'abord les lettres, des phrases toujours du même genre : sans Toi je n'existe pas, je t'Aime ; loin de Toi il n'est pas de bonheur ; nous étions si heureux, reviens nous le serons encore... Puis des suppliques au téléphone, la promesse de changer, redevenir comme au début, une tentative de suicide, simulée bien sûr, des cadeaux et des fleurs déposés chez sa mère. Et Francis Cabrel poursuivait l'ex-amoureux inconscient de l'effritement de ses sentiments : *elle te fera changer la course des étoiles / balayer tes projets, vieillir bien avant l'âge...*

Plus tard, les rêveries, en la réduisant à une ruelle illuminée qui l'aurait irrémédiablement éloigné du soleil, lui révéleraient la voie à creuser pour ne plus crever de mélancolie, pour vaincre l'envoûtement, accélérer le travail du deuil.

Trente minutes après l'illusoire réconciliation par orgasme, le couple parfait retrouve sa table préférée au restaurant et le gargantuesque repas, savamment arrosé, agrémenté de projets et regards biaisés, frise le rendez-vous édénique,

47

abrégé par le seul besoin d'un nouvel accouplement renouvelé jusqu'au petit matin. A peine le temps de sommeiller et il faut partir, toujours enivré d'humeurs joyeuses, ventres vides car petit déjeuner sacrifié à la tendresse, elle à la fac, lui au bureau. Le soir, les partenaires fatigués échangent un simple bisou... et le train-train les rattrape : elle bûche ses examens, il marne ; les disputes reprennent, des vases et de la vaisselle se brisent mais le sexe les recolle puis le non-dit diminue les réactions physiques violentes ; ils se marient, s'assurent une descendance, s'attendrissent devant les berceaux, reprennent la monotonie, s'épargnent les tête-à-tête ; des façades appréciées aux dîners en ville et cocktails mondains : une vie où les apparences sont sauves, les belles-mères ravies, mais où chacun cherche ailleurs des émotions ou souffre en silence, s'implique professionnellement ou associativement.

Ils interprètent : le couple "moderne" ; l'enfer peuplé de bonnes intentions ; le déprimé et l'indifférente ; les insomniaques ; la cohabitation pacifique (la guerre froide) ; les névrotiques ; le chien et la chatte ; le malade imaginaire et l'infirmière débonnaire ; la chienne et le matou ; la femme fatale et le play boy... ; et atterrissent quand leurs enfants, élevés en marmots de parents pressés et souvent absents, matérialisent leur manque d'affection : échec scolaire, fugue, alcool, drogue, automutilation, dépression, tentative de suicide... Mais aux yeux de leurs adolescents de chiards, ils ne sont déjà plus que d'irrécupérables "vieux cons" qui s'essoufflent derrière du vent durant la semaine et médisent, "en famille" ou "entre amis", les week-ends.

Admettent-ils alors la bêtise de l'entêtement à rester ensemble quand Cupidon a déserté le foyer ? Font-ils bloc contre leurs progénitures, ces monstres d'ingratitude ? Aurait-il réactualisé l'antienne maternelle : "avec tout ce que j'ai fait pour toi" ?

Mais en ces tristes heures, incapable d'autodérision, il retournait, pantin blessé, au bureau, embrumer, de nouveau, le cerveau d'informations cruciales au bon fonctionnement du service, sourire aux "*ça va ?*" auxquels répondre autrement que par *"très bien, et toi ?"* serait indécent, cacher sa détresse, surtout ne pas montrer cette faiblesse, s'enfermer aux toilettes et prendre un demi tranxène quand cogne trop sauvagement aux paupières le désespoir, attendre le soir pour enfin pouvoir craquer, psalmodier "*tu fais fausse route mon gars, ta vie c'est de la merde...*" et presque succomber par arrêt cardiaque à la première sonnerie du téléphone (c'est toujours une erreur dans ces cas-là, ou la mère).

Craquer vraiment ? Profiter de cet accident pour tout remettre en cause ? Apparaître fou, puisqu'au fou on pardonne ce qu'on ne tolérera jamais du cadre. Essayer par tous les moyens de la reconquérir ? Bien sûr il y a songé. Bien sûr il ne pensait souvent qu'à Elle. Mais une force, le surmoi, le retenait dans le droit chemin, inconsciemment il tenait plus au statut social qu'à cette vénus callipyge depuis identifiée sous le vocable mijaurée. Il essayait de se contrôler, "ne pas dépasser les bornes", voulait être, rester bien vu. C'était nécessaire ! Il croyait cela nécessaire, indispensable : l'avancement, l'intérêt du travail, le remboursement des notes de frais gonflées, les dates des congés... tout passe par l'aval du, des supérieurs.

VIII

Ouvrant au hasard l'almanach simili cuir étrennes de la direction, Jel gribouillait, à la page du trois septembre : "Aujourd'hui je peux en profiter, elle et ils me considèrent convalescent, elle et ils acceptent mes horaires allégés, mais perdre huit heures par jour, c'est encore trop. Plus celle du midi, car elle est perdue aussi cette pause-restaurant d'entreprise. Plus le temps pour venir et repartir. Les embouteillages. Plus le temps à me préparer. Plus le temps pour récupérer du stress. Plus les cauchemars : mes programmes se plantent. Plus les week-ends de tests...

Qu'est-ce que je fais ici, avec J.P le larbin plus lambin que paresseux, Marc et son brushing, maître Aliboron, l'asticot, et ce cher monsieur PMU, qu'est-ce qu'il fait là aussi lui ! Pour le fric !
Le chômage, redouté, passé en quête d'un job-seul-moyen-de-survivre doit être un drame puisque tout le monde le prétend ; comment vivre avec quelques centaines de francs par mois d'ailleurs ! Tout le monde en parle et principalement ceux qui ne l'ont jamais affronté et utilisent la détresse des exclus de manière politicienne. C'est toujours la même chose : ne parlent que ceux qui ont l'habitude de parler. Sainte Thérèse ! Mais le travail subi, dans une société en manque d'emplois, en excès de main-d'œuvre, nul n'ose le déplorer, le dénoncer : travailler est une chance. Travailler une chance ! Je travaille, donc j'ai de la chance ; et silence, garde à vous ! Une souris verte. Une souris !
Scandaleuse victoire des exploiteurs : ils sont parvenus à brouiller les valeurs au point que la liberté, l'absence d'aliénation, soit redoutée, car accompagnée de misère. Ils

sont parvenus à refourguer aux jeunes leur idéal : la soumission au patronat. Pour la bonne société est forcément un salaud, un parasite, celui qui souhaite alterner des périodes de chômage avec un minimum de travail, intermèdes destinés à s'ouvrir de nouveaux droits à l'oisiveté. Quiconque ose viser cet objectif se retrouve de facto au ban de la société : un fin de droits doit repartir de zéro, par les stages parkings et formations bidons. Un fin de droits n'est pas celui qui a rechargé ses batteries et sera demain très performant mais un rebut, inemployable, zombi dans la spirale de l'échec, bidoche en surplus. Pourtant, ce serait bien, une année sabbatique. Pourtant, 10 à 15% de chômeurs, ce ne sont que 10 à 15% des "ressources de travail" inactives. Soit quand même 85 à 90% de besogneux. Si les travailleurs avaient la lucidité de se considérer comme un ensemble, si chaque citoyen abordait le chômage comme un droit et non une sanction, l'utilisant dès que possible, les entreprises, à genoux, quémanderaient nos compétences, accepteraient nos conditions. Oui des citoyens enfin unis, solidaires, bloqueraient l'inhumaine machine des capitalistes, pourraient, par le refus de marcher aux pas, contraindre les politiques à prendre des mesures en corrélation avec les immenses gains de productivité réalisés depuis la Libération. "

Balivernes, auraient proclamé les partisans de l'injustice établie, arc-boutés sur leur principe millénaire, auquel ils ne voyaient nulle raison de déroger, d'une société scindée entre riches et pauvres, exploiteurs et exploités. Malgré le sentiment déjà répandu d'impasse sociale et le vandalisme passé du sporadique à l'endémique, malgré l'embrasement des banlieues et la détresse des exclus du gâteau de la prospérité, malgré le mal de vivre et les nauséabondes faveurs électorales des extrémistes, nul n'osait sérieusement accorder un avenir à "ce genre d'élucubrations anarchistes", envisager la victoire du cortège en colère des méprisés, l'effondrement de la citadelle des privilégiés. Jel ne dérogeait nullement à l'aveuglement : en abandonnant l'almanach dans sa chambre d'enfant il éloignait des potentiels regards indiscrets cet écrit compromettant, renvoyait ces belles paroles à l'idéalisme des coups de cafard. Fi des sensibleries : boulot et fornication. L'Amour et le communisme sont deux mythes, deux pièges, ils promettent le paradis, et c'est l'enfer. Faut être plus réaliste, moderne. Faut vivre avec son temps, en profiter. Je ne peux plus me ronger ainsi pour une... Les traits creusés, j'ai l'air de quoi ? Qu'est-ce qu'ils doivent penser. Je dois être fort. C'est au combat, aux premières blessures, qu'on reconnaît les Hommes. Je dois être un Homme. Je dois être quelqu'un, être rapidement augmenté...

Renouant avec une activité soutenue, le cadre justifiait la confiance jamais démentie de ses chers supérieurs. Puis recommença à consommer des corps, préférant les louer à la filière vietnamienne que de s'astreindre à la fastidieuse cérémonie de drague des discothèques (ces instants palpitants durant l'adolescence, quand on ignore encore que l'autre est indifférent ou comme soi, avide du mélange horizontal, mais un passage obligé, et le brûler serait jugé indécent, choquant, a-romantique, lors d'une rencontre classique). Finalement en puisant parmi les collègues : femmes mariées (intention d'éviter les sentiments superflus, se consacrer au plaisir), stagiaires (les plus réticentes de ces fugaces fleurs fraîches seraient convaincues en leur faisant miroiter une perspective d'embauche), trois commerciales (elles l'initiaient au multirelationnel lors de leur retour au siège chaque jeudi). Exutoires avec qui il refusait systématiquement et méthodiquement de terminer la moindre nuit, les excluant plus ou moins tendrement dès la bagatelle achevée, exutoires réclamés par les glandes endocrines et l'obsession phallique d'une vision virile du mâle, analgésiques parfois abandonnés en rêveries... mais Catherine, croisée *par hasard* (six soirées en recherches, repérages et attentes), lui avouait, visiblement à regrets, son impossibilité de "*retourner en arrière*" : elle avait donné une fille à son brave mari. C'était trop tard. Quelques années plus tard il se demanda s'il n'aurait pas dû insister, lui proposer un rôle d'amante, concluant qu'elle aurait sûrement accepté un peu d'adultère dans sa monotonie ("*on travaille chacun de son côté, on ne se voit pas souvent, et quand on se voit on est crevé, ou y'a du foot à la télé, ou un concert de Johnny, j'espérais mieux, mais bon j'ai choisi, c'est la vie*"). Un semestre à ce régime sexe lassait, vidait carrément notre coqueluche des assoiffées, ne supportant plus la copulation qu'imbibé de whisky et du Motörhead plein les oreilles, pas vraiment du Mozart.

Heureusement, à son inconsolable désappointement, à sa perte, une secrétaire de direction, une de ses régulières, lui présenta, un vendredi midi, au cours d'un apéritif consécutif à une soporifique grande messe, sa "*plus belle réussite.*" "*Elle est grande pour son âge mais c'est encore une petite fille.*" Premiers regards "hollywoodiens" mais surveillance sans interruption, limitant l'échange au niveau des banalités... suffisantes pour lui permettre de la retrouver dès le lundi à la sortie du collège. Trois minutes de mots doux, sourires filous, puis un petit bisou sur chaque joue, et un sur la bouche, en au revoir, promesse du rendez-vous fixé chez lui le mercredi après-midi (elle s'inventait une virée au cinéma avec des copines, il demandait quatre heures de congés). Une Lolita qui veut jouer la grande ! Pourquoi pas ! Elle va voir !

Allumant ses insoupçonnées charges érotiques, entre ludique et lubrique, il l'emmenait à la découverte de son corps, la jouissance sensuelle, spontanée, naturelle, dépourvue des pensées inhibitrices classiques chez les femmes soit pressées, inconsciemment culpabilisées par l'adultère, perturbées, soucieuses des sentiments de leur partenaire ou du devenir de cette liaison. Bonheur mais Amour caché : scandale potentiel, l'adulte et la gamine, détournement de pubère en socquettes beiges. Des manques : se blottir l'un contre l'autre sous la pluie, traverser le pays en wagon-lit et se lover sur une plage, débuter les soirées rue des Augustines, se voir souvent et non régulièrement, être ensemble sans surveiller la folle chevauchée des aiguilles. Pourtant Amour pur, total (aucune maîtresse). Mais découvert par une mère scandalisée d'être délaissée : la concordance des absences au bureau du chéri-chéri avec les journées piscine, chez des copines ou cinéma de sa fille, éveillèrent ses soupçons et, passée la période "c'est pas possible", elle fouina, dénichant, à l'intérieur des peluches de Laurence, l'adresse remise le premier lundi et les brouillons des mots doux qu'elle semait à chacune de ses venues. Une ex-amante jurant l'aimer *"vraiment"*, blessée dans ses sentiments, son amour-propre (*"je ne suis plus assez belle"*, *"j'ai vieilli, c'est ça"*...), qui s'obstine, refuse de s'effacer... Une mère enfiellée qui menace de les dénoncer à la police en ce mois d'août où enfin chaque jour sera un jour d'Amour, mais s'effondre en larmes à la réflexion de sa fillette : "*que connais-tu de l'Amour pour juger le nôtre ?*"

Septembre, la secrétaire au désespoir, anémique, amaigrie, dépressive, craque dans une déchirante lettre aveu à son mari, en adresse la photocopie à Jel, se jette sous un train. Ai-je causé sa mort ?, se demande quand même l'examant. Ils la maudissaient trop pour culpabiliser. Chacun est responsable de sa vie après tout. Un veuf planté, un soir, devant son appartement, un cocu au regard inquiétant mais qui supplie de le recevoir, prétend vouloir comprendre. Finalement le mari, certes affecté, surtout soucieux des apparences - Président du directoire d'une société immobilière -, corrobore la version officielle de l'accident *"bête"*, *"une chute lors de son footing"* (en mini-jupe et hauts talons !), mais envoie la Lolita "étudier à l'étranger", dans un institut religieux où le moindre contact avec l'extérieur, le courrier et les visites, nécessite l'approbation de la direction.

Nouvelle déception pourtant tristesse mesurée : fruit de l'âge, de l'expérience, ou certitude d'avoir vécu idéalement (jusqu'aux contrariétés qui soudent) la période la plus facile d'une relation inévitablement sujette à la décrépitude en cas d'approfondissement ?

Sans les précédentes déconvenues, fou électrisé défiant les kilomètres Jel aurait couru, combattant cette injustice, se déguisant en livreur, archevêque, voleur ou pompier, simplement pour l'apercevoir, l'enlacer. Mais il se croyait voué à répéter éternellement le naufrage initial avec Catherine et l'ambiance générale construisait un homme froid, désillusionné, sans espérance, stoïque, dépassionné, avide : c'est donc ça *l'Amour*, des entraves quand enfin on rencontre l'être de la félicité ; il ne mérite plus sa majuscule ; donc fatalisme et mauvaises raisons : c'est mieux ainsi, nous n'aurons que de bons souvenirs et resterons persuadés d'avoir traversé l'Amour parfait ; il savourait l'inutile certitude qu'une nymphette l'idéalisait et continuerait à l'idéaliser, n'ayant jamais eu à supporter les réveils grincheux ou angoissés, les retours de réunions au vinaigre, les ronflements des mauvais rhumes, les respirations rauques...

Face à face, corps à corps, ces excuses placebo seraient apparues mesquines, la baby amante rêvait câlins du matin, croissants, toasts et cappuccino au lit ; *elle gobait encore l'idéal du couple des romans ou films à l'eau de rose*, aurait scandé Jel durant sa période cynique. Elle n'aurait pu en concevoir la cruauté (ses parents et leurs disputes n'égratignaient nullement cette image d'Epinal : ses parents étaient *"des vieux cons"* qu'elle ne pouvait imaginer un jour jeunes et amoureux), l'enfer de l'envers du décor quand les petits plaisirs se banalisent ou s'oublient sous l'effet des habitudes, l'accroissement des exaspérations (manies de l'autre tendrement observées au départ) et l'insidieux malaise né de l'impression qu'ailleurs quelqu'un pourrait vous témoigner plus d'attention, apporter un bonheur plus intense.

La vie reprit son cours classique, cyclothymie solitude et boulimie sexuelle ; rien ne le convainc d'avoir existé durant cette période.

Huit mois plus tard, son écriture d'adolescente dépareillait des adresses informatisées :

Mon Amour, Mon Grand Amour,

Une copine a eu la chance de perdre son père et va partir dans une heure. Elle accepte d'essayer de sortir ma lettre. Je prie pour qu'on ne la fouille pas. Sauf miracle je ne sortirai pas d'ici avant mes dix-huit ans et je ne sais pas si l'occasion de t'écrire se représentera. Leur Dieu qui n'existe pas est peut-être enfin avec nous ! Je voudrais t'écrire mon amour, toutes mes pensées, tous mes rêves : nous deux, nous deux heureux, et la mort de mon père d'un accident que tu aides. Car leur Dieu reste sourd à mes demandes. Ma vie est un cauchemar. Vivre loin de toi je n'en peux plus. Je ne vis plus sans toi. M'attends-tu ? Je ne peux pas t'en vouloir si tu me remplaces durant mes années en prison, c'est la vie comme tu me répétais, et je sais déjà malgré, mon âge que l'Amour est provisoire. Je sais sûrement déjà trop de choses pour mon âge. Je te pardonne si tu es infidèle en pensant à moi. Mais à ma sortie je t'aimerai comme aujourd'hui et je serai à toi, rien qu'à toi. Nous partirons, tu ne perdras plus tes jours dans ton bureau, ensemble nous découvrirons l'Asie. Je me souviens de chaque mot que tu m'as dit. Tu es toujours en moi. Je riais parfois de tes soucis du bureau, pardonne-moi si je t'ai blessé je sais pourquoi tu étais parfois grincheux. Je lis beaucoup ici, ça me donne de la force. Je voudrais que ma vie ce soit lire et être près de toi. Je voudrais tant être à toi. La nuit je me masturbe en pensant à toi, comme tu me l'as appris, et je m'endors l'index entre les lèvres, pour toi, avec toi. Je t'aime mon Amour, mon grand Amour, mon merveilleux Amour, mon éternel Amour. Je sais que tu ne peux pas répondre mais le jour de mes quatorze ans sera un samedi et le soir de ma cellule je regarderai le clocher de l'église. Bien sûr tu ne peux pas y monter mais tu peux y envoyer des fusées, comme un 14 juillet. Je n'ai rien trouvé d'autre pour que tu puisses m'envoyer ton Amour. J'ai besoin de ton Amour. Un jour nous serons de nouveau heureux. Je te le promets. Je voudrais grandir très vite. Je t'embrasse partout. Je t'Aime. Je t'Aime

Pauvre petite, on passe l'enfance à attendre, espérer l'âge adulte, et après on idéalise cette enfance. Réaliser ton souhait c'est t'asperger de bonheur mais nourrir tes sentiments invivables. Ne pas l'exaucer accentuera ta tristesse, ta détresse, mais, peut-être, te permettra de te détacher, d'admettre la victoire de la vie viciée sur notre passion.

Ou est-ce pour éviter la douleur de la proximité sans possession qu'il perdait ce week-end en exutoires, soulagé des idées noires par l'alcool et des petites chiennes conviées à s'acharner sur son nonosse à moelle. Jusqu'au sang. Jusqu'au masochisme. Toutes pensées vers Lolita. Ah ! LO-LI-TA ! *Maudit soit l'Amour qui me rend sincère.*

IX

Cette orgie lui dessillait enfin les yeux : ses mœurs titillaient les Dieux. L'une de mes escapades horizontales a peut-être été fatale, m'a transformé en maillon de la chaîne létale. Lolita, *lumière de ma vie, feu de mes reins,* ton premier Amour, peut-être ton unique Amour, a peut-être été contaminant.

Oser savoir ; oser téléphoner ; oser se déplacer ; oser demander. Peur de savoir. Peur de prendre rendez-vous dans un centre de dépistage anonyme. Peur de demander une ordonnance lors d'une visite chez le docteur. Trop d'images déferlent, s'entrechoquent ; cerveau kaléidoscope ; dichotomie : soulagement / horreur. Peur du pire, égrener les souvenirs, les nuits sauvages, les rencontres fugaces, les soirées branchées aux voluptueux corps anonymes, les risques potentiels multipliés. *"Il nous faudra vivre ou survivre"*, essayer de dédramatiser en fredonnant ; *"la vie, c'est pas du gâteau"* ; sueurs froides ; *"et on f'ra pas d'vieux os"* ; diarrhées d'anxiété ; abstinence sexuelle.

Attendre le résultat ; tranxène pour s'abandonner le plus longtemps possible dans les bras de Morphée ; ne plus penser ; Prozac ; retenir l'imagination en comptant les moutons du Petit Prince. Mais les moutons sont squelettiques.

Un lundi matin enneigé - un signe ? le signe de l'hiver de la vie ? - se précipiter au laboratoire. Rassuré par la secrétaire. Dehors, ouvrir l'enveloppe, peur encore, lire le diagnostic, notation bureaucratique :

ANTICORPS ANTI HIV 1+2   Absence

Jel s'octroyait trois jours de congés, bord de mer, hôtel trois étoiles, trois jours prévus de réflexions…

Qui peut savoir sa réaction face à la cruelle présence, la mort programmée annoncée sans ménagement ? SIDA. Sanction d'Irrémédiable Déclaration d'Accusation. Je suis d'une drôle de génération, la génération morale n'a plus le moral, génération angoissée, confrontée à la mort trop tôt. Et de manière scandaleuse. Sans préparation ni échappatoire, à la roulette russe. Dans chaque barillet qu'est devenu le sexe, une cartouche.

Enfin vraiment rassuré, émerveillé par le vol des mouettes... il sait encore s'émerveiller !, il voulait comprendre comment il avait pu côtoyer le sida sans le voir.

Au CM2 l'instituteur prétendait : *"vous êtes la génération de la paix, et vous connaîtrez le temps béni où tous les êtres humains seront heureux. Ne vous inquiétez jamais pour l'avenir."* Il ajoutait souvent *"et Pierre Mauroy sera président de la République."* Plus tard les manuels d'*Histoire contemporaine* répertoriaient les jeunesses fauchées, 14-18, 39-45, Indochine, Algérie, Vietnam... Innocentes victimes de belliqueux dignitaires vautrés derrière les portes blindées gardées des ministères, de nationalistes qui réduisent le peuple en chair à canon. D'autres jeunes ont subi les épidémies, fatalités des siècles où la vie demeurait un élément sujet aux aléas "d'occultes puissances." On observait ces temps avec compassion, on croyait au *plus jamais ça*. Manquerait plus qu'une mouette me fiente dessus. La Mouette, mais c'est du Tchekhov, jamais lu au fait, où peut bien traîner ce bouquin ? Sûrement emprunté par une petite étudiante ! Décidément j'arrive plus à me concentrer sur un sujet sérieux. Peut-être est-ce normal : je crois en ma bonne étoile. Naître ici et à cette période, avec toutes ces facilités, être du bon côté, c'est être un élu quelque part. Je suis un élu ! Mais si j'étais journaliste, qu'est-ce que j'trouverais pour faire l'intéressant, attendrir nos romantiques adolescentes. Ah ! subordonner par les mots nos dernières vierges. Savoir bien parler ou écrire ne sert qu'à cela, le reste n'est que littérature. Adieu Socrate, vive Polos ! Chères amies, la mort se renouvelle, décime une jeunesse élevée au mythe d'une ère enchantée débarrassée de la barbarie par la morale et de la maladie par la médecine. Génération dupée. Première génération de la déliquescence des mots auxquels nous ne pouvons plus croire. Trahison des références, des exemples, des gens de pouvoir. Vous nous aviez promis la paix : l'épuration ethnique se déchaîne à nos portes et le nationalisme, terreau des drames, gangrène l'hexagone. Vous nous aviez promis la santé, l'espérance de vie continuellement accrue. Quatre-vingt-deux ans chez la femme, soixante-dix-sept chez l'homme. Une abstraction : nul ne prend ces chiffres au sérieux. Les pollutions intoxiquent, le plutonium et les gaz se monnayent sur les marchés du désespoir et du fanatisme. Et l'HIV est là. Des amis, des connaissances, des idoles sont tombés, d'autres luttent.

Malgré le sida j'ai mené une jeunesse dissolue sans précaution ! Des sphères dites cultivées et pourtant sourd aux cris d'alarme. Non ! J'ai une excuse ! Les cris d'alarme ne me parvinrent jamais, ou plutôt me parvinrent inaudibles, noyés dans le brouhaha médiatique. En découvrant le contact sexuel à la "mauvaise période", quand les officiels louaient l'intégrité du professeur Garetta, j'ai contracté de "mauvaises habitudes", habitudes de liberté, déclarées naturelles des "années pilules" aux "années sida." Le virus se transmettait déjà mais la désinformation me persuada qu'il ne me concernait pas.

Selon l'idéologie installée le sida relevait des maladies marginales, virus renifleurs censés dépolluer la bonne société en disséminant les communautés indésirables, gays et toxicomanes. L'acte hétérosexuel, *"normal"*, ne présentant qu'un risque majeur, la grossesse, dompté par la pilule avec laquelle les mères gavaient aux premiers flirts leurs filles priées d'expérimenter la liberté sexuelle qu'elles s'enorgueillissaient d'avoir obtenue. Le reste, les MST, maladies sexuellement transmissibles, relevant du folklore sympathique que tout bon vivant devait récolter une nuit.

Puis les instances représentatives admirent le danger hétérosexuel mais, assénant des slogans aux accents "fais pas ci, fais pas ça", les mêmes infatués qui censuraient ou réprimaient l'emploi du terme "capote", ont exigé, sans le moindre mea-culpa, le changement radical de notre comportement : l'ordre moral rentrait par la fenêtre.

Nos cadets, en règle générale, adoptent la protection, comme un réflexe, nécessité de ne plus traverser au hasard une route à grand trafic, d'emprunter un passage clouté avec bonhomme piéton au vert. Mais pour nous, les déjà plus âgés, l'Amour reste prioritaire et nos yeux s'habituent difficilement à ce changement du code de l'amour.

Epargné j'adopte le latex. Mais je m'en veux : j'ai bêlé avec le troupeau, en rang derrière l'arrogance des bien-pensants ; j'ai abandonné ma vie au hasard et, en ne cherchant pas l'information où elle se trouvait, en répétant bêtement les idées reçues, j'ai participé à la ghettoïsation du sida. Des circonstances atténuantes me sont accordées mais, quand même, nul n'est innocent.

Croyait-il ses lyriques envolées ? S'est-il vraiment senti parcelle d'une génération bafouée ? Nenni. C'était un jeu de rôle ! Cadre dynamique, qu'avait-il en commun avec les junkies, paumés, victimes, la lie. Il avait simplement eu très peur. Et n'avait retenu qu'une chose : il ne voulait plus affronter pareille angoisse. Il adopterait donc le latex, et dès le soir même, avec une "auxiliaire médicale", mais laisserait le reste du monde se débrouiller avec ses problèmes. Chacun sa vie ! Vraiment un cadre dynamique : les œillères ne laissent rien troubler leur essentiel.

Mais il fut épargné et fut un cadre dynamique.

X

Au banquet de la Saint Eloi, organisé par "des amis", ces chers collègues, il rencontrait Marie, cousine d'une comptable fada de fornication masochiste protégée. Pas vraiment belle, ni intelligente ni cultivée ; banale mais visiblement attirée : pourquoi pas. Sourires lassés du cadre collectionneur d'aventures certain de ne pas finir seul la soirée. Elle vint se coller et lui avoua le lendemain matin, à leur réveil rue des Trois Visages, l'aimer en secret depuis un mois et dix-neuf jours, soit depuis leur première "rencontre", un vendredi qu'elle attendait la sacrée libertine à la sortie du bureau ; le galant jeune dragueur avait simplement dit "bonjour", ajoutant machinalement, sans vraiment la regarder, "char-man-te" : ce mot l'envoûta !

Prétextant des vertiges elle réussit à contrecarrer la tentative d'exclusion dès la bagatelle accomplie, et resta ainsi la nuit entière à lui serrer la main contre son cœur, comme Jel enfant sa peluche toutou.

Deux mois plus tard, le dépistage du virus HIV effectué, ils passaient au contact direct. Par la même occasion "l'amoureuse à mourir" résilia la location d'un appartement qu'elle ne fréquentait guère plus : elle s'imposait, acceptant, en guise de laissez-passer, un principe décrété fondamental : différencier les sentiments du sexe - pour la rassurer, lui faire plaisir, ah ! Le bon cœur, il avait susurré, du ton surexagéré d'un élève de collège agricole massacrant Cyrano de Bergerac, l'antienne qu'elle ressassait : " *je t'aime*" -, lui faisant simplement promettre de "*sortir couvert.*" Ma bichette, je ne suis pas du genre à me foutre en l'air pour quelques secondes d'orgasme plus naturel.

Une union de pacotille, scellée par l'Amour d'une sainte nitouche et son besoin d'affection, de repères, de certitudes, de stabilité, de portemanteau, de boniche.

On vit comme ça par habitude...
et surtout parce que c'est pratique
de pallier la solitude
en buvant à la même barrique*

S'ennuyer ensemble suffisait au bonheur de la bonne ménagère, à la morosité de son apollon chéri. Ils déploraient les soirées sans programme télé jugé intéressant (le magnétoscope palliait habituellement cette carence), baisaient durant les publicités et les films pornos, traînaient les grands magasins le samedi, partaient en voyage organisé et participaient à toutes les sorties du Comité d'Entreprise. Gens actifs, toujours pressés, rares étaient les heures sans occupation. Mais elle s'amouracha du mot apocalypse : "mariage."

De "charmante" à "mariage", leur liaison est née et périclitait par un terme auquel leur passé avait imprégné une signification différente, dichotomique, irréconciliable.

"Char-man-te", lâché sous l'abribus face à la grille grise de *Gropassur*, relevait du blabla conventionnel, d'ailleurs régulièrement utilisé ; il déclencha son premier coup de foudre : les mecs, pour la draguer, recouraient en vain au classique stratagème du baratin, les plus obstinés, c'était arrivé deux fois, offrant, sans plus de succès, des fleurs ; aucun n'aurait pu penser à lui balancer ainsi "char-man-te."

Bien sûr, ce vocable, des prétendants l'utilisaient parfois, mais noyé dans une phrase, il lui fallait un "char-man-te" net et sans bavure, un vendredi pluvieux... qui réveilla une conversation-trésor de sa tendre enfance : un soir, l'institutrice, la retenant après la classe l'interrogea sur sa soudaine tristesse, elle précédemment si gaie ; Marie la vénérait, l'imitait souvent devant la glace et, intimidée, nia, puis confessa se sentir moche ; la bonne maîtresse jura alors que la beauté n'est pas le plus important, ne rend pas forcément heureuse ; et ajouta : *"toi petite, tu es charmante, et ça, c'est encore mieux, oui, char-man-te"*, et lui baisa le front. Cet adjectif Marie en ignorait la définition mais n'osa importuner son modèle ; elle courut, sous la pluie de ce vendredi, se le répétant par peur de l'oublier ; rentrée, la petite fille questionna sa grand-mère, sans vraiment saisir la différence avec belle, mais, des mois durant, elle s'endormirait bercée par ces syllabes magiques. Logiquement son besoin de romantisme le considéra envoyé des cieux. Jel envoyé des cieux spécialement pour ses banals yeux !

Son rêve : une robe blanche et des invités radieux. Sa grand-mère et sa mère lui racontaient régulièrement ce jour et prétendaient qu'il fut magnifique, magique, le plus beau. Le caméscope n'existait pas, quel dommage ! Ayant toujours vu grands-parents et parents souriants elle liait cette perpétuelle apparence de bonheur au mariage. La mère de Jel aussi fut heureuse le jour de la cérémonie, plus dure fut sa déconvenue. *"Si j'avais pas fait c'te bêtise"* répétait-elle, mais son milieu et son éducation sacralisaient les paroles du prêtre : *"pour le meilleur et pour le pire."* Et elle endura le pire, sans se résoudre au divorce : nul n'avait jamais "rompu les liens sacrés" dans sa famille, ni dans celle de son mari, ni au village ! Plutôt le malheur ! Des regrets par tonnes, des pleurs, mais c'était ainsi ! Dans son cerveau mariage s'imprima donc aux synonymes de prison. Malgré cela, ou à cause de cela, à vingt ans, Michèle, le tourbillon du grand Amour, aurait pu le baguer, quand la rage de réussir là où ses parents et l'immense majorité échouent, l'illusion d'être différent, la soif d'union idéale, le portaient encore.

Par crainte de la voir s'accrocher en larmes, hantise d'un suicide de désespoir (elle découvrait le concubinage et des pulsions suicidaires lui avaient gâché une année d'études) mais surtout par faiblesse - le camp des faibles -, Jel redoutait, retarda l'annonce fatale "c'est fini." Et enflamma donc leur foyer, devenant "invivable", irascible, attisant sa jalousie en s'exhibant accompagné de lycéennes (suivant notre morale et législation, quand la fillette franchit quinze ans l'adulte passe du rang monstrueux pédophile à l'auréole Don Juan) puis en rentrant de plus en plus tard, puis exigeant qu'elle rentre tard certains soirs... *"car je serai occupé"* ; elle subira ainsi leurs draps imprégnés par l'odeur d'autres femmes.

- Pourquoi tu me fais ça ?

- En amour il y en a toujours un qui souffre et l'autre qui s'ennuie disait Balzac. J'aime les bonbons à la menthe ; oui je sens l'amante.

Mais elle lutta, masqua sa souffrance, implora, tenait au Prozac : les émotions des partenaires qu'on veut éjecter paraissent toujours ridicules. En apothéose finale, interprétant la violence, il parvint à la contraindre à clore ce peu glorieux chapitre.

Il ne la reverrait jamais et, paradoxalement, culpabiliserait, chagriné : la considérait-il comme *un enfant déposé dans une corbeille de poix et lâché sur les eaux d'un fleuve pour qu'il la recueille sur la berge de son lit ?* Redoutait-il la page redevenue blanche ? Pressentait-il le statut de cet échec : dernière expérience des frusques d'un couple bureaucrates exemplaires à l'avenir petit bourgeois et matrimonial rassurant.

Enfin seul ! C'est vraiment super d'être vraiment libre. Vive la Liberté. Il y a trop de femmes sur terre pour s'habituer à une ! toutes jolies au lit ! clamait-il devant des collègues admiratifs, certains même sincèrement. Sa décision lui apparaissait irrévocable : le célibat éternel, enivré de distractions. J'aime le changement. Je serai l'hidalgo des nymphomanes, l'éternel adolescent. Le prince charmenteur.

Se distraire : éviter le face-à-face avec soi. Avec son vide, son insignifiance, sa mortelle insignifiance. La réflexion aurait-elle pu lui épargner le drame qui se tramait ? Nul ne le saura jamais. Mais quelle force, à cet instant de la jeunesse où la vieillesse semble suffisamment lointaine pour ne pas s'en préoccuper (écarter les questions métaphysiques), aurait pu lui faire fuir la foire aux futilités ? Une photo de lui cette année-là le saisit avec un air de mélancolie, l'ennui, car même s'il fanfaronnait sa passion du changement, seul, le soir, dans ses cinquante mètres carrés, souvent il se demandait si tout cela avait seulement un sens, il allumait alors la chaîne hifi au maximum supportable par les voisins.

La dèche, le twist et le reste, Hubert-Félix Thiéfaine, © Editions Masq, 1978

Deuxième Partie

I

Des mois plus tard, un samedi soir sans starlette à satisfaire, notre cher cadre remotivé, lessivé par six réunions *"stratégiques"* en une semaine, retournait, poussé par un spleen sans idéal, au *Tropic 2100*, flash-back sur cette période où les slows se voulaient sensuels, occasions de proposer un tour dehors à une belle en espérant l'attirer dans une voiture. Dès l'entrée, l'insolente juvénilité des bipèdes à cigarettes le stupéfiait, il pensait qu'à peine nés quand ses parents l'autorisèrent à sortir en mobylette, ces jeunots allaient le regarder en croulant alléché de chair fraîche. Perturbé, la salve du patron, *"ça va vieux, encore vivant d'puis l'temps, ça fait un bail qu'on n't'a vu..."*, le laissait sans réplique ; il balançait un billet et avançait. Quelques pas et la hantise d'un peigne, conservant désormais chaque matin des cheveux par dizaines, construisant patiemment une piste d'atterrissage, signe extérieur de stress et d'environnement pollué assommant déjà nombre de collègues, l'achevait...

Putain, j'ai vieilli, j'avais leur âge y'a même pas... ; qu'ai-je fait de tout ce temps ; dire qu'à vingt ans... ; vite un whisky qui me réveille de ce cauchemar, chasse ces séniles impressions. Séniles impressions, le langage du mec distingué, informaticien mais distingué !, je suis un mec distingué. Merde après tout, je suis encore jeune, et je suis un mec libre. Et friqué ! Je suis libre. LIBRE ; bandes de

71

jeunes cons, vous vous croyez intéressants. Si vous saviez !

Marche forcée, gambettes vacillantes, maelström interne...

Mathieu et Patricia, gaminement entourés, occupaient leur antre habituel, à trois banquettes du bar ! Enfin deux bouilles connues ! Sans ce conditionnement interdisant toute réflexion rationnelle, la mauvaise conscience d'une responsabilité totale dans la faillite de leur Amitié lui aurait vraisemblablement défendu leur abord. Il se précipitait vers eux. Que d'heures, de heurts, à se raconter ! Seul ? Evidemment ils semblaient soulagés du départ, dont il se considérait totalement rétabli, de sa mijaurée. Apparemment vides de rancœur ils évitaient ensuite toute référence à cette invivable utopie. Des amis quoi.

Mathieu avait donné un an à la patrie, sans regret ni souffrance, une joyeuse trêve dans la monotonie du salariat réintégré dès la quille, une aubaine de bringues mémorables. Et aussi, il le confia en aparté, un éloignement profitable à ses relations conjugales, leur mise en concubinage n'ayant pas été l'euphorie présagée. Leur couple n'enchantait guère plus Patricia, "*mais bon, ça servirait à quoi de changer, on se fout pas sur la tronche, c'est déjà ça ; l'année prochaine on aura un gosse, en décembre pour pas payer d'impôts, paraît que c'est un bon remède contre ce genre de blues... mais ça m'fait plaisir que tu sois là, tu pourras être parrain... ou... j'pensais plus te revoir avant tes trente ans... tu t'souviens...*" Ils sortaient encore régulièrement, moins par passion que par habitude, les samedis où rien ne les retenait devant la télévision. Ils n'ont pas vraiment grandi, les pauvres !

Naturellement les retrouvailles se poursuivaient chez eux et le champagne commémora l'événement... "*une bouteille passée gratos au supermarché.*" Petite combine contre la dèche : deux salaires autorisaient un mois au soleil à condition de ne pas exagérer sur les extra. *"Tu te rends compte, je gagne moins qu'au début ! C'est devenu impossible d'avoir les primes, dès qu'on est presque arrivé au chiffre, le mois suivant ils l'augmentent, on se crève et on a le smic, tout le monde se plaint mais on s'écrase, le premier qui l'ouvre, ils le virent."* Tomber si bas, les pauvres ! Niveau finances, ils l'imaginaient plus verni et ne purent réfréner leurs sarcasmes, *ça n'arrive qu'à ceux qui en ont les moyens...*, au récit de ses déconvenues boursières dont trois trimestres d'échéances restaient à rembourser. Mais effectivement, il le concédait gracieusement, il dépensait sans compter. La pertinence de son résumé, *je vis bien les week-ends et cinq semaines, les fameux congés payés, en ne pensant qu'au boulot le reste du temps*, le surprenait. Eclair de lucidité ?

- Mon privilège n'est qu'une apparence, j'appartiens au troupeau des esclaves du réveil, simplement un peu plus aisé que les smicards ; et même si une convention collective en béton me protège, le couperet de la restructuration ou du marasme économique peut tomber ; et si cette tuile me touche vers la quarantaine, mes compétences dites de pointe, grassement monnayées, ne vaudront plus grand chose. Que deviendrais-je ? Les indemnités et économies claquées, direction le clan des exclus, héritiers des Misérables Hugoliens. Aujourd'hui, personne n'est à l'abri.

Il se faisait peur ? Même pas, composer des phrases de circonstance, froidement, sans la moindre émotion, lui était désormais coutumier, déformation professionnelle, il voulait simplement, un peu mesquinement, remercier leur

73

gentillesse en se présentant dans le même bateau. Car pareille déchéance lui était impensable : l'égocentrisme et le syndrome de l'autruche l'incorporaient à la catégorie des égoïstes recroquevillés sur l'illusion d'une éternelle prospérité.

II

Qu'ai-je fait de ma jeunesse ?
Il avait beau jouer, frimer, cette question le taraudait...
N'ai-je pas trop triché ? Sûrement déjà trop bu ! Je croyais avoir dépassé l'âge pour ce genre d'interrogations, ce cafard.
Dans une ultime tentative de retour à la lucidité, il maudit l'alcool. Mais c'était trop tard, les idées galopaient, le dépassaient. Il fallait que ça sorte :
(un trop long monologue où Mathieu et Patricia se regarderont régulièrement, des yeux hagards qu'on peut traduire par les exclamations échangées dans la cuisine, mais qu'est-ce qu'il raconte, il est disjoncté, il ne supporte plus les bulles, il se croit sur une scène...)
- Entre amis, inutile de frimer, enjoliver la réalité, édulcorer les contraintes, c'est l'échec. Nous sommes les risibles pantins naguère raillés. Nous sommes ridicules. Des culs ridés, c'est mon humour ça ! L'humour qui plaît tant à Sainte Thérèse d'Arras. Priez pour elle, pauvres lécheurs.
Avant trente ans la quasi-totalité des bipèdes écervelés ont rejoint la grande ligne droite les expédiant au point final, oméga les gars ; ne surviendront plus que des péripéties, péripatéticiennes logiquement encastrées dans la monotonie, même si les victimes crient à l'accident, l'apothéose, l'apocalypse : rencontres, séparations, accès à la propriété, mariage(s), divorce(s), enfant(s), chômage, promotions... Nous sommes dans les temps, même légèrement en avance ! C'est le dégoût.

25 ans :   *Tu la voyais pas comme ça ta vie*
             Pas d'attaché-case quand t'étais p'tit...

75

Encore quelques saisons au-dessus de la Loire, le loir, en hibernation quoi, et *On s'retrouve à vingt-huit balais*

Avec plus rien dans le cœur

Puis : *Toto, trente ans, rien que du malheur*

Il a tout compris la Souche. Monsieur Alain Souchon, auteur, compositeur et interprète. Cette fameuse trentaine, premier changement sans enthousiasme de décennie ; deux trois chimères et rapplique l'affreuse crise du milieu de la vie, la médiatique CMV, bilan, pénible sourire sur ce temps qui trop vite nous a filé entre les doigts et matérialisations physiques de la décrépitude : les ex-charmantes poignées d'amour s'appellent bidoche, ah ! Juliette, tu te souviens frérot, mes rêves, l'hypertension et les problèmes cardio-vasculaires nécessitent un suivi régulier, l'infarctus guette, des boulimiques aux sportifs, les calories se contrôlent...

Ma mère m'avait offert un attaché-case pour mes vingt ans : *"un cadeau utile"* - terminé l'âge des babioles, aigles en cuivre, peluches, chevaux de bois dont je raffole. Déposé sous une étagère, en jurant "non jamais ça", une fine couche de poussière le recouvrait quand je l'ai adopté, le jugeant apparié à la cravate que les "amicales" pressions de Thérèse sont parvenues à me faire porter - de la même manière elle a obtenu mon passage chez le coiffeur. Pauvre pion que moi. Ah ! Ma longue tignasse d'étudiant damné ! J'ai été l'ado aux semelles de vent.

Bien sûr, les "vrais révoltés", ces fiérots qui revendiquent l'appellation d'origine marginale, n'auraient jamais toléré ces interventions castratrices, ils auraient fait une tête aux petits chefs et pris, illico, la poudre, et même la poutre d'escampette, sacrifiant le luxe à l'errance... délimitée du bistrot du coin à celui de l'avenue principale. Champagne ! Arnaques, casses clopinettes, on retrouve ces durs de

profil aux rubriques faits divers, ou ils se sont rangés et, tout en beuglant leur sacro-saint refus de toute compromission avec "les riches", triment trente-neuf heures par semaine derrière un Smic dont la majeure partie engraisse un barman forcément cynique qui feint un intérêt émerveillé devant leurs élucubrations. Les soirs sans football à la télé, ils calment leurs nerfs sur leur meuf, le p'tit trou condamné à vieillir en larmes à la cuisine. Eux aussi ont échoué, mais l'alcool leur évite les états d'âme. Boulot, goulot et Jean-Pierre Foucault. Des révoltés sans cause maintenus artificiellement sous espérance par des billets et des grilles de la Française des Jeux, société de braquage légal des plus démunis. Eux, vous et moi : les paumés, les funambules et le notable ; cette classification hiérarchique me réjouissait mais il n'y a pas de quoi pavoiser : nous sommes d'une même génération piégée. La génération morale s'est faite piéger, jamais Michel Noir ne représentera l'intégrité à l'Elysée, perdre les élections plutôt que son âme, je l'ai applaudi. Nous sommes d'une même génération piégée, mes amis. A nos âges, nos aînés, "parents" selon le langage officiel, les soixante-huitards, voulaient vivre sans travailler, dénigraient la société de consommation et nous réclamons du pouvoir d'achat, exhibons nos chaînes ! Nous n'avons rien compris. Ils ont raison de nous prendre pour des cons, nous presser comme des oranges, comme des citrons, jusqu'à la dernière croûte va !
Nos retrouvailles, cette conversation tombe vraiment à pic. Ce n'est pas un hasard. Il n'y a plus le moindre hasard dans nos vies magnétiques. Jeudi dernier, la une d'un news comme il faut dire, m'a déjà remué, écoutez un peu, "changer de vie, c'est possible. Pourquoi pas vous ?" Je l'ai acheté, les arnaqueurs, ils vendent un tissu de banalités

grâce à un titre racoleur. Rien que des témoignages : un haut fonctionnaire reprend le garage familial ; une ex-mannequin tient une agence de voyage ; un directeur financier élève des chèvres... On n'est pas du même monde. Et la boule au centre du ventre resurgit, messagère du encore jeune fatigué, je suis encore jeune ! Mais tellement fatigué d'une existence au rabais. J'ai balancé leur torchon et senti monter la déprime... vainement j'ai cherché un providentiel exutoire, mes petites collègues, ces chères pouffiasses, jurant ne pas pouvoir se libérer. Déjà un nonosse à ronger. C'est ça la vie du célibataire en ville. Le retour de la diarrhée sonna l'hallali. Même plus la force de descendre traîner les bars, les caves. Mal en point qu'il était le cadre. Heureusement y a le whisky. Riez pas de moi. Riez pour moi ! A quoi bon rire. Rire ou en pleurer. Tout est illusion. Tout est vain. Le malheur des hommes est injustifiable, pas de baratins ni de béquilles. Savoir penser et ne rien pouvoir changer à notre condition. Ah ! La finitude !

Etre centenaire ? Un objectif réaliste ! titrait aussi le magazine dithyrambique sur la longévité de cette Jeanne si critique envers Vincent Van Gogh…

Le mélange des deux dossiers, dont il ne lut que les gros titres, interlignes et légendes des photos, lui avait renvoyé à la tronche ses vingt-cinq printemps ; vingt-cinq ans, dans l'absolu occidental contemporain, c'est encore jeune, mais les cinq dernières années passées tellement vite, cinq ans comme une lettre à la poste, tombés dans un grand trou noir, et les trente suivantes prévues du même acabit, il s'était alors vu à cinquante-cinq balais, décati, seul et chauve, préretraité marmonnant du matin au soir "qu'ai-je fait de ma vie ?"

Les pages sur l'intérieur parisien de l'hôtel particulier de Bernard T. l'avaient littéralement assommé. De l'or partout ! Il est beau le socialisme ! Je n'aurai jamais le dixième de ça avec un tel job, on a l'impression d'être des importants, on est que des termites qui engraissent les grands manitous, spéculateurs et compagnie. Je ne suis rien, je ne serai jamais rien. Je suis resté de la lignée des exploités, les bureaucrates sont les salariés agricoles de l'ère post-industrielle. J'ai cru m'émanciper, gravir l'échelle sociale... Quand tu nais dans l'ombre, t'as peu de chance de voir le soleil... Voir le soleil, voir ce que les hommes ont cru voir, et après ?

III

Déjà vieux ? Définitivement embrigadé ? Esclave du Dieu fric ? Larve ? En tout individu, une petite voix, habituellement inaudible, étouffée par le brouhaha social, familial, refuse cette soumission "naturelle" et répand, souvent au gré de rêves ou cuites, des idées irrémédiablement considérées farfelues. Il divague, l'alcool le fait retomber en enfance, concluent, scandalisés ou apitoyés, les témoins.

A la troisième bouteille de champagne, encouragés par les bulles, ses farfadets, mauvais esprits, anges protecteurs, se déchaînaient, vitupérant, se relayant sans se contredire. Leur message : sur la grande autoroute humaine vous abordez l'ultime chicane ; si vous la ratez, c'est le troupeau à perpétuité. A perpétuité. Jusqu'à l'électrocardiogramme plat éteint.

- Aucun doute : il faut quitter ce merdier. Et seule l'illégalité peut nous le permettre. Nous devons reprendre du service dans la délinquance, mais à un stade supérieur : pour devenir riches. Riches.

Quand Mathieu et Patricia, goguenards, l'aspergeaient du restant de la cinquième bouteille, escomptant ainsi le tirer de la torpeur où il était tombé vers sept heures du matin, vautré sur le canapé skaï, malgré une mémorable gueule de bois il explosait en bonnes résolutions : la tristesse bureaucratique appartient au passé et l'Amitié triomphera. La "nuit" avait balayé les impossibilités précipitamment apparues la veille. *Arrête, on déconnait, on a trop picolé, on a dépassé l'âge.* Rien ne pouvait l'arrêter, pas même l'apéro, ils devront subir plusieurs fois son plan (et ses anecdotes), finalement décrété *"génial"*, sans faille.

D'abord la liberté, obtenir un licenciement, porte des Assedic, statut de victimes, donc ne pas éveiller les soupçons (éviter le piège des m'as-tu-vu, de la gloriole : après un bras d'honneur à leur patron ils vivent grandement du vol ; rapidement repérés ils moisissent en prison).

Puis préparer une couverture : poète ! Soit concrétiser un des "rêves inaccessibles" de sa tardive rencontre avec la littérature.

- Bien sûr je ne me suis jamais vraiment bercé d'illusions : en grandissant éloigné des livres j'ai raté la ligne de départ, accumulé un retard irrémédiable et, malgré l'enthousiasme d'oiselles pour mes "poèmes", demeure, et suis voué à demeurer, un piètre écrivaillon.

Comment aurait-il pu en être autrement !? Le génie ? Cet argument sert à se dédouaner de sa propre médiocrité et à maintenir les gens "à leur place." Seul le "travail"... et travailler élève très haut mais, à dix-sept ans, la découverte du mausolée d'icônes auréolées de leurs œuvres majeures, décourage l'inculte pris d'un irrépressible vertige face au gouffre des lacunes à reboucher à la petite cuillère.

A dix-sept ans, et même à vingt-cinq, il ignorait l'urgence d'assaillir la voie de la connaissance. Et s'il l'avait pressentie, les adultes l'en auraient dissuadé : à dix-sept ans on se devait déjà d'être sérieux, soucieux de son devenir ; déjà plus de place pour la passion, les envies, le risque, les contradictions, les bifurcations. La liberté des études ? Un leurre : les jeunes sans parents fortunés ne peuvent chercher leur domaine de prédilection ; la société envoie, selon ses besoins, des pions vers des filières affirmées gratifiantes, et jamais la majorité des orientés ne croisent leur talent.

- Cher jeune homme, la raison vous manque ! Quitter

l'informatique, secteur en exponentielle expansion, où les salaires flambent, pour les lettres modernes. Il faudrait avoir perdu tout jugement. Votre scolarité est exemplaire, aucun redoublement, vos notes sont convenables. Vous traversez une période perturbée, de remise en cause, l'adolescence, nous avons tous connu cela, mais ne commettez pas l'irréparable. Nous n'avons pas le droit de vous laisser commettre pareille ineptie. Croyez-en mon expérience, vous le regretteriez. Prenez plutôt rendez-vous avec notre psychologue, vous vous sentirez nettement mieux ensuite.

Le proviseur, le censeur, le conseiller principal d'éducation, les professeurs, chaque représentant du circuit administratif aurait asséné ce discours, acclamé par chaque citoyen *responsable*. Sa mère aurait traduit : "*T'es cinglé.*"

- Mais peu importe : arguant du dédain des éditeurs envers la poésie, je revêtirai les haillons d'un Arthur du béton et des roses, en marge mais vivant de sa plume... grâce à l'auto-édition ! Enfin l'informatique me servira ! En publiant, chaque année, un recueil tiré à dix mille exemplaires, mathématiquement cela assure cinq cent mille francs de revenus. Cinquante patates ! Nettement suffisant pour trois, puisque officiellement vous assurerez leur vente, "distributeurs exclusifs." Dix mille bouquins par an, soit une trentaine par jour, soit deux à l'heure en suivant une astreinte bureaucratique : notre projet est vivable et réaliste. Nous recevrions l'approbation des Chambres de Commerce.

Ensuite, déjouer les pièges de ce nouveau métier : ne pas passer de la jungle sociale à celle du milieu, encore plus cruelle, sanglante. Et d'ailleurs, ne jamais côtoyer le milieu. Ne jamais oublier notre motivation initiale : fuir la galère du salariat, véritable vieillesse en accéléré.

Le vol devra rester un moyen, ne jamais dériver en jeu ou but. Il faudra prendre le fric, quitter la région et vivre de nos rentes : impossible, affirme la légende, voler devient une drogue dès que l'argent perd sa valeur ; on le dépense à la pelle, on se condamne à fréquemment retourner au "distributeur." Contre cet engrenage potentiel, une seule arme : ne pas utiliser un centime du butin avant de se ranger définitivement.

IV

Quand pareil comportement défraye la chronique, les news, les *autorités*, les *sommités*, les notables, le café du commerce, les cancaniers et cancanières pérorent vertueusement : comment ose-t-on s'exclure de la société des salariés qui ont tout pour être heureux ? Ces gens irréprochables assènent, prétendent ainsi justifier idées, dogmes, banalités, et le programme électoral. Mauvaise influence ? Un certain climat malsain apprécierait que le citoyen *respectable* soit détourné du droit chemin par un zonard, de préférence d'origine étrangère, si possible immigré clandestin, mais nul n'a décidé à sa place. Et même les jours suivants, il persistait. Inconscience ? Il mesurait la difficulté de ce projet. Attrait du risque ? Le réduire au maximum ! Air du temps ? Les médiatisés incitaient à la prudence, conseillaient la patience, "*en attente de jours meilleurs.*" Hérédité ? Paysans, ses parents respectaient scrupuleusement les lois, moins par conviction que par peur du gendarme. Folie ? *C'est avant que j'étais fou ! Social.*
Jel s'interrogea sur les raisons qui contraignent les citoyens, Hommes statutairement libres, à accepter, ou réclamer, la monotonie du travail sans passion. Il se contenta d'un facile *parce qu'ils sont cons.*

Essayer d'apporter une réponse exige de reformuler la question en termes personnels : pourquoi avoir attendu si longtemps, avoir gaiement toléré l'humiliation d'un moi voilé ? Pour la première fois, mais sans en avoir conscience, il était libre, non attaché familialement. Et la majorité des socialisés, prisonniers des liens qui attachent, ne connaissent jamais cet état.

Les forces centripètes l'avaient lâché : plus d'Amour, aucune charge à long terme et une mère, à la surprise générale, victime d'une crise cardiaque trois mois plus tôt, à soixante-trois ans. Il avait alors essayé de se comporter comme Thérèse, qui l'appela dans son bureau le jour de son retour, le conseilla, ne pas vraiment porter le deuil, ne pas "se morfondre." A quoi bon. Faut continuer, ne plus y penser, vivre comme si l'on était éternel.

Sa subreptice manière de le culpabiliser agissait en garde-fou, le retenait : il ne l'aurait jamais accablée du *"déshonneur"* d'un fils en marge, au chômage, n'aurait pas osé *"gâcher une retraite bien méritée."*

Par des larmes, des reproches d'ingratitude, elle avait toujours balayé ses *"sottises"*, durant les fastidieux repas qu'elle réclamait aux fêtes et anniversaires, souvent le dimanche - *"tu ne vas pas laisser ta pauvre mère toute seule un dimanche."* Au moindre vague à l'âme, à la moindre confidence, ses répliques fusaient : *"avec tout ce que j'ai fait pour toi"* - l'impossible dialogue entre un fils et sa mère qui confère à ses souffrances passées le statut du sacrifice, gage de grandeur, d'où pulsions dominatrices, colères face aux contradictions ; *"avec tous les avantages que tu as."* Et elle égrenait la longue litanie des drames du chômage, les connaissances sans emploi, le retour de la misère, les entreprises en difficultés. Et dénichait toujours, parmi les proches d'une de ses amies du club du troisième âge, *"un jeune qui a voulu se croire plus malin que les autres et martyrise sa pauvre mère, lui mange tout son bien."*

Elle enviait les familles où les enfants, mariés, ne ratent sous aucun prétexte le repas dominical chez grand-mère, regardent Jacques Martin en racontant leur semaine, commentant les nouvelles : cette image de son *bonheur*, incrustée en lui par de régulières remarques, explique sa mise en ménage avec Marie et si cette *"bonne belle fille"*, plutôt que de s'acharner à vouloir échanger une alliance avait réclamé des enfants, il aurait cédé, et ils seraient vraisemblablement encore ensemble, tristes, blasés... mais *comme les autres*. Toute une *vie* comme les autres, d'abord pour la mère ensuite pour les enfants, on passe ainsi, dans la cellule familiale, de chaîne en chaîne. Contente, sa mère commentait sa réussite, dernier espoir qui la réconciliait avec la vie. La trentaine déjà entamée elle avait accepté le mâle jugé apte à relancer l'exploitation agricole familiale, à suppléer le pater, l'homme de la maison chancelant, sur le point d'achever plus d'une décennie d'héroïque acharnement en cadavre ambulant, contrecoup d'un séjour en camp de concentration schleu. Attendu anxieusement après d'innombrables fausses couches, la mort d'une fille à trois semaines et la promesse du mari d'arrêter la boisson si elle lui donnait un fils, Jel se retrouva, dès la naissance, catapulté joker, lesté d'un fardeau trop lourd. Mais, quelques mois d'abstinence plus tard, le père rechuta et le fils ne le connut qu'ivre ou en cure de désintoxication.

Ne pouvant nier ses déboires elle ne s'en considérait nullement responsable : retirée de l'école à douze ans pour cause de guerre, sa mère refusa qu'elle y retourne à la Libération, l'attela aux travaux les plus pénibles et régenterait ses rares loisirs (interdiction des fréquentations masculines). Alors "comme tout le monde", elle subit *le destin*, consentant à un mariage arrangé, supportant un alcoolique, dormant peu, travaillant pour deux, croyant ainsi agir courageusement alors qu'elle payait simplement très cher une pusillanimité qui la ligotait à l'époux, par peur du *"déshonneur"*, se retrouver seule puis seule avec un enfant, devoir l'abandonner à la DASS... alors que n'importe où, une abnégation identique à celle qu'elle déployait à la ferme l'aurait mise à l'abri du besoin. Mais, considérant les gens soudés où ils sont nés (*"où la chèvre est attachée, il faut qu'elle broute"* disait, paraît-il, son grand-père), elle n'aura jamais sérieusement envisagé cette éventualité. Elle était de ceux qui s'avouent fatalistes, les vaincus d'avance. Et l'héritier devait être de la même espèce ; ainsi elle s'opposa à ses envies footballistiques : pour devenir *quelqu'un* (selon elle le cramponné en short professionnel était *quelqu'un* car on le voyait à la télévision et il gagnait énormément d'argent), il fallait *"être né ailleurs qu'ici."* Et quand le frère d'un copain du collège revêtira la célébrissime tunique sang et or, ses idées reçues trancheront, lui épargnant toute réflexion : *"il a été pistonné."*

Mais il n'aurait surtout jamais fallu l'accuser d'hypothéquer l'avenir du fils chéri : elle pressentait que son mari coulerait, boirait l'exploitation, alors elle se promit de l'élever dignement, *"tenir jusqu'à la fin de ses études."* Certains, admiratifs devant son courage, cet objectif, répétaient "comme elle aime son garçon" ; en fait, comme tout le monde, elle aimait la sensation tirée de ce *sacrifice*. Et elle lutta pour lui procurer ce qu'elle jurait regretter de ne pas avoir reçu : l'éducation. Réaction classique : on croit que la vie serait meilleure si des événements extérieurs (le responsable n'est jamais soi), n'avaient contrarié nos projets. Alors on souhaite fournir à ses enfants ces *clés du bonheur* (les clés de son propre bonheur, selon le prisme facile de la relecture du passé qui nous dédouane de l'échec sur un événement extérieur), on ne veut pas interdire ce qui nous fut interdit (ce que l'on prétend, lors de la relecture du passé, qui nous fut interdit) ; et l'on vivra ses rêves par procuration, conseillant à sa descendance, avant d'ordonner, le chemin *injustement* stoppé.

A vingt ans Jel avait obtenu un BTS : elle y vit une récompense (la finalité des études se limitait selon elle au diplôme), réclama son *éternelle reconnaissance.* Il pouvait, devait donc, devenir bureaucrate, *"un monsieur endimanché tous les jours"* (la tranquillité, le salaire assuré, à ses yeux le paradis terrestre). Elle ne l'interrogea jamais sur ses désirs : ils ressemblaient forcément aux siens, un toit, le manger et de l'argent pour rien avoir à demander aux riches. Aspiré, phagocyté, il agissait socialement comme dans son ventre, parfois en lançant des coups de pieds mais toujours sous sa coupe.

Cet étouffement maternel compris, un aphorisme, jugé *"génial"* sur le moment, lui vaudra l'admiration de quelques fans : vivre, c'est réaliser soi-même ses rêves. Avec le poids de cette existence gâchée, on comprend mieux pourquoi jamais Jel ne se serait exposé à un risque pouvant l'expédier derrière les barreaux. Les gens agissent toujours logiquement, dans leur logique. Il restait comme il faut être. Comme sa mère pensait qu'il faut être. Comme la tradition avait inculqué à sa mère qu'il faut être. A la lumière de cette introspection son passé se lit autrement, ainsi, exemple, il s'est menti quand après trois cambriolages il a prétendu refuser l'exploitation du receleur ; c'était la peur d'être arrêté, qu'Elle "ne le supporte pas", donc il avait avancé le premier prétexte pensé pour ne plus marcher sur un fil (avant, l'insouciance prédominait, l'inconscience du danger !).

Nulle inhibition chez Mathieu : son père et sa mère estimaient que, selon la phrase qu'ils déclamèrent le jour de sa majorité et qui marqua Jel, *"les parents n'ont aucun droit sur leurs enfants et les enfants aucun devoir envers leurs parents : l'expérience ne se transmet pas, chacun fait la sienne. "* Un cancer du sein l'a vaincue peu avant ses vingt-deux ans ; trois mois plus tard, par assèchement du fluide vital, son mari la rejoignit.

"L'expérience ne se transmet pas" : ses parents croyaient ne rien devoir lui apprendre ; il croyait donc ne rien avoir à apprendre, toute sa vie il fut ainsi sans repère, une proie facile à manœuvrer.

Pourquoi supportait-il l'embrigadement puisqu'aucune morale ne le retenait ? Des ressources psychologiques exceptionnelles sont nécessaires pour s'extraire seul des griffes de la banalité.

Je dois l'aider à franchir le cap. Car j'ai besoin de lui : je suis incapable de braquer.

Les rôles semblaient évidents : à Mathieu l'action, à lui la préparation. Le manuel et l'intellectuel, la tête et les jambes. Je dois être son collègue en liberté. Patricia ? Elle aussi aucune inhibition héréditaire ne la retenait mais l'union de leurs forces se limitait à passer en fraude boissons et biscuits au supermarché où elle était caissière. Ils auraient voulu autre chose mais ignoraient la démarche. Je dois être leur guide. C'est pour leur bien, leur bonheur.

--> Faire le bonheur des gens malgré eux : l'excuse des dictateurs et la nôtre, quand nous manipulons l'autre.

V

Tandis que Jel aidait Mathieu à changer la roue de leur
Clio, Patricia a posé le caméscope sur la tablette du
téléphone, l'a braqué sur le fauteuil où l'ami retrouvé avait
pris l'habitude de s'installer, a appuyé sur la touche ON et
caché avec un torchon le voyant rouge. Elle est tellement
heureuse de le retrouver. Ça nous fera au moins un
souvenir, au cas où il disparaît aussi vite qu'il est revenu.
C'est la trace la plus ancienne de Jel en vidéo (il se
souvient avoir été filmé lors d'un mariage et d'une
communion, où une éphémère compagne l'avait emmené
mais retrouver ces documents présenterait un intérêt
limité ; c'était le genre "regardez la caméra, je filme", ces
souvenirs qui plaisent tant dans certaines familles).
- Tu réapparais un soir et tu voudrais tout chambouler. Toi
t'as rien à perdre mais moi j'suis avec Pat.
Mais Jel savait comment le prendre ! J'ai plus quinze ans,
j'suis plus le foufou que t'as connu, j'ai évolué moi, t'as
lentement dérivé, tu es presque à point, un jour t'en
arriveras même à croire que c'est toi qui en as eu l'idée et
qui as dû me convaincre.
L'euphorie de sentir proche l'instant idéal pour placer le
speech mûrement élaboré et jugé génial, réveille chez Jel
le sourire déclaré carnassier par ses collègues quand gravir
la hiérarchie le démangeait, il savoure d'avance le
nécessaire "c'est d'accord" d'un Mathieu rallié à sa
démesure, presque déraison, alors ils s'enlaceront et cette
accolade scellera leurs retrouvailles, leur, son triomphe ; il
jubile, certain de son fait, et cela vaut bien quelques
risques, quelques arrangements avec la légalité : voici le
temps de la Liberté.
- Comment peux-tu te satisfaire de cette petite vie galère,

entre télévision, stress, horaires, embouteillages et traites à honorer ? A vingt ans on rêvait d'autre chose... A vingt ans on voulait le monde à nos pieds. On voulait tout et tout de suite. Et on n'a rien, et si ça continue on n'aura jamais rien, on passe à côté de tout. On est déjà des vieux. On s'est fait piéger. Tu veux rester un piégé ?
Dix jours d'acharnement auront suffi !

Patricia, "*fatiguée de cette vie de cons*" mais réticente (*"c'est dangereux"*), désirant conserver son emploi (espérant encore les retenir ?), Mathieu obtenait, le premier, en deux mois, sa disponibilité, un licenciement pour incompatibilité d'humeur avec le responsable départemental. Durant cette période, reprenant d'anciens textes, Jel noircissait trois cents feuillets de naïves fientes poétiques et impressions qualifiées "révolutionnaires" : nettement suffisant ; cela servirait ultérieurement.

Mais la direction feignait d'ignorer, donc tolérait tacitement, son inactivité : la rumeur invoquait une rechute en crise post-adolescente passagère ; agréable analyse lui valant des attentions particulières, dont celles de Chantal, responsable marketing ayant jusqu'alors systématiquement repoussé ses avances ; une bouche de velours ! Deux mois supplémentaires d'oisiveté, perturbation du service par des onomatopées psychédéliques, simulations d'évanouissements et propos désabusés, furent nécessaires pour susciter un embryon de réaction : une convocation chez Thérèse : elle le comprenait ! Et lui conseillait quinze jours d'arrêt, ou même trois semaines, avec séjour à la montagne ! Elle aussi, le surmenage la dévastait parfois ! Et son mari, pensez donc, avec tant de responsabilités... Il fallait frapper fort, la désarçonner :
- Tout est leurre, imposture, mensonge, iniquité. Victor Hugo, un grand homme, madame-je-n'ai-jamais-dit-ça.

- Comment ?

- C'est pas un problème de surmenage, car durant vos absences, vos missions parisiennes, on se la coule douce ; c'est un problème de têtes de cons à supporter. Le grand patron et ses grandes messes ; vous et vos réunions ; Jef et son paternalisme, et son planning ; et les autres, ronds-de-cuir chloroformés, béni-oui-oui à vos pieds. Je suis un artiste, un poète et vous des morts vivants. Morts vivants. Danse, danse, mort vivant, suis la cadence, c'est ta dernière naissance. Quelle impudence ! La démence, une plaisanterie, vidéo gag ? Prise au dépourvu, ses discours préfabriqués ne fournissaient aucune réplique pertinente. Elle exigea des excuses. Rire sarcastique ponctué d'un *"pauvre vieille"* à mi-voix. Le lundi suivant, le président directeur génial l'accueillait dans son grand bureau : il fallait oser, surtout ne pas se laisser impressionner :

- Vous voudriez bien écraser votre cigare, la fumée m'incommode.

- Comment ?

- Depuis le décret de novembre 92, vous êtes tenu de ne plus agresser vos collègues avec votre fumée.

- Je donne les ordres. Je ne les reçois pas.

- Je me réfère à la loi. Et si mes interlocuteurs n'ont pas l'intelligence d'en faire de même, j'en réfère à la justice.

- Allons, si cela fait plaisir à ce monsieur, je m'incline volontiers. Avec dans les yeux le plus de mépris possible. De mauvaise humeur, parfait !, donc peu enclin à la clémence.

Dix minutes plus tard :

- Vous êtes viré. Viré jeune homme. Vous l'avez bien cherché. Vous le regretterez. Plus une entreprise ne vous embauchera. J'ai mes relations et on m'écoute. Ce n'est pas un jeune morveux qui va faire la loi ici. Pour qui vous prenez-vous ?

- On verra aux prud'hommes si vous avez le droit de m'insulter et de me... "*virer.*" En plus, je sais des choses. Le nouveau siège ? Le sinistre chez votre neveu ?

-

- L'informatique est au cœur de l'information, comme on dit dans les brochures.

- Je vous donne 200 000 et je ne veux plus vous voir.

Il avait espéré une petite prime, entre gentlemen toutes les séparations se concluaient ainsi, prétendait la légende. Mais pareil jackpot ! Il parvenait à réfréner son enthousiasme, merci whisky, sans toi je n'y tenais pas tête, à monsieur Beaudier :

- 300 000

- 250 000

Le kaiser, comme il aimait tant se faire surnommer, sonna sa secrétaire, d'une voix mécanique la chargea des formalités et dicta la lettre d'accord transactionnel excluant toute action en justice. Jel regagna les mètres carrés encore appelés *mon bureau*, s'enferma, trois post-it "ne pas déranger, réunion", placardés sur la porte, et savoura silencieusement l'instant, tandis qu'au quatrième étage les services administratifs liquidaient son dossier. A seize heures, cravate chiffonnée et menues broutilles enfournées dans son attaché-case, il informait ses collègues de cette séparation, les saluant une ultime fois, puis sortait libre, un solde de tout compte et un chèque, le plus gros alors jamais vu, en poche. Et des idées contradictoires plein la tête (l'agitation face au vide) : terminés les levers du matin décidés par un réveil forcément agressif ; terminés les sourires artificiels, les airs affairés ; plus de grille grise à maudire ; plus de faux problèmes déclarés cruciaux ; vive la liberté, les grasses matinées, tous les jours dimanche, à partir de maintenant plus personne ne me dira ce que je dois faire... Cinq années, des débuts angoissés au rayonnement, au dégoût larvé, s'achevaient. Cinq années de rapports froids, faussement chaleureux ou sexuellement sous-tendus. Un lustre sans amitié : chaque personne rencontrée - en plus des collègues, principalement les "personnalités locales" conviées aux assemblées générales, les bedonnants du conseil d'administration et des condisciples de formation - l'avait déçu : passé le premier contact, où l'amabilité, la façade sociale peut leurrer, c'est le vide ; petites contrariétés, mensonges, envies de fric, de pouvoir ou de cul. Derrière l'écorce : l'abîme, nié le plus possible, masqué du mieux possible publiquement. Soixante-quatre mois et vingt-trois jours exactement pour une évolution, le désenchantement, le racornissement, le rancissement. Cinq ans plus tôt, l'espoir d'un monde meilleur l'éclairait encore, les slogans égalitaires le touchaient, les indignations, les saintes colères de l'Abbé Pierre le vivifiaient, les beaux sentiments l'agitaient, et en peu de temps seules les solutions individuelles semblèrent dignes d'intérêt : chacun se débrouille, vit de son mieux sur cette terre dont nul ne saisit la logique. Chacun pour soi, ou plutôt pour son petit groupe, ses proches, sa famille. L'égoïsme ? Ne croyez pas cela aurait répondu le cadre, et rappelé que parfois, après des "images insoutenables", il notait un C.C.P. Mais on ne peut pas porter toute la misère du monde sur ses épaules, juste signer de temps à autre un chèque, évidemment s'il est déductible des impôts et n'impute pas le budget loisirs. Mais y a tellement de causes, cancer, sida, téléthon, tremblements de terre, inondations, restos du cœur, famines. Faut choisir sa

Bonne Action. S'acheter au moindre prix une Bonne Conscience. Et où va notre argent ? Il regarda ses ex-chers collègues de haut, fier de ce nouveau virage à quatre-vingt-dix degrés. C'est cela la vraie liberté, pouvoir prendre des virages à quatre-vingt-dix degrés sans rien demander à personne ! Pouvoir être excentrique. Une intense jubilation intérieure. Je suis libre moi ! Moi.

Aucun de vous ne s'en sortira ; vous êtes piégés, tellement piégés que vous n'avez plus conscience de l'être. Surpris, certains s'intéressaient *"que vas-tu faire maintenant ?"*, sans comprendre, ou préférant ne pas saisir l'allusion du *"et toi ?"* en cynique réponse : le lendemain devait ressembler au jour en cours, l'imprévu étant indésirable, redouté. Son licenciement conforterait leur certitude qu'il ne faut pas chercher de poux au pouvoir, qu'on, *on* pauvre pion, est peu de chose dans l'entreprise.

Comme ils sont médiocres ! Toujours courbés, inquiets, résignés à une triste existence, vides comme s'ils n'avaient jamais rêvé Liberté, d'une vraie vie. Ils rêvent pourtant encore, de Michel Sardou ou Kim Basinger, une idole vient les sortir du marasme où ils ne méritent pas de végéter. Comment ai-je pu être comme eux. Cravaté ! Rasé de près ! Cheveux courts ! Déjà frustré aussi ! Les premiers échelons gravis à toute vitesse, passé d'insignifiant programmeur troisième degré au titre désormais officiel d'adjoint de l'adjoint, je stagnais. La course aux promotions aussi aurait pu me retenir dans leur routine, leur droit chemin. Thérèse et Jean-François, à neuf et dix ans de la retraite, il me fallait être patient. Dix ans de jours toujours les mêmes.

- Pourtant, jamais je ne les ai détestés ces chers collègues. Paradoxalement ils m'attiraient : ils sont *comme les autres*.

C'était le leitmotiv de sa mère, *être comme les autres*, de la grande ronde humaine. De plus, historiquement, qui oserait les blâmer ? Avec peu d'efforts ils obtiennent un luxe à faire pâlir d'envie n'importe quel besogneux d'avant la folle expansion économique ; inconsciemment conscients de ce privilège ils s'accrochent à cette situation, nul ne peut prétendre leur trouver ailleurs une vie plus intéressante, puisque la vie n'est pas l'illusion envisagée durant l'enfance. Et durant quatre mois il avait expérimenté une autre manière d'aborder le travail, sans esclavage ; cette découverte le traversa d'une immense sensation de regrets. Comme un monde tombé sur la tête ou la sortie de la caverne chère à Platon.

Ces quatre mois furent l'éclaircie d'un parcours professionnel classique donc insipide : hormis les astreintes horaires, il était libre. Libre comme seul peut l'être sous un régime despotique le vieillard stoïque à l'idée du trépas : le vieillard peut braver les ordres, on ne peut plus lui prendre que la vie et elle n'a plus l'importance qu'il lui accordait durant sa jeunesse - cette référence au vieillard sous un régime despotique le tarauda longtemps, une image symbolique. Inutile de simuler le travail : le flagrant délit d'inactivité aurait dû l'enthousiasmer : le rôle du parasite aurait dû lui convenir ; il aurait pu durer ainsi jusqu'à la retraite : il suffit d'interrompre les plages d'oisiveté par des congés maladie. Un docteur en mal de clientèle aurait facilement juré à la dépression chronique nécessitant des arrêts fréquents agrémentés de sorties libres (et non de dix à douze puis seize à dix-huit), contre fidélité à son cabinet, passage régulier à sa caisse. Son salaire offrait d'honorables conditions matérielles : il aurait pu dire stop au jeu de dupe de la stressante course aux augmentations, se tenir tranquille dans un placard doré.

Mais l'idyllique n'apparut que rétrospectivement et furtivement (en franchissant une ultime fois la grille grise) : il n'a pas su en profiter, toujours à vouloir en rajouter dans le simulacre, tel son vieillard impassible face à la mort mais tiraillé par l'envie de parader, être héroïque. Cette nostalgie du bureau laissa place à l'euphorie, il serra son portefeuille, j'ai réussi !, l'impression et l'envie de crier je ne suis pas un mouton, j'existe, je suis un vrai révolté, toujours sur les chemins de la Résistance.

Le dimanche, passant *chez sa mère* récupérer des fringues moins guindées, il utilisa une dernière fois son almanach : "J'ai franchi la frontière, je me suis mis en situation de ne plus pouvoir retourner en arrière. Que sera demain ? Le début ou la fin ? Autre chose ! Et cette différence m'attire, vaut la peine d'être vécue. J'ai l'impression de me réapproprier ma vie. Oui, je suis libre. J'espère ne pas avoir fait une connerie. Non rien de rien, je ne regretterai rien. Vive la Liberté." Ensuite, nulle trace ne devait trahir ses occupations. Les indemnités de licenciement lui permettaient d'acheter comptant une vieille bicoque isolée, à quatre kilomètres seulement de celle louée par Mathieu et Patricia, quitter ainsi l'appartement en centre ville témoin d'un seul véritable bonheur.

Il aurait pu retourner au village de son enfance mais y aurait été observé : trop dangereux. Il souhaitait affronter le plus rapidement possible leur destin.

Pas un seul instant, ce jackpot encaissé, l'idée d'une vie tranquille dans la maison parentale ne l'a effleuré. Pourtant, avec ce toit, trente bonnes briques de côté et les aides sociales, il aurait aisément pu vivre, baba cool, libre et honnête. Il avait donc en lui une force maléfique : l'envie d'être riche. La Liberté à portée de main il croyait que pour être vraiment libre, il faut énormément d'argent.

Bien un enfant de cette époque, où le matraquage publicitaire a convaincu presque l'ensemble de la population qu'il faut posséder, consommer frénétiquement pour exister.

VI

Chômeurs. Ils étaient chômeurs. Demandeurs d'emploi ! L'affirmation d'être certain de retrouver rapidement un poste leur épargnait "bilans de compétences" et "formations de remise à niveau." Verdict des Assedic : allocation unique dégressive notifiée pour une durée de 912 jours dont 274 jours au taux plein ensuite diminué de 17% par périodes successives de 122 jours.

Evidemment ils pouvaient encore se rattraper aux branches du socialement-correct : à vingt-cinq ans, dont cinq d'expérience, quelques mois d'actives recherches devaient suffire, selon leurs interlocuteurs officiels, à les recaser. Mais alors : finis les *rêves !*

- Vous êtes chômeurs, vous êtes fiers ? Tu t'souviens Math, quand tu disais t'as rien à perdre mais moi j'suis avec Pat. Tu t'souviens ? T'as déjà oublié ! Patricia essayait de se contrôler, parler doucement. Je vais vous rafraîchir la mémoire. Elle appuya sur la touche lecture de la télécommande du magnétoscope, le feuilleton s'éclipsa : *Tu réapparais un soir et tu voudrais tout chambouler. Toi t'as rien à perdre mais moi j'suis avec Pat...*
- Tu es folle ! Jel bondit. Comment as-tu osé ? Il se précipita vers la télé, éjecta la cassette. Tu veux nous envoyer à l'échafaud ? Est-ce que quelqu'un a vu ça ? Réponds !
Ses yeux glaçaient Patricia, juste capable de bafouiller après quelques instants :
- Non.
- T'as des copies ? Alors !
- Euh ! Euh !... Non.
- T'as enregistré autre chose ?

- Non.
- C'est sûr ?
- Sur la tête de Math.
- Avec cette cassette y en a assez pour nous envoyer en prison. Toi aussi. T'as rien compris de tout ce que j'ai expliqué ?
- Je croyais que ça te ferait plaisir. C'était drôle en plus, tout ce que tu as dit, tu parles si bien.
- Drôle ! Mais elle est folle !... Malabar, surveille ta femme, sinon j'suis plus d'accord. Sinon j'me tire, et c'est pas demain la veille qu'on se reverra. Aucune preuve ne doit exister de notre défi à cette société pourrie. Demain je brûlerai cette cassette.

Il ne la brûla pas finalement. Pour la postérité ! Il l'enterra derrière la stabulation où ses parents avaient disposé une cabine de tracteur, où enfant il se réfugiait. En creusant il retrouva les trésors enterrés presque quinze ans plus tôt...

Serons-nous à la hauteur ? N'avons-nous pas poussé trop loin l'identification aux mythiques anarchistes ? N'avons-nous pas pris nos rêves pour la réalité ? Mathieu, es-tu sûr de tes nerfs ?

Déjà ils gambergeaient !

Dérobade : ils retardaient leur entrée en scène, sous le bon prétexte d'un hiver frisquet, qu'ils étaient mieux au chaud, entre bières, vodkas et délires, qu'ils avaient le temps. La voix sarcastique et vindicative du conformisme en profitait : il fallait y penser plus tôt, jeunes hommes, nous vous avions prévenus ! Que va-t-il se passer ? Je vais vous le dire. Durant près d'un an vous allez vivre dans l'opulence, sur vos économies et grâce au taux plein des Assedic. Puis vos Assedic baisseront. Ça dégringole vite quand on réduit de 17% tous les quatre mois ! Alors vous puiserez de plus en plus sur vos économies. Surtout ne pas réduire le train de vie de ces messieurs ! Surtout ne pas arrêter les beaux voyages, même les multiplier ! Puis un jour il n'y aura plus d'économies et les Assedic seront au plus bas. Alors, vous, l'ex-cadre, vous vendrez la maison de feu votre mère. Vous serez tellement pressés que vous en tirerez un prix dérisoire. Cela vous semblera quand même beaucoup, suffisant pour vous permettre cette virée en Thaïlande tant rêvée. Ah ! Les petites thaïlandaises. Quelques mois plus tard, l'argent ayant filé plus rapidement que prévu, toujours pour une bouchée de pain, vous vendrez la vôtre. Alors vous retournerez en ville et trouverez un appartement. En H.L.M. Et vous, l'ex-VRP, votre petite amie en aura marre de vous nourrir à glander. Les disputes seront fréquentes. Ce sera la rupture. Vous irez rejoindre votre copain. Ce sera la fête quelques temps. Canettes et cannabis à volonté. Puis un jour, les deux potes disjonctés du matin au soir ne régleront plus le loyer de leur taudis. Expulsion ! A la rue. Alors observez attentivement les zombis des cohortes de S.D.F. en guenilles, comme eux vous n'oserez plus nous regarder en face, vous marcherez derrière eux, puis parmi eux. Et vous réclamerez notre charité, rabougris derrière un morceau de carton. La galère. Les soupes populaires. Enfoncez-vous dans la tête que nul ne défie impunément la loi du marché !

Jel « entendait » parfois ce discours, avec la voix de ce monsieur Beaudier.

Effectivement, statistiquement, ils tombaient sur la pente savonneuse, où souffrent par millions les traîne-misère ou en voie de paupérisation, ces victimes du refus des privilégiés de partager les fruits du progrès et du développement mondial qui restreignirent les besoins en travail manuel sur notre territoire, comme le scandera sous peu Jel. Mais la majorité des exclus restent dans la légalité. Malgré la déprime, les humiliations, les difficultés financières, les mensonges officiels et le soupir dédaigneux des épargnés. Cassés, les Assedic objets, les ANPE poteaux, acceptent n'importe quoi : ils ont intégré la morale patronale : le travail offre la dignité ; il faut accepter n'importe quoi à n'importe quelle condition. Les Cassandre les énervaient. Et Patricia aussi, trop souvent leur messagère. Toujours à gâcher leurs rêves ! Rêves d'inconscients aux idéaux de pacotille, malheureusement. Quelques bières, un joint, et le fric des casses n'est plus qu'une question de temps. Et vive la grosse galette, les voyages tropicaux, décapotables, bacchanales, villas avec piscines...

Et vive la Liberté ! Mathieu s'était totalement rallié à ses lyriques tirades sur la Liberté : si la justice, l'équité, régnaient, nous consentirions, avec joie en plus, à une activité intéressante, humainement enrichissante, au service de la collectivité, deux trois heures par jour. Déjà au début du siècle des intellectuels pronostiquaient ce programme ! Alors ! Mais pour vivre dans le monde tel qu'il devrait être, un monde naturel donc imaginaire, à fabriquer sous bulle et entretenir, nous n'avons que ce moyen. On n'affronte pas un mur, on le contourne ou l'escalade.

Après une telle envolée, fier, Jel criait habituellement, *c'est ma tournée !* ; l'argent n'étant pas un problème, chaque semaine ils remplissaient les caddies nécessaires. Champagne au petit déjeuner, *"comme Prévert"* aimaient-ils répondre à Patricia (Mathieu confondait régulièrement avec Préboist), puis bières pour tenir jusqu'au midi... Le soir, Jel rentrait rarement chez lui, se vautrait dans le canapé. Le verre à la main, le regard vague, ils étaient les dignes descendants des Coupeau, Mes-Bottes, Bibi-la-Grillade, Bec Salé dit Boit-sans-soif ; la télévision a remplacé le tenancier, l'alcool ne se consomme plus à l'Assommoir mais chez-soi. La paresse aussi les gagnait, une vie de cochons, l'argent tant qu'on en aurait, on s'en donnerait à cœur joie. C'était plaisant de se laisser vivre, sans souci, sans idée, sans réflexion, devant la lucarne magique.

Mais les images de la Gervaise mendiante, agonisante sous l'escalier, revenaient à Jel, il avait lu Zola, et comme Etienne voulait échapper à ce qu'il craignait être une hérédité de la soûlerie. Une nouvelle fois il s'identifia à Etienne.

Oui, nous finirons poivrots. Comme ces clochards, le nez piqueté, un vrai dahlia bleu de Bourgogne, si nous continuons. L'orgueil reprit le dessus, l'orgueil d'avoir juré atteindre les sommets. L'orgueil de ne pas finir comme Coupeau, passé par la case tremblante et direct chez les fous, le cerveau grillé, schizophrénique ment dévoré par des ribambelles de rats, d'araignées...

VII

Durant cette fiévreuse période notre ex-cadre renoua avec Yves, revu *par hasard* au supermarché. Pour la énième fois, *mais ça faisait longtemps*, narrer leur premier contact, *explosif :* douze ans, le rêve d'un avenir en footballeurs professionnels, héros locaux qui portaient à bouts de crampons leur petit club respectif... au coude à coude en tête du championnat minime du district. Avant-dernière journée cruciale, match au sommet : une victoire ou un nul et Valdeon empoche le titre. Jel avait ouvert le score dès les premières minutes, un coup franc prétendu platinien (en fait, un simple tir tendu transperçant un mur gruyère et surprenant un goal inattentif) et, d'une tête piquée, Yves avait égalisé. Paralysés par l'enjeu, les locaux géraient la partie, redoublant les passes au gardien (c'était encore autorisé), lorsqu'à quelques instants du coup de sifflet final, après avoir éliminé trois adversaires, Yves file au but : d'un tacle par derrière, inévitable, sur sa cheville gauche, son futur ami le stoppait net. Les personnalités locales, le maire, l'instituteur et les gros propriétaires (du village où il a débuté l'école, le sien, d'une cinquantaine d'âmes, se limitant à une église et douze fermes) l'avaient chaleureusement félicité. Et offrirent à son père une cuite à l'œil.

Cinq ans plus tard, l'aléatoire des banquettes du train bondé les plaçait face à face : son visage lui semblait inconnu ; Yves ne l'avait pas oublié et engageait la conversation ; Jel n'avait pas envie de parler un lundi matin ; Yves déviait sur le foot puis ce samedi qui l'avait écarté des terrains presque six mois. Cela leur offrait un sujet de conversation. Il ne lui en voulait plus : il aurait commis le même geste décisif si les rôles avaient été inversés. Et malgré l'absence d'atomes crochus avec Mathieu, Yves s'incorpora facilement aux virées du samedi soir, jurant même une éternelle reconnaissance au dragueur professionnel entremetteur avec la blondasse qu'il zieutait depuis des semaines sans oser l'aborder, et finalement épousée. Jel considérait autrement cette aide : l'apaisement d'un sentiment de culpabilité. Déjà la mauvaise conscience !

Mais lui aussi sa mijaurée l'éloigna : leurs souvenirs footballistiques, leur rivalité de supporters lensois contre marseillais et *"ce puéril engouement"* devant le petit écran l'énervaient...

Il se prétendait heureux : comme prévu il avait arrêté la menuiserie, était entré à la D.D.E, l'équipement, le jour où son beau-père corrigea les tests d'admission, se la coulait douce, affecté au même établissement que sa femme, en congé depuis la naissance de leur enfant, Alexis, devant lequel ils se prosternaient, carrément gagas. Ils compatirent à ce licenciement, un malheur vu de leur prisme d'actifs, et lui fournirent la liste des concours administratifs. Ils n'auraient pas compris : le chômeur satisfait de son sort évitait ce sujet et ils trinquaient à la santé du beau jeu nantais.

Jamais Yves ne soupçonna ses activités criminelles mais, persuadé de la culpabilité de Mathieu, il lui conseilla de ne pas le défendre, ne l'appela plus, répondait avec toujours dans la voix la peur de lâcher un mot susceptible de le faire suspecter si la police les écoutait. Ainsi s'acheva leur complicité, sans dispute, par l'éloignement et le silence. Il ne veut plus me voir, il ne sait pas ce qu'il perd, pensera Jel, il ne sait pas que j'aurais pu être comme lui, et si ça avait été le cas je me serais dégoûté, ils se ratatinent, toujours à la bouche des jurons racistes, ils étaient pourtant comme moi et bientôt ils seront de gros cons, le portail fermé à double tour, l'interphone et la télévision.

VIII

- Les caïds, les durs, les spécialistes, les récidivistes, se seraient moqués : jamais nous n'aurions osé débarquer dans une ville inconnue et braquer la première banque croisée. Et pourtant, nous allions défoncer la porte d'honneur de la légende du grand banditisme, notre professionnalisme orienta polices et médias vers les mafias et autres organisations criminelles internationales. Nous allions réfléchir là où priment instinct et audace, nous allions appliquer aux attaques à mains très armées le *Discours de la Méthode* promulgué par Descartes.

- Mais avant ces "rendez-vous avec l'histoire", s'entraîner, assimiler les réactions de la flicaille et celles des badauds volontiers héros de l'inutile s'avérait indispensable.

- Idéales pour des apprentis comme nous, les stations services confirmaient les facilités de Mathieu, qui me sidérait déjà quand, durant notre kleptomane adolescence, les poches pleines, il souriait aux vigiles du Mammouth. Facile en principe : une journée de repérages. Et go, dix minutes avant la fermeture : j'effectuais un double passage et lançais l'as des as d'un signe : à moto il déboulait, obtenant facilement la caisse d'un employé paniqué par le fusil au canon scié devant les yeux.

- Converti en curieux, j'observais, ravi, la lenteur, plus d'un quart d'heure après le hold-up, de l'intervention policière. La grosse armada, avec filtrage aux axes principaux, constituant plus une parade destinée à rassurer le bon peuple qu'une réelle menace.

- Tu te rends compte mon pote, on a osé. Nous ne sommes plus de cette galaxie. Nous sommes d'une autre dimension.

On a compris le système. *Et on les nique les tristes figures, on les nique.*

- Exceptée cruelle malchance, impunité garantie : cinq autres stations services et sept magasins plus tard, nous agissions sans crainte, en "professionnels" : nous pouvions franchir un pallier.

- Sur le papier, braquer une banque n'apparaît guère plus compliqué ni plus dangereux (ni plus rentable d'ailleurs, pourtant braquer une banque reste la référence), mais la préparation du bouquet final exigeait le recrutement de comparses. Les relations nouées durant l'armée par Mathieu se révélaient précieuses et mon décrété légendaire sens de l'appréciation des Hommes dégageait une liste de candidats potentiels sur lesquels nous menions une discrète minutieuse enquête. Objectif : former une véritable escouade, efficace, inoxydable. Objectif atteint en trois mois : quatre mecs et deux filles, vierges niveau casier judiciaire, acceptaient nos conditions : ni amitié ni contact en dehors des obligations *professionnelles* et suivi scrupuleux des directives.

- Pour eux, je restais un inconnu, el plannificator, le cerveau, big boss mythiquement assimilé à un seigneur de la pègre. Et mon scénario, véritable signature, ne subit aucune retouche durant les vingt-sept applications gagnantes effectuées en trois mois : Mathieu et deux complices investissent la banque ; un coéquipier en couverture ; deux voitures, moteur en marche, orientées en sens opposé ; une fille, reliée à ses compagnons par talkie-walkie, surveille les éventuels mouvements des keufs. Le plan catastrophe ne servirait jamais : deux véhicules utilitaires bourrés de munitions, contenant chacun trois motos, installés sur les itinéraires de fuite.

- Complémentarité, solidarité et calme, l'heure des grandes missions sonnait. Première étape : les armes, facilement obtenues en dévalisant une armurerie puis en investissant un hangar militaire. Carrément ! Un arsenal digne d'une préparation de putsch, je l'ai prétendu ! Puis la répétition du schéma d'action : le vol de trois trente-huit tonnes ; la prise en tenailles d'un fourgon blindé ; l'arrivée du troisième camion sur la gauche, arrêté à hauteur des portières ; kalachnikov en main deux hommes masqués se précipitent sans danger par la droite et contraignent les occupants à descendre ; le fourgon est embarqué dans l'un des poids lourds et les convoyeurs présents à l'arrière obtempèrent gracieusement, tandis que Vincent tague "Ni haine ni violence" à la bombe aérosol verte.

- "Le gang des trente-huit tonnes a encore frappé." Dès la deuxième opération, le vingt heures, en mal de sensationnel, nous popularisait. Une nouvelle affaire d'Etat ! Des émissions spéciales ! L'union sacrée du pays exigée mais l'acclamation des petites gens qui nous pardonnent de dérober "*l'argent du contribuable*" car nous brûlons les sacoches de chèques. Les nouveaux Robin des Bois. Un peu de baume au cœur dans les foyers aux fins de mois difficiles : "*finie la carte bleue, on paye par chèque, ça peut rapporter un caddie gratuit.*"

- Mais une cinquième et dernière attaque qui dégénère : l'irruption d'une patrouille dans le bois d'Olhain. Et leurs tirs. Et la réaction du capitaine, immédiate, à la kalachnikov : un mort, deux blessés graves.

Appels à la délation avec promesses de rançons, descentes dans le milieu, perquisitions : l'enquête, commencée en fanfare médiatique, s'enliserait. Mais de leurs airs renseignés découla la dramatique répercussion : le vendredi soir, agissant naturellement, Jel apportait le journal chez mes amis ; ils ne l'avaient pas encore vu ; s'enclenchait une funeste mécanique ; la une serait fatale : en haut à droite, la photo d'un cercueil recouvert du drapeau tricolore sur lequel se penche, en larmes, un gamin d'une dizaine d'années (il les hait forcément, n'adhérera jamais à leur version : son père, en signant dans la police, prenait un risque, le risque d'affronter un homme déterminé, comme Mathieu, à vendre chèrement sa peau) ; et en haut à gauche, symétrique à ce cliché émotif, un portrait-robot dont Patricia soutint, à leur surprise, qu'il démasquait Mathieu...

- Nous avions ri ; elle prédit notre perte ; menaça de tout raconter pour se sauver, prit les clés de la moto ; nous n'avions jamais abordé pareille éventualité : d'un regard, sans une parole, la décision était réciproque, nécessaire, inévitable ; c'était elle ou nous, elle connaissait les planques d'armes et celles du fric ; trois minutes plus tard, la pauvre ne pouvait éviter notre voiture, conduite par Mathieu naturellement, qui la doublait, se rabattait et pillait.

- Mon frère, officiellement on sait rien. Faut pas craquer avant qu'on soit prévenu. On n'avait pas le choix. Va te reposer. Prends un truc qui fait dormir. Je vais nettoyer. Y'aura plus aucune preuve.
Jel en vomirait. Pardon Pat. Pardon Pat. Pourquoi nous as-tu fait ça !

IX

Le lendemain, dès l'aurore, la police sonnait chez Mathieu. Patricia était dans le coma, victime d'un accident de la circulation. Sur le tabouret toujours à côté de la porte des toilettes, le mari s'effondrait, la tête entre les mains, à penser "qu'est-ce qui dirait l'indien." Après un long silence mis sur le compte du choc, il avait le bon réflexe, se souvenant l'avoir fauchée route de Béthune, bafouillait qu'elle était partie la veille chez sa sœur enceinte, avait prévu y passer sûrement la nuit.

Mathieu appelait Jel. On est dans la merde, Pat est vivante...

Que faire ?

- La finir ! Elle va parler, on est foutus.

L'ex-informaticien, rationnel jusque dans l'horreur, menait la réflexion, Mathieu acquiesçait. Faut trouver un tueur. On a du fric, on va quand même pas tomber pour une traître...

Le soir même, Jel prenait le TGV Arras-Paris, et rencontra immédiatement l'homme de la situation. "*Un jeu d'enfant pour moi*" répondait Marsine, "samedi soir ta copine sera froide, une balle dans la tête. Tu connais le tarif."

Le vendredi, les amis plus que jamais inséparables, se rendaient à l'hôpital, Patricia "dormait toujours", *"mais nous avons bon espoir, tous les signaux indiquent que d'ici trois jours, normalement... Gardez espoir."* Le samedi au journal de treize heures, *"Règlement de compte dans l'aile parisienne de l'Uclinoise, Franck Marsine a été retrouvé ce matin une balle dans chaque œil, sa voiture garée devant la Poste principale, ce qui serait la signature de la tristement célèbre organisation..."*

Marsine ! Je l'ai encore vu jeudi, en pleine forme.

Marsine ! On est foutu. En plus on a payé d'avance. Faut agir ce soir, ensemble. Pas le choix. Au poignard. On ne se promène pas avec un revolver. Un coup en plein cœur. A deux heures trente, porte de service ouverte avec un passe, ils arrivaient au troisième étage... en effervescence devant le 312 ; la voix du père de Patricia couvrait les autres, *"elle est vivante, ma fille est vivante... Faut appeler Malabar."* On dégage.

A leur retour, le téléphone sonnait.

- Alors, où t'étais ?
- Chez Jel
- Pat...

Ils repartaient, dans un virage percutaient une voiture à l'arrêt. Comme ça c'est sûr, aucune preuve sur la Clio. En taxi, à six heures cinq ils arrivaient, décidés à faire bloc, nier. Patricia venait d'être informée de cet accident sans gravité, elle ne parlait pas encore mais comprenait, les docteurs s'en affirmaient certains.

Huit jours plus tard elle recouvra l'usage de ses membres supérieurs et écrit, *"je ne me souviens de rien, pour l'instant"* ; encore une semaine et elle reparla, *"Math, j'espère que tu ne m'abandonneras jamais, et toi non plus. Vous me comprenez, les Dupond-Dupont."*

La garce, elle sait ! J'ai bien envie de la buter.

Trois mois après l'accident, elle quittait l'établissement, les jambes paralysées, séquelle sans espoir. *"Je règle quelques affaires avec mes parents et nous passons la soirée ensemble, chez nous."*

Mathieu et Jel s'attendaient à ce qu'elle raconte la soirée fatale, et termine par, vous voyez, je n'ai rien oublié, j'ai tout écrit pour au cas où il m'arrive quelque chose.

- T'inquiète pas frère, on fait comme on a dit, dans une quinzaine on part ensemble dans le sud, et on ne revient plus. Si elle déballe son sac, ce sera facile de dire qu'elle invente parce qu'elle n'a pas supporté ton départ.

Elle avait commandé le repas chez un traiteur ; Christian V, le célèbre sourd muet Arrageois tenait lieu de serveur, elle leur confia sa joie de se retrouver enfin chez elle, avec un si bon mari, un si bon ami... Le vin les dérida, jusqu'à presque oublier...

A minuit, les lumières s'éteignirent, l'Indien et Malabar s'attendaient au gâteau ; ce fut le vrombissement d'une moto à vive allure, en bruit de fond une voiture qui se rapproche, et le choc. Le moteur de la Clio arrêtée, une portière s'ouvre puis une autre, une refermée...

> - On l'a eue
> - Oui, elle est... out. On est sauvé frère
> - Allez, on se barre.

Elle avait tout enregistré !

- Utile, hein, le mini magnéto que vous m'aviez piqué, les gars. Sans cet enregistrement, j'aurais jamais su qui m'avais bousillé. En plus je serais jamais allée vous dénoncer, je me serais dégonflée, deux heures après je serais revenue frapper à la porte, m'excuser. Vous êtes vraiment des cons. Je l'avais dit souvent que je voulais qu'on arrête tout, mais à la fin je suivais toujours. Vous le saviez bien que faire un tour en moto ça me calmait. Vous avez fait la connerie de votre vie. Je vous ai épargné notre dispute, valait mieux aller directement à l'essentiel. Mais si ça vous intéresse. Bien sûr c'est une copie, l'original est dans un coffre, sous scellés.

K.O., blancs, décomposés, ils ne pouvaient que fixer le vide, faute de pouvoir soutenir le regard de Patricia, qui se délectait du silence.

- T'attends quoi de nous ? Au moins cinq minutes furent nécessaires à Jel pour réussir à bredouiller la question qu'elle attendait.
- Deux choses. La première que vous soyez comme avant, Mathieu mon homme, toi notre ami. La seconde : les trois quarts du fric. Je vous laisse quand même un peu, pour que vous ayez votre liberté. Si je me souviens, il reste huit cents briques, ça vous fait deux cents, cent chacun, c'est déjà pas mal, il vous reste vos jambes. En plus je vous offre la mallette bleue.

Même Mathieu, peu porté au calcul mental, avait rapidement réalisé la division après la soustraction des cinquante briques Marsine ; soixante-quinze ! Tant de risques pour si peu. Mathieu n'avouerait que longtemps plus tard avoir pensé, si je récupère les six cents j'aurais fait une bonne affaire.

X

Bières, bières, bières, whisky, cinéma (le cinéma est un lieu sombre où l'on zieute furtivement le début du film avant d'explorer sa voisine en regrettant l'inconfort des banquettes, aimait proférer Jel au temps de l'insouciance estudiantine), bistrots, whisky, intégrales en CD de Motörhead, Iron Maiden, Trust, Téléphone, Thiéfaine, Higelin, Gainsbourg, Souchon... rien ne les sortait de cette impression d'être tombés dans un piège. Non ça ne pouvait plus être comme avant. Ils haïssaient la traître au fauteuil roulant mais souriaient. Mathieu se consolait avec des prostituées. - Est-ce qu'on paye pour ce qu'on a fait ?

Pour la première fois, à l'initiative du mari désespéré, les amis abordaient l'hypothèse d'un Dieu, d'un au-delà. Avant, Dieu ne les intéressait guère, se réduisait au gadget de la religion chrétienne, l'attrape nigauds allié des puissants qui depuis des siècles égorgent, se font craindre, obéir ou maintiennent dans la misère et l'ignorance sous couvert de charité, le tout en son nom. De ce Dieu du pape en papamobile blindée, fastueux, opposé aux préservatifs et à l'IVG, rien à craindre, rien à espérer. Mais de Dieu, le miséricordieux des Saintes Ecritures, souvenir du catéchisme ? Pourquoi y a-t-il quelque chose au lieu de rien ? Eternelle question. Le pari de Pascal ? Tentant. La mort : scandale suprême. L'ancien assidu du dictionnaire des citations plaçait régulièrement la morale d'Epicure : *"La mort n'est rien, puisque tout bien et tout mal résident dans la sensation, et que la mort est l'éradication de nos sensations."* Des milliers de fois il a, s'est répété cet aphorisme, convaincu de sa justesse, sans parvenir à l'accepter, l'appliquer à son cas particulier.

Sept mois après l'accident, le recueil de poèmes et pensées

promis sortait, *Eternelle Tendresse,* incorporé immédiatement, par l'indifférence générale, à la production rébarbative des "auteurs régionaux." Enfin une excuse pour quitter le Pas-de-Calais, Patricia. Des *francofolies* de La Rochelle au festival d'Avignon, ils réalisaient leur objectif : vendre trente bouquins en se présentant extérieurs aux systèmes, en fustigeant l'industrie du marketing littéraire. Cette auréole facilitait la drague : les naïves apprenties starlettes cuivrées aux U.V., style Binoche, Sharon Stone, Pamela Anderson, Vanessa Paradis ou dernière née, s'enflammaient et s'inventer des accointances cinématographiques les allongeait, chaudes. Un jeu de dupes : elles croyaient monnayer un passeport artistique ; ils enfilaient ce qu'elles n'étaient pas. La bagatelle accomplie les plus organisées refilaient une carte. L'une de ces entrevues horizontales valut même au poétillon la consécration : sa partenaire pissait des lignes dans un magazine dévolu à la promotion d'écrivaillons Lyonnais mais distribué nationalement et tiré mensuellement à cent cinquante mille exemplaires grâce au lucratif créneau de la flatterie aux retraités, aux rebutés des publications sérieuses. Leur crédo affirme que tout écrit a sa grandeur, mérite lecteurs. Sur l'oreiller la pisseuse avoua rester lucide : aucun des incités à poursuivre la rédaction de leurs inégalables souvenirs ne produirait la moindre œuvre mais elle apportait du rêve aux gens et cela leur rendait la vie, l'absence de vocation, moins insupportable. En plus, elle cumulait ainsi salaire correct, horaires libres et rencontres intéressantes ; après la fac de Lettres son choix était limité : c'était ça (son père connaissait le directeur) ou la banque, introduite par sa mère chef de service. Jel représentait un cas idéal pour leur énième dossier sur l'auto-édition. *"Comme Arthur*

Rimbaud, notre ami s'auto-édite. Faute d'argent, notre glorieux devancier avait abandonné les premiers exemplaires de ses chefs-d'œuvre chez un imprimeur belge, notre ami s'est donné les moyens d'être autonome : à vingt ans il a préféré travailler plutôt que fréquenter les mondains, draguer les "gens qui comptent", il a ainsi travaillé durant cinq ans, pour s'acheter un ordinateur et une imprimante laser, et fabriquer, en passant par un seul imprimeur des livres d'une qualité réellement professionnelle. Puis, avec un ami, son meilleur ami, son ami d'enfance, il va de ville en ville et s'adresse directement aux lecteurs. Il vend ainsi sans intermédiaire, ces intermédiaires qui volent le pain et le vin des écrivains (il est toujours bon de rappeler qu'un auteur chez un éditeur classique ne touche que 5 à 12 % du prix de vente hors taxe, en plus pas sur tous les livres vendus). L'arrogance de ces messieurs des maisons d'édition envers la poésie ne l'a pas découragé, il a compris que l'art ne se limite pas aux salons des beaux quartiers parisiens (...) Pour nous tous qui rêvons de voir notre nom imprimé sur la couverture d'un livre, sa démarche est un exemple : l'autoédition est vivable... L'autoédition peut permettre, comme le souhaite notre ami, d'installer une œuvre sans contrainte, sans comités de lecture, sans libraires qui ne veulent plus que des livres passés à la télévision."

La prédiction d'Andy Warhol réalisée : n'importe quel médiocre peut se croire star un instant. Et pas seulement grâce aux jeux télévisés. Malheureusement, à la suite de ses coordonnées, elle inséra un extrait, ce qui limita à trois ses ventes par correspondance.

XI

L'Amitié avait triomphé, mais Mathieu devait passer ses nuits à côté de Patricia, l'ami était régulièrement invité à manger, presque chaque dimanche, les compères ne voyaient aucune issue à ce manège et l'automne, période propice aux suicides, s'annonçait psychologiquement délicat à traverser. Est-ce vivre de toujours devoir sourire quand on voudrait cracher à la gueule ? Faut se distraire. Mais personne ne les distrayait ! Ils s'inscrivirent au stand de tir et Mathieu, rapidement classé parmi l'élite, obtint un port d'armes (eu égard à sa situation militaire, on avait déconseillé à l'ex-cadre d'en effectuer la demande). A plusieurs reprises, chez Jel, lors de leurs après-midi liberté, quelques coupes de champagne vidées, vautré sur un canapé, serrant le canon entre les dents, ventriloque, Malabar avouait : *"ce serait facile."* Puis balançait le pistolet : *"mais non, j'déconne, on est bien."* C'était presque devenu un rituel. Un samedi, il ajouta : *"d'ailleurs il est pas chargé."* Et visa el plannificator. La peur le glaça. Mathieu rit, la balle effleura la joue droite de notre *poète*, il avait appuyé sur la détente ! et cette balafre lui vaudrait le surnom d'Albator dans les torchons nationalistes, une énième rediffusion du dessin animé de son enfance coïncidant avec la parution de l'*acharnement judiciaire*.

Le drame rôdait. Achever prématurément cette amitié se serait avéré préférable. Les laisser dans leur merde. Partir. Patricia n'osera jamais me dénoncer si Mathieu reste avec. Mais le courage lui manquait : il se considérait responsable, son éducation judéo-chrétienne, terreau de culpabilisation, l'engloutissait : sans moi ils seraient

118

encore comme avant, pauvres, sinistres, cocus, blasés mais *comme les autres.*

Jel masquait ces sentiments derrière l'envie d'être *utile,* des pulsions *humanitaires*, la génération morale ne peut supporter la moindre souffrance, même à l'autre bout du monde, prétendant vouloir partir où son action serait palpable, apaiserait des douleurs, sauverait des vies. Mais remettait continuellement au lendemain la moindre démarche.

Seuls l'errance et l'alcool lui offraient des distractions (s'affichant en maladive nostalgie de Catherine et Lolita, idéalisées en un seul mythique Amour, il se prétendait dégoûté du sexe, en fait ne voulait pas risquer de les croiser accompagné ni devoir présenter ses nouvelles conquêtes lors du couscous dominical). Mathieu l'enviait, *t'as de la chance, tu peux voyager, moi je n'ai que les bistrots, toi et le casino.* L'errance : virées à intérêt limité : boire une bière à Munich, un café chez Maxim's, photographier la tour Eiffel, celle de Pise, la tombe de Jim Morrison, d'Arthur Rimbaud, voir un match au Stade Vélodrome, au Parc des Princes, à Twickenham, traîner Porte de Clignancourt...

Derrière l'étable, sous l'auvent, chez feu sa mère, les trois quarts des invendus de sa poésie s'envolèrent en fumée, lors d'un autodafé un brin mystique : autodafé de rédemption, besoin d'ex-enfant de cœur enivré par l'absurde espoir d'attendrir Saint Pierre ou Saint Benoît Labre, au cas où. Traumatisés par les flammes, impression d'enfer miniature, ils filaient à Reims... en quête d'une gazelle identique à celle des rêves érotiques de Jel : black, 1m75, longs cheveux jusqu'aux hanches, et fine, super fine. Yves lui avait juré en avoir croisé une identique là-bas.

"Tu cherches une aiguille dans une meule de foin" les aurait retenus ; le bon sens terrien des vieux du village. Le séquoia, l'arbalète, grand Jacques... Tandis que Mathieu slalomait entre les camions, tel un gosse émergé de sa léthargie, leurs sourires d'édentés lui traversaient l'esprit...

Ils apportaient leur chaise, s'asseyaient au bord du terrain, prodiguaient leurs conseils ; football et vie, humanisme avec les mots d'aujourd'hui ; on les écoutait à peine. Mais leurs phrases à force d'être répétées s'imprégnaient : *"Profitez-en. C'est beau d'être jeune. Nous on avait la guerre... N'écoutez pas les pisse-froid, amusez-vous... Faites ce que vous avez envie... Nous y'avait la guerre. L'important c'est de profiter de chaque jour... Des gens qui se croyaient importants, y'en a plein les cimetières... Travaillez et courez les filles, y'a rien de tel pour bien dormir la nuit. Mais ne trichez pas : ne travaillez jamais par obligation, appareillez-vous jamais par obligation, ou avec de fausses excuses... On sait trop ce que ça donne. Ouais, c'est moi qui dis ça, ça dérange quelqu'un. Au travail comme avec les femmes, faut aller où on a envie. Faites pas comme nous. Mais nous y'avait pas... Méfiez-vous des beaux parleurs. Ils voulaient toujours nous vendre un tracteur plus gros. Vous, ils vous créeront de nouveaux besoins, comme on dit maintenant. De la foutaise tout ça..."* Une oreille distraite en concluait qu'ils divaguaient, ne pouvaient plus comprendre un monde évolué trop rapidement pour eux. Puis il n'y eut plus d'enfant en âge d'égayer la commune et l'attraction de la télévision les transforma en taciturnes.

Mais sur cette A21 Jel s'apercevait disait que les vrais philosophes ne sont pas ceux que l'on croit ; ni chemise blanche ni héroïsme médiatique, les Sages parlent près de nous et nul ne les écoute ; ils s'éteindront en silence, sans creuser de sillons, tels des Socrate miniatures qui n'auront pas eu la chance d'avoir leur Platon. Bien sûr il se fabriquait des souvenirs nostalgiques. Cette sagesse des chênes n'est, dans l'immense majorité des cas, que sénilité, radotage. Ils étaient même plutôt bougons, rancuniers, les vieux de son village. Oubliée leur méchanceté, les torgnoles pour un bonjour ou merci omis, de même il ne voulait retenir de cette période que l'insouciance, les après-midi football, la cueillette des cerises, des mûres... Adaptant l'un de *leurs adages*, ils ajoutaient l'utile au divertissant, partant les poches pleines, décidés à écouler le maximum de la mallette bleue du second fourgon, des billets neufs et de séries. C'était nécessaire : l'argent commençait déjà à manquer, depuis les déconvenues des "joies du casino." Ecouler des coupures, même vraisemblablement répertoriées par la police, relève du jeu d'enfant : ils pouvaient aisément noyer la ville durant deux jours (Jel n'accordait pas plus à la "fille de ses rêves" pour se présenter devant leurs pupilles). Après, il faudrait reprendre les braquages, en duo. On ne va quand même pas quémander ni trimer misère.

Hôtel quatre étoiles : luxe naturel, un petit plaisir. On a encore les moyens. Première journée sans intérêt : cent vingt Montesquieu changés, lotos, cigarettes, gâteaux, disques, livres, souvenirs... mais nulle princesse ébène, ni à la faculté, ni à la gare, ni dans le centre, ni aux cafés. Spleen et bars banals le soir, avec paumées faciles : envies de baiser... mais Mathieu veut rentrer :

- Faut que je te parle d'homme à homme, pour une fois qu'elle m'a laissé partir.

A l'hôtel, plus envie de parler ; couché sans ivresse. Et lever à l'aurore : envie d'observer la ville s'éveiller.

Mathieu, énervé par cet empressement, de mauvaise humeur, se précipitait au bistrot, laissait Jel savourer seul sa revanche : deux ans plus tôt, le Directeur National des Relations "Humaines", lui avait proposé une mutation géographique à Reims, au siège régional, mais le conseil de Thérèse, qui jura lui préparer une opportunité plus alléchante, l'avait retenu : il scruta les mines soucieuses des cadres dynamiques aspirés au turbin...

J'aurais pu être des leurs, un minable... et ne jamais revoir l'as des tasses ! Vous avez vos cinq semaines, moi j'ai toute ma vie ! Ça pourrait être pire !

Mais un sentiment de bassesse l'assaillit, l'accusant de puiser son bonheur à cette délectation, à l'insipide des autres, de se comporter en méprisable dépourvu d'idéal.

J'ai pas besoin de ça pour être heureux, je suis libre. Je suis libre, libre, libre, et je t'emmerde l'ami, faux frère, fini ce cinéma, je te retrouve, on rentre, et basta, j'pars en Afrique, j'ai encore assez pour vivre plusieurs années, et le notaire vendra les deux maisons. J'ai retenu la leçon, toujours garder quelques économies, j'ai pas tout claqué au casino grand, ça tu l'ignores.

Cela lui fit l'effet d'une révélation...

Oui je suis libre, encore libre, Patricia veut garder son branleur et l'oseille, j'ai rien à voir dans cette histoire...

Théâtralement, il s'imposa un mystique recueillement à la cathédrale. Il y couru même ! Silence, deux cierges (sa mère, le genre humain), deux veilleuses (l'une à sa bonne étoile, l'autre à la fille du bonheur éternel ; malgré toutes ses envies de baise, la conscience de n'avoir été heureux que vraiment amoureux, s'éveillait) et une pièce aux bonnes œuvres. Comme la majorité des touristes, l'avenante devanture sise en face l'emberlificotait et il subit gracieusement un couple bon chic bon genre, œillet rouge à la boutonnière, le monsieur, deviser sur les goûts de leur fils puis des subtilités des crus et choisir enfin une marque (la plus connue), pour obtenir sa bouteille de champagne, la même qu'au supermarché mais nettement plus chère.

Pour nos adieux !

La première fois qu'il me raconta :
- Ange gardien, mon sixième sens - féminin ? - me trouble. Une vibration suspecte trahit le visage et les yeux des passants, et les punks s'éclipsent du jet d'eau où ils étaient constamment restés plantés la veille. Prudence. Plus tard j'évoquerais un pressentiment, la même désagréable impression que le soir où deux gendarmes nous attendaient à la sortie d'une voiture mais, sur le moment, je me limitais à psalmodier : quelque chose cloche... prudence. Pas du renard à l'approche d'un poulailler. Car de flics à tribord ; car de flics à bâbord. Palpitations. Un hasard ? Une descente ? Réflexe : les toilettes publiques ; juste une fente pour voir sans être vu : un type ceinturé, mis en joue, frappé au bas ventre. Il s'effondre. Aux vêtements je ne peux me tromper : Malabar ! "*Ton complice ?*" : au moins trois cents mètres nous séparent pourtant je suis persuadé d'entendre cela, lugubre écho Place Drouet D'Erlon. Ils crient. Ils hurlent dans leur talkie-walkie. Ils me cherchent.

Impossible de t'aider, il faut fuir. Fuir ; réfléchir et agir ; vite, très vite.

- Se travestir était une idée géniale ! Mathieu la considérait farfelue et ne s'y était rallié que pour abréger ma leçon sur la réduction maximale des risques, se limitant néanmoins à s'adjoindre une simple barbichette. Au contraire de moi, qui poussa le professionnalisme jusqu'à emporter deux jeux complets. Il avait raillé cette *coquetterie*.

Sortir ainsi et marcher sans crainte ? Se changer m'expose à un vieillard paniqué par une vessie au bord de l'implosion, qui s'acharne sur la porte et ameute la flicaille (scène vraisemblablement vue dans un film pour redouter immédiatement pareille hypothèse). Conserver cette apparence, c'est miser sur ma capacité à quitter Reims sans être contrôlé. Car s'ils interpellent tout ce qui vient de la même région, j'expliquerai difficilement le besoin de me promener déguisé. Trop dangereux. Pas le choix : retirer la cravate, le costume... et jouer au sportif local en jogging.
Suis-je tiré d'affaire ? Comment fuir ? Inutile de songer à la voiture : Il en a les clés ! En plus, c'est la sienne.

- Prêt à sortir j'enflammais fausses barbes et perruques (une seule pression de la chasse d'eau évacuait l'intégralité des cendres) et essayais d'imaginer la tête du quidam confronté à mon attaché-case (pas celui offert par ma mère, devenu une véritable relique, mais un acheté spécialement pour cette mission et où se trouvait le sac ultra léger qui me permit d'emporter discrètement mes effets personnels... et la bouteille de champagne) déposé derrière la cuvelle.
Quelle sera sa réaction ? Le confier aux objets trouvés ? Le laisser à la discrétion du prochain occupant ? L'ouvrir et découvrir les Montesquieu ? Et alors ? Les prendre ? Les porter à la police ? Paniquer ?

- A ma connaissance, aucune dépêche n'évoqua ce sujet. Couvert du masque de la bonne humeur par ces interrogations je me lançais vers la gare, traversant la place fondu parmi la foule amassée au spectacle, angoissé à l'idée de transporter ainsi des fringues peut-être repérées. Mais, persuadé que les abandonner présentait le terrible inconvénient de pouvoir être trahi par la sueur qui s'y serait incrustée, j'avais en vain cherché une solution moins risquée.

XII

Gare fliquée, contrôles d'identité, chauffeurs de taxi, agents de la SNCF en discussions avec des policiers. Putain de ville. Et le dernier feu en direction de l'autoroute face au commissariat ! Quel traquenard. Oser : se précipiter sur une voiture à l'arrêt et convaincre illico presto le conducteur.

Que des vieux, ou des vieilles ! Un militaire ! Une fille seule, 205 noire immatriculée dans le 02, vitre baissée, bras bronzé.

- Vous m'emmenez ?
- Où ?
- Saint-Quentin.
- Je n'y vais pas.
- Laon.
- Je n'y, je vais vers Paris. If you... Si vous voulez.

Bouffées de soulagement. Envies nerveuses de rire. Périphérique, péage sans flicaille : liberté ; *il est libre Max, y'en a même qui disent qu'ils l'ont vu... voler !* ; Mathieu ne me trahira jamais ; il leur racontera une histoire bidon, un drame du chômage : billets achetés aux Halles à un tarif dérisoire : trois mois avec sursis. Aucune raison de m'inquiéter : aucune preuve chez eux ni chez moi. La mignonne interrompt ses réflexions :

- Je vous emmène à Rennes ?
- Qu'est-ce que j'irais y faire. Je suppose que là-bas... t'attend un mec qui ne sait pas la chance qu'il a de te serrer dans ses bras.

- Le mec qui ne savait pas sa chance de me serrer dans ses bras, je l'ai viré depuis bientôt trois ans. Et je n'ai nullement l'intention de le revoir. Mais tu as peut-être mal interprété mes propos, je ne te faisais nullement des

avances. Simplement, comme il me semble que tu désires t'éloigner de Reims, pourquoi pas t'aid... t'emmener.
- Qu'est-ce qui te fait croire que j'ai besoin d'aide.
- Quelques, disons... indices.
- Si je suis tombé sur une détective privée, rassure-toi, rien à me reprocher.
- Ça, j'en donnerais pas ma main à couper... mais rassure-toi, ni détective privée ni publique. Seulement une ancienne étudiante en psycho qui vend des produits écologiques pour survivre et qui a conservé quelques capacités d'observation.
- Et tu bosses à Rennes ?
- Une fois par mois je viens à Reims, chez mon fournisseur et le reste du temps je survis dans un appartement minable, à Rennes, je galère un peu moins que si j'étais restée chez ma mère à attendre un boulot qui ne tombera jamais du ciel. J'ai un toit, le minimum et l'indépendance. On a vu pire... Sans vouloir me lancer des fleurs, tu as quand même eu de la chance de me croiser. Avec tes yeux hagards, constamment tournés vers le commissariat, tu aurais apeuré une ribambelle de républicains moyens, et tu n'aurais pas tardé à rejoindre... ça doit être ton copain qu'ils ont coffré sur le boulevard. Vu le dispositif, ce n'est pas un petit voleur d'autoradios.
-
- Pourtant toi, tu n'as pas l'air d'être un méchant.
- Tu m'as un peu baratiné pour me mettre en confiance avant d'essayer de me tirer les vers du nez ?
- Je ne demande rien, je pensais seulement à voix haute. Je suis de nature trop curieuse !
- Ça te fait peur ?
- Même pas.
- Tu me prépares un petit chantage ?

- Tu veux descendre ? Je m'arrête ?

- Allez roule. A moi les questions : pourquoi une voiture immatriculée dans le 0.2 ?

- Pas le courage d'effectuer le changement d'adresse. La vignette est moins chère. En plus je suis en situation transitoire, un jour je retournerai près des miens, non pas pour les voir, je n'ai jamais eu la moindre complicité avec eux, mais pour les odeurs de l'enfance, le foin, la paille, la terre bêchée, les cendres d'un feu de bois ; aussi pour le chant des mésanges, des coqs, des oies, la forêt, le sifflement des feuilles les nuits de tempête, la neige sur les toits, le silence, le givre des arbres puis ces mêmes arbres en fleurs début mai puis des cerises, des pommes. Mais pourquoi j'te raconte tout ça !

XIII

Si j'oubliais ma fascination des formes top models, j'expliquerais mon attirance par sa fantaisie, une intelligence sans fioritures ni prétention. Si l'expérience ne m'avait appris à relativiser les pulsions des glandes endocrines, je m'avouerais amoureux, victime consentante d'un coup de foudre. Gare à l'enthousiasme, ces attractions sont fréquentes : aux premiers mots, là où les mecs me barbent, les filles m'émerveillent. Ainsi, hormis Mathieu, mon pote, mon frangin, et à un moindre degré Yves, mon univers se peuple exclusivement de copines, coquines ouais. Le sexe est un formidable prisme, une fille me fait bander et hop, immédiatement, je l'imagine exceptionnelle niveau mental. J'ai toujours cru trouver l'intelligence dans la beauté. Mais quand même, mignonne, apparemment sans être soumise, pertinente avec un zeste d'humour, sensible...

- C'est sûrement ma vengeance contre une éducation trop stricte, entre bénitiers et ordre moral, mais les gars de ton espèce me sont sympathiques ; faut dire j'ai de toi une vision simplifiée : la marginalité viscérale, totalement opposée à mon conformisme, mon incapacité à dévier du moindre centimètre de la route où l'on m'a placée.
- Si tu veux vivre des aventures par procuration, c'est raté, je ne suis pas celui qu'il te faut, je ne suis qu'un zéro, pépère dans sa petite galère.
- C'est un peu caricature, mais c'est sûrement pas totalement faux, je vis pas ma vie, je la rêve, mais rassure-toi, je n'attends rien de toi, je te l'ai dit, je ne supporte personne, per-so-ne. Les seuls qui s'y sont risqués, après trois semaines, c'était la guerre. En plus, hormis être traqué

par la police, je ne sais rien de tes occupations... tu es peut-être un loubard infréquentable.

- C'est une obsession, tu veux vraiment que je sois l'ennemi public numéro un ! Mais je ne suis qu'un glandeur, poète maudit qui survit en vendant ses bouquins, ses petites vomissures sans grand intérêt avec un copain.

- Un copain qui mobilise des centaines de flics !

- Quoi des centaines !

- Tu n'as pas vu, derrière la gare, les fourgons immatriculés 75 ?

- Et tu crois que c'était pour nous ?

- Qui sait !

Cette remarque l'inquiéta, il préféra le taire, n'osa lui demander de remplacer sa cassette (Tri Yann) par *France Info. C'est dans dix ans je m'en irai, j'entends le loup, le renard...*

- Alors, je te dépose à la bretelle de Paris, que tu puisses reprendre un train dans une gare sans surveillance particulière, ou je t'emmène jusque Rennes.

- Rennes si tu m'héberges, la gare du Nord dans le cas contraire.

- Tu es gonflé, je te propose la bretelle d'autoroute et ça devient la gare du Nord, je te propose Rennes et ça devient chez moi...

Elle ne s'effraie même pas ! Insouciante ou coquine ou coup de foudre ? Suis-je amoureux pour lui faire confiance ?

Jel sourit, charmé par sa manière de rouler les "r", envoûté par l'irrésistible regard espiègle lancé via le rétroviseur.

- Tu as vu comme je suis ? Si tu me sautes dessus, sans témoin, chez moi...

- Tu crois que j'suis un genre de loup solitaire qui agresse les fillettes et leur mère, et monte dans une voiture au hasard quand il n'a plus rien à se mettre entre les dents ? D'accord pour pioncer sur un divan, c'est ma dernière proposition, sinon, tu me débarques gare du Nord, et tu ne connaîtras jamais la sombre et lamentable histoire du Hell's Angels maudit.

- Toi aussi, tu as grandi abreuvé de messieurs Higelin et Séchan... et tu regrettes que Renaud laisse sa fille écrire ses chansonnettes et que le fils du Géant Jack ne soit pas muet.

- C'est peut-être vrai que j'ai eu de la chance de te rencontrer.

- Ne rêve pas trop Gérard Lambert ! d'ailleurs tu ne t'es toujours pas dit présenté. Je ne suis pas la princesse du prince charmant en jogging.

Pourtant la fin du périple vira au bonheur, ou quelque chose qui lui ressemble. Aucune question, en chœur ils accompagnaient Souchon. Bien sûr Mathieu le perturbait : commençant à redouter le pire, il se persuadait que jamais la police ne parviendrait à le confondre.

XIV

Rennes, c'est beau une ville inconnue la nuit, quand on y pénètre suprêmement accompagné, disposé à y connaître l'éden sentimental. Malgré les lugubres rues abandonnées aux dealers, le couinement des sirènes au loin, malgré un ascenseur en panne, des pelures d'oranges, crottes de clebs (il ne pourra les éviter toutes... paraît que ça porte bonheur), mégots et papiers dans la cage d'escalier, malgré un appartement rikiki, malgré tout, la magie persistait. Plaisir de s'allonger sur un canapé, loin du perfide dilemme, tricher ou errer en guenilles.

Mais la réalité le rejoignait : par un réflexe de gosse confié à une télévision en guise d'éducation, tandis qu'elle effectuait son "rangement", il ne pouvait résister à la télécommande :

"Mathieu Vasseur, dont nous vous parlions lors de notre précédente édition, arrêté ce matin à Reims, serait, selon nos exclusives informations, l'un des membres du gang aux trente-huit tonnes, et plus précisément encore, information tombée à la minute même, l'auteur des barbares tirs à la kalachnikov qui massacrèrent un policier et en blessèrent grièvement deux autres."

Blême, plus que blême, décomposé.

- C'est ton copain ?

- Euh !...

- Ton copain ?

- Non... enfin oui.

- Ne t'inquiète pas, reste ici le temps que tu voudras. Et si tu veux, je te servirai d'alibi.

- Tu étais à Reims, le rapprochement sera vite effectué.

- Viens chez moi.

- C'est pas ici ?

- Chez moi, c'est juste en dessous. Mais je ne t'emmène pas vraiment chez moi, pour te situer on va en face de chez moi.
- Tu as combien d'appartements ?
- Tu le découvriras peut-être un jour. A moins que tu veuilles partir.
- Déconne pas.
Re-couloir cradingue, re-escalier cradingue... et caserne d'Ali Baba !
- C'est chez qui ici ! ?
- Une très vieille tante... Elle me laisse les clés. Mais on ne se pose pas de questions ce soir, j'suis trop vannée, d'accord ?
Cela l'arrangeait. Elle prépara une omelette aux crevettes et, dans la centaine de cassettes vidéo... de la chouette aïeule, il choisit un classique, *les valseuses*.

Naturellement, quand leurs paupières ont chancelé, la condamnation au canapé était oubliée et, enlacés, intégralement vêtus, sans même s'embrasser ni se caresser, leur première nuit fut d'un Amour pur, total, idéalement platonique.
Et au réveil l'accueillirent son regard, doux, son sourire, tendre, ses mots, désarmants (était-il armé ? d'envies ? de préjugés ?) "*Tu as dormi comme un bébé. Un bébé un peu agité. Mais un bébé adorable. Tu te souviens de moi ?*"
Elle a embrassé l'index qu'il lui posa sur la lèvre supérieure. Sur sa joue droite un premier baiser avoua ses émotions. Six toasts, confiture de coings et un café, p'tit déj' au lit, calmèrent sa famine.
- Je vais te raconter ce que tu aurais sûrement découvert un jour. Ne m'interromps pas pour prétendre que je divague mais je n'étais pas à Reims hier. Je est une autre.

J'ai bien une 205 noire mais celle qui t'a amené ici était une 205 noire volée et maquillée de fausses plaques, avec de faux papiers... à mon identité d'emprunt. Tu suis ?
- *Comme dans un film américain !*
- Car tu étais bien avec moi mais j'avais une vraie-fausse identité. Oui : une vraie-fausse identité, expression brevetée Pasqua ! En échange de faux papiers l'administration délivre une vraie carte d'identité et les spécialistes qui planchent sur la carte d'identité infalsifiable n'ont pas encore trouvé la parade. La photo, on dirait moi, pourtant c'est une fille photographiée dans la rue. Avec un zoom.
Donc, une fois par mois, je vais chez mon fournisseur de produits écologiques. Mais si je vendais que ses révolutionnaires merdes qui n'ont d'écologiques que le nom, je pourrais à peine régler le loyer du taudis au-dessus. Cette mise en scène, ce petit boulot, cette petite vie, mon véritable appartement ne vaut guère mieux que celui que tu as vu, c'est une couverture. Mes principaux clients sont surtout intéressés par les sachets planqués dans les produits.
Je n'aurais pas pu te cacher bien longtemps ma double vie. Je suppose que tu as deviné ce qui est planqué dans mes produits. Ce n'est pas très bien de vendre de la drogue. Je culpabilise devant ces gosses défoncés. C'est comme si je les aidais à se détruire. Quand je vois les effets de cette petite poudre, parfois j'ai envie de tout balancer aux toilettes. Mais c'est mon gagne-pain, ma façon d'éviter la galère. Ce n'est pas moi qui ai inventé cette règle où t'es une merde ou un bourreau, où on te brise si t'as pas le fric. Tu te demandes peut-être si j'y touche ? Eh bien non ! et jamais. C'est comme quand on travaille dans une usine de pâté, on voit comment c'est fait et ça vous dégoûte d'en

avaler. Encore six mois et j'aurai bossé suffisamment pour acheter la maison de mes rêves et vivre de mes rentes, tranquille, peut-être seule, car malheureusement, c'est vrai, mes relations avec les mecs depuis bientôt trois ans se résument au syndrome attraction-répulsion, rien ne dure. Foedora, la femme sans cœur !

Je t'accepte comme tu es, ange ou truand, je ne veux pas te changer, mais une chose me déciderait à te virer immédiatement : si tu me demandes un gramme. Je préférerais mourir que vivre avec la drogue, en sachant qu'on ne s'en sort jamais, que je vais crever. Donc, te supporter camé, condamné, serait au-dessus de mes forces. C'est ce qui me donne souvent mauvaise conscience, mais si ce n'était pas moi ce serait un autre. Je ne suis qu'une intermédiaire. Je n'en suis pas fière mais c'est comme ça.

- Rassure-toi, jamais touché. Un joint de temps en temps, pour faire comme les autres, la fraternité et tout le baratin, essayer de voir des hippopotames roses, et surtout parce que c'est interdit, c'est interdit sans raison honnête. Mais pourquoi as-tu pris le risque de te faire arrêter à cause de moi ?

- Il n'y avait aucun risque ! J'ai vu ta panique à l'approche du péage, mais je savais qu'il n'y avait aucun flic. Je suis très bien escortée. Plus quelques complicités dans la police, mais là ce n'est pas mon domaine. Plusieurs millions de dollars sont en jeu. J'approvisionne toute la Bretagne quand même ! Je suis en communication constante avec deux voitures devant, une derrière et une qui se ballade et nous aurait rejoint de l'autre côté de l'autoroute en cas d'extrême difficulté. S'il y avait eu le moindre risque, j'aurais été avertie et j'aurais changé de chemin.

- Alors ils nous ont entendus parler ?

- Rassure-toi, notre système de communication est très perfectionné, normalement indétectable, technologie inconnue en France. Et pour te rassurer, sur notre réseau ne circulent que les messages envoyés volontairement. Une petite lampe s'allume si l'on veut me contacter, j'appuie sur un petit bouton si je veux les contacter.

- Belle, trafiquante, organisée et ?

- Et encore de nombreux défauts.

- Nymphomane ? Pardon, ce n'est pas une question, juste une conséquence des *valseuses*.

- *J'sais qu'l'amour physique est sans issue / J'le sais, mais si j'avais su / A temps je ne serais pas hélas / Au point où tu m'as connue**. J'ai été nymphomane, une fois, durant quatre ans. Mais je ne sais pas si c'est de la nymphomanie d'avoir constamment envie de faire l'amour quand tu aimes. J'ai aimé et je n'étais qu'une certitude, un repère. Et depuis, je ne pouvais plus dire "je t'aime." Une vieille voyante m'a prédit que j'en souffrirais presque trois ans, que la douleur disparaîtrait comme par magie le jour où je rencontrerais le grand Amour, le jour où je rencontrerais de manière rocambolesque le dernier Amour de ma vie. Ça fait bientôt trois ans. Trois ans de solitude, rencontres qui durent le temps d'un café ; trois ans sans sexe, ce n'est pas vraiment être nymphomane. Trois ans forcément sans sexe, car vendre de la dope pour le fric ça me dégoûte mais j'y arrive, mais vendre mon corps, ou même le donner sans Amour, impossible, plutôt crever.

- Et tu crois que ta voyante avait raison, que je suis le dernier Amour de ta vie ?

- Peut-être.

- C'est troublant ton histoire, mais je ne peux pas y croire. Si nous restons ensemble, c'est que nous le voudrons. Rien n'est écrit. *L'existence précède l'essence*.

- Je suis d'accord avec toi, et avec Jean-Paul, mais comme tu dis, c'est troublant, quand je t'ai vu mon cœur s'est emballé, pas par peur, en revoyant les lèvres de la voyante... Et toi, déjà vendu ton corps ?
- C'est une question ?
- Pourquoi pas ! Hormis que tu es peut-être l'Amour de ma vie j'ignore tout de toi ! Et ça me suffit !
- Jamais vendu mon corps, jamais vendu de drogue, vendu... 7 618 bouquins officiellement, une petite centaine en réalité.
- Un saint ?
- Le fils spirituel de Saint Benoît Labre, qui marche sans repos pour ramener à la littérature les brebis égarées.
- Saint qui ?
- T'es pas du Ternois, ça se voit ! Un Saint qui a vécu à Conteville, je t'emmènerai un jour voir cette maison. Mais plus sérieusement, un Saint ? Avec son unique ami à la une ? Tu sais, bien qu'il n'y ait peut-être qu'une chance sur un million, si on reste ensemble, il faudra que tu arrêtes ton trafic avant six mois. Car s'ils n'affabulent pas trop à la télé, si la police l'a coincé, je serai surveillé. Mais rassure-toi, Mathieu ne me dénoncera jamais et il n'y a aucune preuve de notre culpabilité.
- Tu es du gang des trente-huit tonnes dont ils nous ont bassinés durant des mois, tu es l'un des sept "ennemis du peuple" ?
- Presque, mais pas tout à fait. Il n'y a pas d'écouteurs ici.
- Même si j'étais repérée nul ne penserait à s'intéresser à l'appartement d'une vieille femme qui sort très rarement.
- Pourquoi, elle vit ici ?
- Je sors parfois en vieille femme, marrant, très instructif. Tu n'es pas l'un des sept "ennemis du peuple" alors ?
- Seul Mathieu me connaît. Les autres travaillaient par

contrat. Pour eux, j'étais le mythique "cerveau", as du repérage et de la planification.

Plus tard, ces confidences, aussi rapides, lui apparaîtraient pour ce qu'elles étaient : de la folie. Il avait dérogé à l'un de ses fondamentaux : le silence absolu. Evidemment les excuses foisonnaient : une journée "invraisemblable" et peut-être, sûrement, l'Amour, cause des pires déraisons même bien avant les aventures du vénérable chevalier errant Don Quichotte de la Manche. Mais Sybille aurait pu être une professionnelle, un piège, et Jel le naïf qui déballe tout face aux caméras.

D'elle il apprenait le parcours en solitude, morbide mutisme devant des parents en continuelle dispute, refuge dans les livres, recherche du labyrinthe par la psychologie ; le suicide du père, vécu comme un soulagement, un espoir, mais le mur d'incompréhension avec sa mère resté infranchissable, *"les gens disent qu'elle m'aime plus que tout, mais elle est trop pudique, vieux jeu, pour prononcer ce mot, et je n'ai jamais ressenti la moindre chaleur ; il y a peut-être une trop grande différence d'âge ; elle avait déjà quarante-cinq ans quand elle m'a eue"* ; les études intéressantes mais prétendues inutiles, même par les professeurs, sans débouchés ; les queues à l'ANPE, l'arrogance des "revenez demain", l'affront des propositions de formations en secrétariat ou quelques heures de ménage chez un docteur ; la trahison du premier amour qui la considère comme une sécurité au retour du service militaire, va voir ailleurs en se défendant de la tromper puisqu'il *"sort couvert"*, exige qu'elle accepte cette situation, prétend qu'une fille doit partager, l'accuse de ne pas savoir aimer, la frappe si elle pleure ; sa décision de rompre ; les mots, poignards qui la mutilent *"tu n'es rien sans moi, tu n'as même pas de boulot, tu ne*

138

sais rien faire... " ; l'impression de vide ; le chagrin noyé au valium ; la consultation de la voyante qui lui pronostique quasiment trois ans de chagrin ; sa révolte contre ce temps prévu perdu, sa haine d'un monde décidément trop injuste ; sa résolution de blessée qui croit ne plus rien avoir à perdre, se lancer dans *les affaires*, et part à Amsterdam, décrit comme une plaque tournante du trafic d'héroïne par un reportage télé ; le contact quasi immédiat avec un gros bonnet intéressé par son style bonne française au-dessus de tout soupçon ; le réseau et le fric, sur un compte en Suisse ou enterré sous des chênes...

- J'ai toujours pensé que ce n'est pas de l'Amour quand deux personnes se rencontrent et se donnent l'une à l'autre. J'ai toujours appelé ça, avec dégoût, la baise. Je suis même allée jusqu'à ne plus parler aux copines qui s'en vantaient. Après vingt-quatre heures, on ne peut pas se connaître. Je voudrais qu'on fasse l'amour dans plusieurs mois, qu'on passe des dizaines de nuits comme hier, enlacés, habillés. Qu'un jour on retire le haut. Puis longtemps après, tout. Mais qu'on résiste encore. Et qu'on fasse l'Amour quand vraiment on n'en pourra plus. Mais je sais, nous n'en avons pas le temps. Je sais pas c'qui va se passer. J'ai peur de comprendre les dernières paroles de la voyante, "vous souffrirez encore, mais ensemble ; vos liens seront plus forts que tout ce qui tentera de vous séparer." J'ai peur que la police t'arrête. Nous arrête. Mais je sais, la voyante avait raison. Tu es le dernier amour de ma vie. Il y a des choses qu'on sait sans pouvoir expliquer, comprendre rationnellement. Si nous sommes éloignés, séparés par des barreaux, je ne veux pas regretter d'avoir attendu. Je veux toujours pouvoir me raccrocher à des souvenirs. Pour s'aimer vraiment il faut se connaître, je n'ai que l'intuition de t'aimer, et les frissons. Vu les circonstances je parie sur cette intuition. Même si on brûle les étapes, je veux être à toi. Je suis à Toi.

Et ce fut leur première matinée d'Amour. Seuls les besoins nés de la nature, son passage à la boulangerie et chez le marchand de journaux les séparèrent des deux jours qui suivirent.

La lecture des quotidiens et les informations télévisées éclairaient Jel, par regroupements, sur l'enchaînement de cette cruelle mésaventure.

Un notable, propriétaire de trois cafés qu'il visitait justement ce mardi après-midi, avait remarqué Mathieu, passant, sans discrétion, de boutique en boutique et payant, chez lui, trois millionnaires et un paquet de clopes (depuis l'accident de Patricia il fumait) avec un Montesquieu. La deuxième et la troisième fois, ce glorifié brave contribuable, fier de se proclamer gaulliste, avait demandé *"la coupure du jeune homme"* à la caissière et s'aperçut que les numéros, de la même série, se suivaient à douze près. Il avait appelé son ami du Cercle, le commissaire Grégoire Duchin, qui consulta la liste des billets recherchés. Et la grande mécanique policière, munie du portrait-robot fourni par le délateur, s'était mise en branle. Les commerçants les persuadaient de la présence d'un complice, confirmé par l'hôtelier mais dont le signalement resterait flou et différent (ils avaient depuis compris le subterfuge du déguisement) du complice qui accompagnait Mathieu à sa sortie de l'hôtel, dix minutes avant six heures du matin, l'heure de la souricière. Et ils perdirent la trace de l'ex-cadre à un feu rouge (une voiture démarrait et il avait couru, apercevant, en se retournant, sans s'en soucier, trois blaireaux en imperméable visiblement chagrinés), sans parvenir à la retrouver, faute de fiche signalétique distribuée aux services de filature, la majorité débarqués de Paris durant la nuit. Pourquoi ne l'ont-ils pas interpellé Boulevard Roederer, face au siège régional de *Gropassur* ? Vu la configuration des lieux, ils craignaient un carnage ! Adossé au platane à l'extrémité du parking, seul un terre-plein le séparait de la route : difficile de s'approcher en nombre sans éveiller ses soupçons. Et, machinalement, comme souvent, il tenait la main gauche sous sa veste, à la napoléonienne. Ils ont cru qu'elle serrait une arme ! Et avaient prévu une arrestation là où ils le pensaient le plus vulnérable, quand il marcherait.

L'information dramatique l'effraya : Mathieu fut confondu par son tatouage à la main gauche (el plannificator exigeait pourtant le port de gants mais à cause de la chaleur, le capitaine les avait retirés dès que les convoyeurs eurent les yeux bandés et n'eut pas le réflexe de les remettre à l'arrivée de la patrouille).

Le commissaire claironna devant les caméras : "lors de l'attaque de sinistre mémoire du fourgon blindé, le brigadier Singer et l'agent Durras, gravement et sauvagement blessés, fournirent une description concordante et précise du tireur. Nous avions décidé de livrer les éléments essentiels à la presse mais de taire l'indice crucial : sur la paume de la main gauche l'assassin portait un tatouage, une rose, et une date, 02.10.83. La possibilité, que nous confirmaient les spécialistes, de supprimer, à l'aide du laser, les tatouages, nous encourageait à ne pas divulguer cette information. En vain, discrètement, nous avons démarché les tatoueurs du pays. Nous avions presque abandonné tout espoir de retrouver rapidement trace de ces dangereux criminels, n'espérions

jamais revoir les seuls billets qui fussent numérotés. Puis, grâce à la diligence et au patriotisme d'un citoyen exemplaire, dont je présenterai personnellement la candidature à la prochaine légion d'honneur, nous avons eu nouvelle d'un énergumène tentant de les écouler à Reims. C'était la première piste sérieuse. Nous avons décidé, dans la soirée de mardi à mercredi, la mobilisation de toutes les équipes disponibles spécialisées dans le grand banditisme. Et nous avons facilement cueilli monsieur Mathieu Vasseur mercredi matin. Malheureusement son collègue nous a échappé. Mais l'important est que nous avons capturé l'assassin, l'assassin présumé pour ne pas énerver une certaine presse toujours prompte à défendre les énergumènes qui menacent l'ordre public ; nous ne tarderons pas à éclaircir les dernières ombres qui demeurent. Il n'est pas encore passé aux aveux mais ça ne saurait tarder, faites-nous confiance (sourire narquois). Nous invitons d'ailleurs les françaises et les français en possession d'informations sur cet individu, ses relations, ses habitudes, à nous les communiquer à notre numéro vert. Nous vous informerons régulièrement des avancées de l'enquête, les françaises et les français ont le droit de savoir que la police travaille à leur sécurité mais que la sécurité ne sera effective que si chaque française honnête et chaque français honnête nous aide. La police sait que la majorité de nos concitoyens sont honnêtes mais qu'ils ont parfois peur de le prouver..."
Encore un appel à la délation au vingt heures !
- Tu es sûr de ton copain ?
- Pas un copain, un ami, un frère, le seul que j'aie jamais eu, le seul qui sache tout de moi, enfin presque tout, et dont je sais tout. Il préférerait la chaise électrique à la trahison.

- Tu crois que l'amour peut être aussi sincère que l'amitié ?
- Tu sais aussi bien que moi : l'Amour est provisoire.

Leur sort étant désormais lié, entre l'Amour il lui conta cette Amitié : les révoltes, les conflits avec les profs, les adultes en général, les bringues, la petite délinquance, toutes ces péripéties de l'adolescence qui forgent une opinion sur un être humain, qui justifiaient sa totale confiance. Malgré la mijaurée qui les éloigna ? Mais Mathieu avait changé. Ils avaient changé. A cela s'ajoutait "l'affaire Patricia." Que restait-il de l'Amitié idéalisée ? Jel devait se plier à l'évidence : seule la certitude qu'il était le seul, avec la traître au fauteuil roulant, à connaître sa culpabilité, sans pouvoir en apporter la preuve, plaidait pour sa non dénonciation. Mais Mathieu pouvait craquer. Ou Patricia.
- Aide-moi à mettre la marchandise dans les bidons des produits *écologiques*. Demain, ce sera ma dernière livraison. Puis on emménagera en face, c'est pas le luxe mais c'est plus en rapport avec notre situation officielle, et je redeviendrai une petite fille sage. Si tu le veux, nous quittons la France, l'organisation nous aidera. Si tu le veux, nous allons chez toi, nous affrontons ensemble la police. Avec toi je me sens forte. Je leur tiendrai tête, tu étais avec moi, ici. Si nous arrivons à nous persuader que nous étions ici ensemble, ils ne pourront rien contre nous.
Une nouvelle fois la mauvaise conscience l'entraîna au bord des larmes : si je n'avais pas voulu cette virée à Reims, si je n'avais pas voulu écouler ces maudits billets...

* *Physique et sans issue,* Serge Gainsbourg, © Melody Nelson Publishing

143

XV

Retour retardé. Envies d'être ensemble. Inquiétudes. Angoisses. Jel décidait d'ignorer Patricia.
- Mathieu arrêté elle n'osera rien dire. Si elle te dénonce, elle se retrouve aussi en première ligne, elle doit déjà être suspectée.
Envie de quitter le pays. Mais partir c'est avouer.
- Ils vont m'arrêter.
- Je serai toujours là.
Retour mouvementé. Regards vindicatifs. Auditions. Vous l'ignorez sûrement, on peut vivre sans télé, sans journal. Interrogatoires. Perquisitions.
- Avouez, on a retrouvé vos affaires dans sa voiture, on a relevé vos empreintes dans sa voiture.
Malgré les coups au ventre, puis plus bas, "*ça ne laisse pas de trace, mon p'tit gars*", pressions et humiliations, sa réponse, préparée, ne varia jamais d'un iota :
- Est-ce que vous ne laissez jamais vos fringues dans la voiture de vos amis ? Est-ce que vos empreintes ne sont pas dans la voiture de vos amis ? Ou alors, vous n'avez pas d'amis.
Les coups reprenaient. Jel hurlait :
- Nous sommes dans un état de droit, les fascistes ne sont pas encore au pouvoir. Fascistes ! J'ai relevé votre numéro, je le communiquerai à la presse, à votre ministre de tutelle. Vous finirez en... Sibérie.

Ils passaient au peigne fin la chambre d'hôtel qu'il occupa à Reims, sans recueillir le moindre indice. Toujours sa sacro-sainte "réduction maximale des risques", jusqu'à la maniaquerie : à peine descendu de la voiture de Mathieu il enfila des gants et le matin du drame vérifia scrupuleusement chaque recoin, plus particulièrement les draps (aucun cheveu) et la salle d'eau (robinets méticuleusement essuyés).

Contre-attaque : plaintes pour violation de la vie privée et voies de fait policières, relayées par des stars du barreau et des journalistes devenus proches ; utilisation réciproque des médias : rôle du persécuté exaspéré accueilli sur les plateaux de télévision, où les termes coups montés et justice corrompue gonflent l'audimat, donc assurent de nouvelles invitations. Savoir s'exprimer correctement, savoir réfléchir avant de répondre, savoir jouer avec les mots, les citations, le sauvait.

Sybille reçut même des propositions cinématographiques. Elle prenait « merveilleusement la lumière », selon les déclarations officielles.

Trois mois plus tard, après quadrillage du Nord-Pas-de-Calais, un travail de fourmis ne laissant personne passer au travers des mailles de la suspicion, les six membres du gang tombaient, victimes du faste de Michel, le "petit gros" (dénoncé, contre prime évidemment, par son beau-frère... mort dans un accident trois semaines plus tard, au volant de l'Alfa Roméo bleue, modèle 164, acquise avec cet argent), qui vidait son sac contre la promesse d'une clémence judiciaire et livrait même toutes les informations en sa possession sur "le cerveau", soit sa seule existence. Un caïd les vengea. Condamné à perpétuité, dont trente ans incompressibles, à cinquante balais, Bernard, dit le stéphanois, savait sa vie vouée à s'achever derrière les barreaux, donc se considérait libre... d'agir suivant ses lois et saigna mortellement, à coups de tournevis à la gorge, ce délateur, au nom du respect de la règle du silence qui exige de ne jamais dénoncer un complice.

Politisation de "l'affaire" : campagne de presse orchestrée par l'extrême-droite, gouaille répressive du ministre de l'Intérieur, pétitions soutenant la proposition de loi déposée au parlement en faveur du rétablissement de la peine de mort "que" lors du meurtre d'enfant, récidive de crime de sang, assassinat précédé de sévices ou de torture ou meurtre commis sur agent de la force publique ou de l'administration ("humanistes", ces hommes de goût réclamaient *"un mode d'exécution moins sanguinaire que la répugnante guillotine"*).

Nouvelle sulfureuse coqueluche médiatique Jel devint de la *société civile* du petit écran, cette agora du strass où les banalités d'un sportif auréolé de trois doubles vrilles ou d'une médaille olympique, s'annoncent supérieures aux réflexions d'un philosophe. Ainsi, l'émission "Vous et le pouvoir" le convia à un débat en direct face au représentant du gouvernement. Entraîné par un maître ès rhétorique, il surprenait le ministre de l'Intérieur (ses collaborateurs le considéraient *"teigneux"*) en lui permettant d'exposer sans contradiction ses arguments en faveur de l'ordre moral, rebaptisé *"sécurité des braves gens"* ; énervé par ses mimiques sarcastiques l'officiel l'invitait à s'exprimer :
- Je ne vous ai pas interrompu
- Et il vous en remercie.
- Alors permettez-moi de vous poser deux questions, sans m'interrompre
- Je suis un homme de dialogue.
- En cas d'assassinat d'un jeune dans un commissariat, réclamez-vous la peine de mort envers le commissaire ivre ?
- Vous n'avez pas le droit
- Vous êtes décidément incapable de tenir vos promesses.

Je devais pouvoir vous poser deux questions sans être interrompu.

- Mais vous n'avez pas le droit

- De vous poser deux questions !

L'animateur ("ancien" gauchiste, ex-leader estudiantin) appelait au calme : Jel avait gagné la sympathie du public qui siffla monsieur le bedonnant dès qu'il tenta de se réapproprier la parole. Le trublion pouvait assener sa seconde "question."

- En cas d'ordre d'exécution d'un preneur d'otages endormi, donné par un ministre de l'Intérieur, appelez-vous cela peine de mort administrative et

- Vous...

Sifflets.

- et, réclamez-vous la peine de mort envers ce ministre de l'Intérieur ?

Ce coup d'éclat redoubla sa notoriété mais ne pourrait contrarier la pression populaire, organisée, qui réclamait une "justice exemplaire", la condamnation. Arguant d'une santé défaillante du brigadier Singer, témoin oculaire à charge, la justice s'empressait de siéger : intime conviction de culpabilité : trente ans ! Son témoignage, truffé d'alibis, indifférait. Avec l'unique "preuve" des billets, l'indice du tatouage (il essaya de le ridiculiser en arborant le même) et les aveux d'un complice, Mathieu était condamné ! Et malgré la mobilisation d'intellectuels et artistes rappelant le cas Roger K., la cours d'appel confirmait la sentence.

Aucune preuve formelle : tous les éléments d'une potentielle erreur judiciaire. Au nom de la fidélité en Amitié Jel n'hésitait pas un instant à travestir la vérité, hurler au retour de l'arbitraire, au complot politico-judiciaire perpétré à l'encontre d'un militant de l'espérance auquel il inventait des ambitions politiques. S'inspirant du

147

Pull-over rouge de Gilles Perrault, il en tirait un livre dénonçant une machination qui veut qu'un suspect soit forcément coupable, *l'acharnement judiciaire*, dont la vente friserait le million d'exemplaires en France, avant de remporter un succès international similaire. Il obtenait même un grand prix, prix du document politique, politique non politicienne précisait l'article quatre du règlement.

Mais quelle valeur accorder à ce genre de distinction quand chaque club et cercle littéraires, ou mairie en mal de promotion, se croit habilité à en décerner ? Quand les membres du jury appartiennent aux mêmes écuries que les nominés ? Quand il suffit à un ministre de signer une biographie pour emporter l'un des plus recherchés ? *Poètillon* (l'un de ses autres surnoms des torchons nationalistes), devenu "écrivain" par effraction ! Du manuscrit transmis à l'éditeur seules quelques lignes subsistaient à sa mise sous presse : des *spécialistes en rédaction du sensationnel* ayant transformé d'indigestes "souvenirs" en best seller. Il était arrivé au bon moment, détenteur d'un sujet d'actualité sur un créneau porteur : suffisant pour empocher le jackpot. Riche légalement !
Avec la question « quel couple représente le mieux vos rêves d'amour ? », un sondage fit de Sybille et Jel des références glamour.

Troisième Partie

I

Le lycéen allergique aux signes extérieurs de richesse, leader d'enivrantes virées venimeuses fatales aux rutilantes voitures et devantures des luxueuses boutiques, aurait refusé de croire que, peu d'années plus tard, il s'approprierait un domaine cossu et roulerait en Jaguar. Dès la rentrée d'argent légal, l'à-valoir, l'avance sur droits d'auteur, Jel et Sybille fuirent la bicoque fruit de son licenciement, où ils s'étaient réfugiés pour affronter la suspicion, où curieux, envieux et journalistes troublaient leur cocon d'amoureux oisifs à l'abri du besoin. Naturellement ils avaient recherché un coin tranquille, isolé, confortable, *"épargné de la folie polluante et enlaidissante du productivisme, loin des centrales nucléaires, usines, déchetteries."*

Si Jean-Jacques Fantazia, le vieux lutin attitré aux voyages temporels, lui avait projeté cette image, le teenager bardé de cuir clouté aurait hurlé à la trahison, l'indigne embourgeoisement. Il aurait réagi à l'instar d'un supposé ancien comparse faisandé au stade destroy, nihiliste, d'aveugle colère, qui, via son éditeur, lui expédia une vindicative bafouille, *"Arriviste, tu as retourné ta veste, tu te prends pour une star, tu fais ton beurre sur le malheur des autres..."*

Trahison ? Renié l'éphèbe idéaliste, le Zorro en herbe ? Ce décrété zéro zonard l'incitait à revisiter ses années agitées, présentées à sa Dulcinée, en un regard annoncé objectif, sans complaisance, comme plus significatives de l'époque, l'environnement, le conditionnement, que de sa personnalité. Sans père en état de le conseiller, sans repère, l'adolescent s'enthousiasmait facilement. Il prétendait vouloir changer le monde ; et rapidement. Bien sûr, comme les autres, il ne savait ni comment ni pour en faire quoi, mais à cet âge le but final et la manière sont secondaires, seul importe vraiment l'action.

Ainsi, le lendemain d'un reportage télé sur les gangs américains, confiait-il ses pulsions mimétiques à Malabar et sa Malicieuse lors du trajet les emmenant en ville puis aux potes du café où il avalait un sandwich le midi (s'attabler avec des informaticiens ? *"c'est ringard"*, et sa mère approuvait sa réticence à brouter aux mangeoires d'une cantine *"dégueulasse"*) ; d'autres avaient vibré devant le documentaire et chacun voulut ajouter son couplet, contraignant celui qui souhaitait s'approprier la parole à la surenchère : le samedi suivant, l'escouade enivrée (il fallait se donner du courage) débutait ses exactions. Ils cassaient, galvanisés par les frissons, entre peur et héroïsme, l'impression d'exister enfin.

D'un vote à mains levées, la vraie démocratie les gars !, ils s'appelèrent *les révolutionnaires*, préféré à *les anarchistes* et *les justiciers de la nuit*, et signeraient leurs détériorations d'un "Rs" à la bombe aérosol rouge. Les fils de la bande à Baader ? Des petits révoltés ! ; certes, suivant la dialectique habituelle, ils dénonçaient la misère, l'oppression, les injustices, la répression et le sort des prisonniers politiques ("Libérez Mandela" sur les murs de la préfecture), mais les écœurait surtout leur incapacité à s'acheter tout l'or du monde, une condition jugée indigne de vrais gars et de vraies nanas aussi exceptionnels.

Comme les autres, le souffle subversif le berça : dans sa chambre les portraits du Che remplacèrent les posters jaunis de Cloclo et Johnny, désormais honnis, raillés. Et seule la peur de la douleur et des réprimandes maternelles le retiendrait de se faire tatouer sur le bras l'effigie du mythique guérillero au célébrissime béret étoilé.

Cet engrenage, respectable (l'adjectif peut choquer, mais il sous-tend le salutaire besoin pour la jeunesse de résister au conformisme), resta limité : le lycéen, le seul lycéen de la bande, réalisa, en assistant à la détresse d'une cible, que la frontière se situe moins dans l'aisance que dans les têtes. Il fallait combattre les pestilentiels ennemis du genre humain : les nationalistes, *résidus d'Hitler nourris à la mamelle purulente de toutes les barbaries du siècle* (cette expression, entendue à la télévision, vraisemblablement au *Droit de réponse*, où il puisait ses anathèmes, lui rallia Mathieu puis leurs compères). Mais, là aussi, la violence s'avéra inefficace. Pis, leur "mission de dépollution de la société" solidarisa le bon peuple aux "victimes", insérant subrepticement des tarés sur la scène médiatique locale.

Puis il avait connu Catherine et préféré lui épargner les blagues grivoises du patron de *notre bistrot*, préféré ne plus côtoyer "des gens qui ne savent pas penser", et manger un sandwich dans les couloirs du bâtiment central. Mathieu et Patricia délaissaient aussi ce repaire... moins d'un mois avant qu'une descente emmène au poste leurs compagnons. Quelques grammes de cannabis en feraient condamner trois (la fumée des cigarettes lui irrite les yeux, l'odeur le gêne mais, sublimant ces inconvénients, il tirait toujours sur le joint qui tournait, conférant à cet acte, lors de ses délires verbaux, la valeur symbolique du défi d'un interdit).

En apparence vierge, une page s'ouvrait. Enfin il ne se limitait plus aux instinctifs élans. Enfin il lisait, réfléchissait, et passa évidemment par la lumineuse phase où, telle une révélation, surgit le Graal des réformes sociales urgentes. Yaka. Mais jamais il n'osa envisager un monde sans argent, simplement adoucir les effets, en accordant, selon l'expression des humanistes de salon, à tout individu de la planète, reconnu Citoyen, les mêmes droits, sans devoirs disproportionnés. Par l'intermédiaire d'un Revenu Minimum d'Existence (nommé ainsi à posteriori, référence au RMI, vague intention socialiste ignorée), chacun pourrait satisfaire ses besoins élémentaires. L'idée d'abolir la concurrence entre les Hommes lui apparaissait dangereuse, incompatible avec l'altérité humaine où chacun désire s'exprimer, donc forcément dépasser son voisin en quoique ce soit ; dépasser loyalement et non humilier, précisait-il.

Pour avoir lu quelques livres, régulièrement regardé les émissions télé sur ce sujet, il m'a prétendu que sous un régime despotique ces aspirations l'auraient contraint à un choix radical : les oublier, les combattre, en suivant la ligne du parti ou entrer en dissidence. Bien sûr le héros optait toujours pour la seconde hypothèse. Ici cette juvénile aspiration ne fut ni un boulet ni un mérite. Un vestige d'adolescence. Durant ses années d'entreprise il l'aurait jugée naïve, et *cons* les nouveaux boutonneux qui s'ébrouaient à leur tour, en l'incluant parmi leurs *vieux cons*.

Nul état d'âme sur une éventuelle trahison d'un juvénile idéal ne contraria donc l'installation dans une bastide du Grand Siècle, cadeau, selon maître Pierre, le notaire chargé de l'acte de vente, du prince Henri de Montalant (l'histoire a surtout retenu les déboires de sa descendante la grosse Adrienne) à un cousin germain du glorieux navigateur Désiré Blarmesqu's. Et sur les sept hectares de terres contiguës ils plantèrent et regardèrent pousser des arbres, passion les conduisant à s'agrandir continuellement, transformer en vergers ou forêts les parcelles acquises à prix d'or auprès de paysans ravis d'effectuer une inespérée juteuse affaire financière, touchés par cette sensibilité... au point de lui proposer, après sa célèbre lettre sur la beauté et le projet d'une ligne Très Haute Tension, l'honneur d'être maire, finalement décliné pour ne pas ternir cette sympathie au contact de la chose publique municipale vorace d'un temps que jamais il n'aurait su s'astreindre à lui accorder.

Pourtant un orage violait ce ciel dégagé : vis-à-vis de Mathieu, ce bien-être semblait souvent scandaleux. Je ne t'abandonnerai jamais frère. Je ne pourrai jamais t'abandonner ; chaque mois j'irai t'apporter une liberté par procuration, un instant de bonheur. Et je t'écrirai le plus souvent possible. La même pulsion émancipatrice d'un insipide quotidien nous a guidés, nous avons cru gagné notre pari, et le jour où ta vie s'est enferrée dans un sombre trou, une fille qui m'épanouit m'a sauvé ! Hasard. La mauvaise conscience ne pouvait nommer autrement cette dichotomie, même si, parfois, des songes le trouvaient moins chagriné qu'officiellement par sa captivité - Tu t'es toujours prétendu le meilleur mais tu n'étais qu'un prétentieux...

II

Le parloir : intérieur et pourtant, radicalement à l'extérieur, loin du quotidien carcéral. Célébrités parmi les anonymes du peuple bigarré des proches de prisonniers attendent l'appel des familles, l'ouverture de la grille grise. Coupables innocentés patientent, un café, un thé ou une limonade cordialement offert, attendent de rejoindre par la bonne porte (celle dont la sortie rapide est programmée) l'univers surveillé des coupables condamnés, innocents condamnés, prévenus coupables ou innocents en attente de jugement. Marcel Achard grossissait le trait : *"Il n'y a que deux sortes de gens : ceux qui sont en prison et ceux qui devraient y être."*

Un autre monde, banal, classique constat. Des mots à matérialiser, sentir des cruautés, sans jamais parvenir à s'imprégner de l'ensemble au même instant, cette répétition de "petites choses" qui imprime une marque indélébile et souvent incommunicable : le cliquetis des clefs dans les serrures ; la cellule ; les barreaux ; le froid ; le four les étés caniculaires ; la lumière ; le sas de sécurité ; l'extinction des feux ; le repas tiède ; les sanglots ; les hurlements ; les tentatives de suicide ; l'humidité ; la haine intériorisée ; les conversations sans intérêt ; l'envie de dormir ; les rêves taris ; la souffrance comme incrustée dans les murs ; les graffitis ; la promenade ; la "vraie" vie captée : passages de voitures, d'avions, cris d'enfants... ; les barbelés qui violent le ciel ; les activités "culturelles" ou "sportives" ; le matricule en guise de nom ; les balances, fausses épaules amicales ; les remugles de tabac ; la télévision, déstructurante dehors, cordon ombilical avec la réalité, accélérateur de temps et soporifique du prisonnier ; les caïds à impressionner pour éviter leur racket ; la masturbation ; les antidépresseurs ; les menottes et les chaînes aux pieds lors des transferts ; l'homosexualité latente, acceptée, subie ou rejetée ; l'impression de ne plus exister ; l'odeur âcre du confinement ou celle d'eau de Javel ; les douches ; les projets d'évasion qui fourmillent ; l'imaginaire comme unique évasion ; les histoires de femmes qui n'attendent jamais vingt ans ; le langage qu'on veut codé ; le manque d'amour, de regard, de compréhension, d'écoute, de came des autres ; les lois internes ; les humiliations ; les frimeurs ; les portes numérotées ; les petits trafics pour améliorer un quotidien de misère ; les provocations de surveillants aigris et la sympathie, au moins le respect, parfois possible avec d'autres ; l'œilleton ; le travail, l'exploitation, en atelier ; les contrôles ; les souvenirs, les remords, les rancunes et les conversations des parloirs ressassés ; les hypothétiques appels en conditionnelle ; la distribution du courrier ; les jours décomptés ; les fouilles...

III

On donnerait tout, on ferait tout pour un ami. Quand on a la chance d'en dénombrer un, on le croit, on le prétend... et c'est faux. A sa condamnation, résolu à l'extraire de ce calvaire, j'avais stigmatisé l'*injustice* ; durant des semaines, chaque nuit je le sauvais mais le rêve dégénérait, nous étions traqués, encerclés, tirés comme des chats quand les chasseurs rentrent sans lapin ; je me réveillais en sueur ; la réflexion, ramenée à la raison par ma Dulcinée, réduirait à un piètre cinéma cette réaction : jamais je n'ai envisagé le moindre moyen concret de le libérer ; je relativisais l'Amitié : l'Amitié est fondamentale, le sentiment le plus constant d'une vie, mais elle ne saurait surpasser en intensité l'Amour, quand celui-ci, quoique consubstantiellement frappé au sceau du provisoire, se vit sur un nuage, protégé d'un gargantuesque A. J'en avais subi une cruelle expérience en octroyant un statut divin à une mijaurée ! Respectueuse envers nos souvenirs, jamais ma Dulcinée n'essaya d'influencer sournoisement mon comportement mais j'aurais refusé d'organiser l'évasion de Mathieu : j'avais reconstitué des liens qui attachent et ne voulais commettre nul acte susceptible d'endommager cette félicité.

Ou alors : l'Ami ne vous demande jamais ce dont il vous sait incapable ? On n'exige rien d'un Ami, comme d'un Amour, les actes coulent de source ou, si l'un les attend en vain, ébrèchent les sentiments.

Au choc de la sentence germa l'idée de se faire la belle, avivée par un récidiviste qui souhaitait l'emmener avec lui... s'il finançait leur périple vers l'Amérique latine. Mais Malabar n'était pas aussi riche que le croyaient ses compagnons. Il refusa. Partir avec les kamikazes ? Je lui conseillais (au parloir j'apportais une feuille blanche, une gomme, deux crayons de bois et, tout en fournissant une ordinaire conversation aux éventuelles oreilles indiscrètes, nous échangions nos petits mots) de clamer son innocence, réclamer la révision du procès, mais payer "l'erreur judiciaire", se soumettre pour recouvrer légalement la liberté le plus rapidement possible, ne pas tenter une sortie par effraction, synonyme, au pire, de perpétuité ou balles dans la peau, alors que la réussite n'offre qu'une vie en fuite constante, fiché par Interpol, sur le qui-vive, coupé de ses proches, apeuré d'être repéré.

Je lui conseillais d'affronter stoïquement la détention, la limiter à une restriction de ses déplacements en ne laissant personne souiller son unique espace vital, l'esprit. Me référant au Mahatma Gandhi [sur conseil de Sybille, fascinée par la clairvoyance de la Grande Ame], qui considérait la prison comme le théâtre par excellence de la liberté, où prime l'essentiel, j'étais persuadé qu'à sa place j'aurais réagi ainsi.

- Si on le veut, si on le décide, on peut changer, se bonifier, à condition de ne pas être obnubilé par la recherche du minimum financier nécessaire à la dignité et d'éviter les distractions et les tentations.
- Qu'est-ce que tu racontes !

Ma phrase, mûrement préparée, macérée, jugée précise et pertinente, me valut un bide total. Mathieu continua à vénérer les feuilletons où règne la loi du plus fort et de l'esbroufe.

IV

La vie était enfin devenue comme elle devrait être : un plaisir, physique et spirituel. Ils s'étaient découvert des passions communes. Et trouvaient cela merveilleux. Des lectures communes. Et trouvaient cela merveilleux. Ils se comprenaient ! Savaient que l'autre saisissait allusions et silences. Alors les Amoureux mythifièrent leur rencontre, *une irrésistible influence magnétique.* Classique. Durant les heures vacantes d'une appétence sexuelle nullement amenuisée par les déjà petites habitudes et la connaissance réciproque, ils lisaient, Jel écrivait. Logiquement, son style se débarrassa des plus criardes lourdeurs, fioritures et artifices, marques d'écrivaillon ; des poèmes et des nouvelles (ou son nom ?) suscitèrent même l'intérêt d'éditeurs. Il prétendit finalement l'ensemble extrait de ses cahiers d'étudiant damné, conférant à sa première apparition, ce recueil quasi introuvable dont la valeur grimpait régulièrement, jusqu'au qualificatif d'inestimable chez les collectionneurs et fans, une origine encore plus ancienne : la seconde. Cette affabulation s'avérait partiellement exacte : son engouement littéraire remontait à peu d'années et son terreau contenait moins de références que celui d'un adolescent proclamé précoce mais gavé depuis la naissance par des parents décidés à l'utiliser pour venger leur incapacité à pondre la moindre ligne enivrante. Ces publications et les interviews où il prétendit écrire aussi des chansons déclenchèrent l'acharnement d'un directeur artistique déterminé à produire son premier album. Il l'alléchait bougrement le chauve ! Mais Jel s'en sentait incapable. L'affairiste parvenait à ses fins en quémandant ses conditions : le *grand poète* tomba complaisamment dans le panneau, lui dressant une liste

160

immédiatement acceptée. Aucune contrainte ! Temps et budget à volonté, obtention des droits pour reprendre *Fais pas ci, fais pas ça* (toujours une pensée aux chers bureaucrates), enregistrement à Londres, et le problème musical. "Le problème musical" : si sa tête abonde souvent d'airs, lire la moindre partition lui est impossible, donc encore moins l'écrire. La solution proposée lui convint : il explique ses envies aux compositeurs attitrés de la boîte, ils cogitent et les réunions améliorent l'ensemble jusqu'à satisfaction. Malgré une voix catastrophique, modifiée techniquement (*"ne vous inquiétez pas, nous avons l'habitude"*), c'était le succès de l'année, couronné par le public et les pairs, adopté par la jeunesse.

Justes récompenses (lucidité ou orgueil ?) : *Assedic blues*, tube en tête des ventes durant presque un semestre, présentait l'avantage d'une écriture soignée et d'un sens, dépareillait au milieu d'une production régentée par les pisseurs ès banalités et princes des onomatopées.

Assedic Blues

Assedic Blues
J'ai pas l'bon papier
Faudra revenir demain
Prendre un numéro
Et attendre
Attendre
un regard sans tendre
sse
Une voix qui t'envoie
vers une loi sans issue
Sans surprise
Sans suspens
Une voie d'humains en surplus

Assedic Blues
Comment puis-je tomber...
si bas ?

Elève exemplaire
papa me promettait une belle carrière
J'y ai cru !
Des soirs sans histoires
pour être frais l'matin
Des samedis sans câlin
à préparer les examens
Mention assez bien
le directeur me félicite
Costard-cravate
faut plaire au recruteur

Absence d'expérience
il me balance
Direct à la galère
ou à l'illicite
Direct à la haine sur eux

Assedic Blues
On m'a choisi une mauvaise filière
Mes diplômes c'est boule de gomme
Paperasse sans intérêt

Assedic Blues
J'suis un poids pour la société
Cursus caduc
Carcasse à recycler

Assedic Blues
Maladie héréditaire
Vies ralenties
Père au whisky
Mère tend la main
Et j'vais pas bien
vraiment pas bien

Assedic Blues
On est des milliers
Assis
Dans les cités
Des milliers d'assistés
priés de s'aligner
Des milliers d'assiégés
prêts à cogner

V

La réussite "artistique", piédestal médiatique, l'incitait à mitrailler gouvernement et électeurs de leçons morales, la majorité soufflées par des philosophes nimbés dans un prétendu héroïque refus de participer à la "mascarade de la société du spectacle" mais, conscients de l'impasse, l'inutilité, des idées sous vide, le cercle des initiés et convaincus, recherchaient des relais. Il signa ainsi, dans le grand quotidien de l'après-midi, sa lettre ouverte sur la beauté et les lignes à Très Haute Tension (ce projet menaçait directement la résidence secondaire d'un mentor).

La beauté ne préoccupe guère nos concitoyens, ils préfèrent les parcs d'attractions, les musées. Un jour le musée du Quercy pourrait présenter des photos du temps où nul gigantesque pylône ne le saccageait.

La population, certes, se mobilise, s'honore d'un rassemblement à Cahors où "non à la THT" fut scandé. Cinq mille personnes un samedi. Quel refus ! En attendant, chacun compte sur quelques notables qui prétendent "*avoir le bras long.*"

Si la ligne est érigée, pour la majorité des habitants ce sera le grand soulagement, avoué en famille : la ligne sera "loin." Sans pourtant être devin nous savons que la motivation première de l'opposant à la Très Haute Tension est la peur qu'elle surplombe son jardin.

A part ça ?

- Bah ! puisqu'on nous dit que c'est nécessaire. C'est le progrès. On ne peut pas lutter contre l'EDF... Les centrales nucléaires aussi, on était contre, et ils les ont faites.

De la même manière, le français refuse les fûts

toxiques, sur sa pelouse, et parfois s'émeut presque un quart d'heure quand la télévision montre des enfants d'Afrique jouant à côté d'une cargaison. Mais il faut bien s'en débarrasser quelque part !

Pourtant, toutes les politiques de mépris des minorités (les habitants du Quercy, pays en voie de désertification vu de Paris, sont une minorité) sont conduites pour une proclamée grande cause. Alimenter Cahors en électricité, quelle grande cause !

Toutes les politiques de mépris des minorités s'implantent grâce à l'indifférence générale, l'égocentrisme, quand ce n'est pas la haine de ceux qui vivent différemment. Vu de Paris : pourquoi n'auraient-ils pas eux aussi leur pollution ?

Un refus catégorique d'une région parlant d'une seule voix, relayé par la nation, est-il encore possible ? Un refus étayé par les dangers de ce projet. Car une ligne THT est néfaste pour l'homme (qui prouvera le contraire ? Prouver, et non prétendre ; certains *spécialistes* ont la prétention facile, rappelez-vous le nuage de Tchernobyl arrêté à la frontière allemande), néfaste pour l'environnement, néfaste pour la beauté.

La beauté disparaîtra sans scandale, quand elle ne sera plus un besoin des êtres humains. Mais qui regarde encore le monde ?

Néanmoins, malgré cette dérive vers l'insensibilité, il est dans la logique du combat humaniste mené par une minorité qui tente d'éclairer les aveugles, que jamais ne fleurissent les pylônes. Et même, si l'intelligence accompagne le pouvoir, qu'un jour la

France renonce au nucléaire civil. L'électricité produite ne vaut pas les dangers que l'uranium fait peser sur les populations. Nous sommes bien "sortis de l'amiante" alors que le lobby amiante était aussi puissant que pense l'être aujourd'hui celui du nucléaire.

Notre chère écologiste de l'Avenue Ségur doit savoir qu'elle sera jugée sur des dossiers comme celui-ci, Si elle a l'impudence de laisser saccager un seul site, le risque de Lalondisation est manifeste...

Plus que sur l'intelligence de celles et ceux qui nous gouvernent, il faut parfois insister sur les répercutions futures individuelles.

Mais, après ce dossier d'autres viendront, chaque victoire est éphémère, réclame une vigilance constante sinon ceux qui sont prêts à hypothéquer l'avenir du pays contre un peu d'or sur leur étroit costume, appliqueront les politiques du mépris ; tout est politique : la politique étant la vie de la cité, doit concerner chaque citoyenne, chaque citoyen. Nous avons toutes et tous le devoir de nous conduire en Citoyens, avec une vision globale des problèmes. Ne pas "compter sur les autres." Ne pas céder au diktat du "c'est nécessaire", au diktat du "c'est pour votre bien."

Ce combat du Quercy, comme tous les combats pour la dignité, peut encore être gagné, David a toujours vaincu Goliath quand il a cru en son bon droit, en sa force ; dès ce jour, face au refus du dialogue, je vous invite à témoigner de vos convictions, déverser vos poubelles aux portes des bureaux de la société d'Enlaidissement De la France.

Puis, cette fois sans aide, il écrivit *Entre Cahors et Astaffort*.

Entre Cahors et Astaffort

Entre Cahors et Astaffort
Y'a des rêveurs qui rêvent encore
Ils jouent des mots, des métaphores
Et chantonnent la vie sans effort

Mais entr'Cahors et Astaffort
Sur la Garonne, y'a Golfech
Au bout des cannes à pêche
De l'uranium,
De l'uranium

Bientôt de Golfech à Cahors
Sur de grands pylônes piailleront
Fils du mépris fils électriques
L'énergie doit se propager

Des grands patrons plastronnent
Vive l'industrie Vive l'industrie
Et tant pis pour les p'tits mômes
Sur le tracé du dieu progrès

Entre Cahors et Astaffort
des révoltés rêvent encore
Que jamais les volts ne nous survolent
Qu'un jour Golfech revive

Entre Cahors et Astaffort
Y'a des rêveurs qui rêvent encore
De faire passer le droit des Hommes
Avant celui des affairistes

Puis *il* fustigea les inégalités au départ, cruelle réalité toujours d'actualité malgré la rengaine égalitariste, fallacieuse théorie de l'égalité consistant à accorder les mêmes aides à tous, sans se soucier des carences originales, donc à répéter les privilèges, fermer les portes du possible aux rejetons de la misère ; *il* réclama l'égalité dans les faits, exigeant que soit donné plus à celui qui a le moins, de manière dégressive jusqu'à rien à celui pouvant tout s'offrir.

Ainsi indigna le seizième arrondissement parisien, passionna autoproclamés humanistes et pasionarias, des ailes lui poussaient. On lui promit même, lors d'une *réunion secrète,* un ministère... à condition d'envisager publiquement sa candidature à l'élection présidentielle puis rallier le bon candidat. Mais l'ambition politique l'épargnait. La sagesse ? Débarrassé des soucis matériels, sentimentalement et sexuellement comblé, seul l'attirait ce qui lui sembla le summum : se survivre. En temps de paix la carrière politique n'offrant que des honneurs rapidement oubliés, il visait l'œuvre majeure ; enivré par ses progrès il croyait cette utopie désormais accessible ; simplement une question de temps : cinq, dix, vingt ou trente ans peut-être. Envisageant une fresque littéraire dont les siècles futurs glorifieraient l'acuité sociale (Honoré de Balzac, dont il n'a jamais lu le moindre roman entièrement, était sa référence), il investit la scène politique, sans la moindre retenue car indifférent aux retombées électorales ou populaires. Donc dangereux pour le microcosme.

A ce jeu il excella - son plus beau rôle ! -, bien aidé par le stupide spectacle des démagos qui lui tendaient des perches quotidiennes.

Quelle affligeante fin de millénaire où, sur l'absence de vigilance, la permissivité démocratique, prospéraient justement les arrivistes disposés à hypothéquer l'avenir du pays, et du globe, contre un peu plus d'or sur leur étroit costume. Personne ne ridiculisait le "vicomte", représentant du néant hypertrophié d'une aristocratie tendance intégriste en mal de pouvoir, chantre du protectionnisme, partisan de l'ordre moral, béatifié pour avoir placé trente-sept fois son slogan "l'Europe passoire" à la télévision et agité des baskets fabriquées en Asie ; personne n'écrasait un ancien éditeur d'hymnes nazis milliardaire depuis un héritage suspect, maître dans l'ignominie de la désinformation et piégeant les démunis en excitant leurs peurs, les mobilisant contre des boucs émissaires ; personne n'affrontait les "phénomènes" sous leur véritable ressort : le mensonge ; ils mentaient effrontément : il suffisait d'imaginer posément leur propagande appliquée ; que serait la France sans les millions de citoyens d'origine étrangère qui font sa grandeur ? ; que serait ce petit hexagone coupé du monde, constitutionnellement raciste et protectionniste ? ... Mais les professionnels ès politique, à l'affût de places honorifiques, redoutent la vérité... qui pourrait démasquer le petit mensonge sur lequel ils végètent.

Et les téléspectateurs se révéleront moins égocentriques que prévu (des députés de gauche, jurant être entrés en politique par idéal humaniste, l'avaient prévenu, dépités, que les administrés se fichent des bons sentiments, des raisonnements planétaires, mais exigent des résultats concrets au quotidien, non la rédaction des lois, mais des passe-droits, un piston pour un emploi, un logement à loyer réduit, la suppression d'un P.V., l'exemption militaire du petit dernier ou son affectation près du domicile familial, une place pour une personne âgée dans une bonne maison de retraite...) : les sondages, car son agitation généra des sondages !, les déclarèrent en osmose avec sa dénonciation d'un pays première puissance exportatrice par habitant à la conquête de nouveaux marchés ; d'un Paris sous smog quasi constant et d'aides gouvernementales aux constructeurs automobiles ; son exigence de cours de soutien en mathématique pour certains ministres ; son intransigeance face aux semeurs de haines ; son opposition à la construction d'un pont dont l'économie aurait résorbé le gouffre de la sécurité sociale... Malheureusement, les électeurs, à la première occasion, dans le secret de l'isoloir, négligeront ces "bons principes." Pire : le ventre de la bête, qu'on savait toujours fécond, accoucha de nazillons à écharpes tricolores.

- Je croyais pouvoir bonifier le cœur des Hommes. J'ai fait confiance à l'intelligence. Où est l'intelligence ? Pour qui écrit-on ? Pour qui parle-t-on ? Pour qui donne-t-on le meilleur de soi ? Pour celles et ceux disposés à écouter, à comprendre. Pour celles et ceux qui cherchent, donc qui ont déjà trouvé quelque chose, au moins l'envie de ne pas rester victime aigrie. Certains et certaines sont inaccessibles au raisonnement rationnel, et le jour où la haine les soudera, ils marcheront, nous écraseront, s'écraseront entre eux. Nous devons nous tenir prêts à partir loin des incendies.

Le soir même, d'un trait, inspiration majeure, il écrivait *Marcher*, que je classe parmi ses trois plus grands textes.

170

Marcher

Marcher, oui, nous savons marcher
Notre peuple a toujours marché
Le premier péché le payer
Soleil, l'empêcher de pleurer

Quand l'ennemi vient, se cacher
Quand l'ennemi revient, être loin
Il faut marcher / Il faut marcher
La tradition l'a enseigné

Marcher jusqu'aux roches austères
Où les terres sont à défricher
Où personne jamais n'est venu
Pas un chien ne voudrait nicher

Marcher, oui, nous savons marcher
Notre peuple a toujours marché
Le premier péché le payer
Soleil, l'empêcher de pleurer

On le sait, tout est précaire
Comme à toutes les époques
Ils sont venus, nous reprocher...
Ils veulent nous endimancher

Marcher, oui nous savons marcher
Mais en cette fin de millénaire
Où trouver la terre épargnée
La terre qui n'a pas trop saigné

VI

L'engouement et les acclamations d'un public graduellement plus nombreux, le persuadaient d'un talent d'orateur servi par des idées originales et réalistes. Il se croyait porteur d'idées originales et réalistes ! Anxieux à l'annonce des taux d'audience, fâché quand une "légitime pétition" sortait sans sa signature, il oubliait n'être qu'un perroquet, dont la seule audace intellectuelle personnelle concerna l'héritage, sa croisade pour le temps choisi s'avérant plus un bon cheval déjà en course sur lequel il sut opportunément s'agripper. Evidemment, paradoxalement, une audace intellectuelle, c'est déjà beaucoup... dans un pays où l'on peut devenir Président en butinant d'incohérences en truismes !

Depuis l'implosion du collectivisme soviétique, hormis les hurluberlus, nul occidental n'osait répéter que l'héritage reconduit les inégalités de génération en génération, "est un vol." Si les gens refusent d'entendre une vérité, il faut l'exprimer autrement !

Chers concitoyennes, chers concitoyens, l'héritage des parents aux enfants, comme vous l'avez remarqué, arrive en fin de cycle, remplit de plus en plus difficilement sa mission d'aide. Les enfants héritent de plus en plus tard, souvent après leur retraite. Nous devons trouver une parade, un système de substitution.

Les "communistes" se sont trompés en nationalisant toutes les richesses : l'Etat doit seulement centraliser les héritages, et les redistribuer. Ainsi, grâce à cette cagnotte nationale, chaque jeune débutera avec un minimum... et les mêmes chances que son voisin. Il y aura toujours des riches et des pauvres, mais à chaque génération le compteur reviendra à un niveau raisonnable. Ainsi les moins bien lotis ne pourront s'en prendre qu'à la manière dont ils auront géré leur pactole. Et les enfants des pauvres ne trimeront plus en souvenir de parents ruinés. Et les vieux n'apercevront plus à leur chevet d'avides grappilleurs.

Cela lui valut une kyrielle de unes et dossiers spéciaux, dont les plus dithyrambiques iraient jusqu'à l'introniser *"penseur aussi important que Marx et Keynes."* Ces louanges le débarrassaient d'une timidité naguère considérée innée, combattue au whisky. Enfin je suis quelqu'un. Il parvenait même à "improviser" lors d'entretiens avec des journalistes de haut vol :

- Vous auriez préféré vivre à une autre époque ?

- Non.

- Pourtant, en vous observant, on a l'impression que vous ne l'aimez pas, notre époque.

- Je fulmine contre le monde tel qu'il est, Golfech et les volets fermés, les avions, les bagnoles, les clapiers, les parcs d'attractions, l'indifférence mais le monde tel qu'il pourrait être, tel qu'il est presque pour moi qui suis désormais un privilégié, me passionne, m'enthousiasme.

- Expliquez.

- Je n'aurais pas aimé vivre avec une médecine proche de la boucherie ou balbutiante, une misère due aux difficultés à maîtriser les événements naturels. Mais ce siècle me dégoûte. Alors que, grâce aux progrès, chaque être humain pourrait vivre décemment, l'indigence maltraite les milliards d'exclus de la prospérité et, là où règne un bien-être certain, la laideur et le vice triomphent. Notre cher vieil occident prétendument si évolué, non seulement gère plutôt mal que bien ses exceptionnelles richesses matérielles, mais il a créé une insupportable misère intellectuelle en parquant ses "brebis galeuses" dans des cités-béton où la délinquance est la norme, la réponse logique, le seul moyen pour vivre dignement.

- Votre constat est répandu, presque trop classique. Mais qui sont les responsables ?

- Les bourgeois, les nantis, les égoïstes.

- Expliquez.

- On connaît les victimes : les citoyens acculés à la violence. On les prétend responsables de leur sort, mais ce sont des victimes. La violence physique est l'extériorisation, l'expression, d'une détresse. Il est indécent d'accuser le quidam parqué dans une tour infernale, inhumaine, considéré comme un animal, de s'attaquer aux beaux quartiers, se comporter en animal, vorace, sans morale. C'est dans les beaux quartiers que se terrent les responsables du désordre ; ils avaient le pouvoir, ils avaient l'argent, ils se sont retrouvés derrière Pompidou, et ils n'ont pas voulu partager la prospérité, la croissance. On paye encore les pots cassés d'une industrialisation anarchique et du mépris de la classe qu'on appelait des travailleurs. Ces notables regardaient l'Afrique du Sud comme un exemple, en se disant qu'ils seraient prêts, eux aussi, à construire des murs pour se protéger des hordes affamées. L'Afrique du Sud s'est humanisée mais les occidentaux privilégiés continuent à considérer l'apartheid comme un modèle d'avenir. Ils rêvent de beaux quartiers résidentiels, entrées régulées par cartes magnétiques, et pourquoi pas, pour éviter toute fraude, des codes barres tatoués sur chaque individu...

- Vous allez loin. Si on suit votre raisonnement, les délinquants naissent victimes, donc ont raison de ne pas respecter les lois de la République, donc ont tous les droits.

- Bien sûr certains se complaisent dans l'image de la misère révoltée, rien n'est jamais ni tout blanc ni tout noir. Mais la société a les marginaux qu'elle mérite. L'immense majorité des délinquants sont nés pour être délinquants ; on les a gavés de fausses valeurs, la nécessité de paraître, posséder, et on leur accorde comme unique perspective un royal RMI. Donc ils ont créé une économie souterraine, parallèle, donc ils dérobent les objets qu'ils ne peuvent s'acheter et que la publicité s'acharne à leur présenter indispensables. Et les nantis s'indignent. La société, la classe dominante, paye le vide de sens.

- C'est sans espoir ?

- Soit la société s'acharne à réprimer bêtement les victimes qui préfèrent la révolte au suicide, car c'est le funeste dilemme de ceux qui n'ont rien donc rien à perdre, et alors on dérivera jusqu'au point ultime, la violence, la destruction.

- Vous êtes nihiliste !

- Attention, je constate, je ne dis pas, c'est la bonne direction, je constate que si l'on n'accuse pas enfin les véritables responsables, on atteindra le point de non-retour. Le point de non-retour n'est plus loin.

- Comment éviter cette impasse ?

- En prenant conscience du drame. Et c'est une constante dans l'histoire humaine, c'est seulement près du gouffre que les sociétés livrent leur vérité, par la mort ou la mutation, la régénération.

- Mais si la société s'obstine à se cacher la gravité du danger, c'est peut-être parce qu'elle ne voit pas de solution, d'issue, d'alternative. Que le bord du chemin, l'îlot de pauvreté, semble le prix à payer du capitalisme, dont les tragédies du siècle nous apprennent qu'il est le moins mauvais des systèmes sociaux, le moins sanglant, le plus approprié pour maintenir ensemble des gens naturellement plus portés à s'étriper qu'à s'entraider.

- C'est une vision de l'histoire écrite par le capitalisme, à la gloire du capitalisme. C'est une grossière supercherie : le capitalisme a inscrit le mépris de l'homme malheureux dans la tête des hommes privilégiés. Et le fascisme, comme le communisme soviétique, sont des réactions à ce capitalisme déshumanisant.

- Vous ne légitimez quand même pas le fascisme ni le communisme ?

- Evidemment non. Le fascisme et le communisme à la sauce stalinienne, et non l'espérance communiste, sont des monstruosités. Mais il était logique que ces systèmes surgissent dans le non-sens capitaliste. C'est le capitalisme qui a suggéré les camps en écartant les citoyens les plus faibles du partage des richesses. Staline et Hitler les ont matérialisés, ont appliqué jusqu'à l'ignoble la logique d'exclusion, de réification de l'autre.

- Vous prenez toujours soin de marquer une différence entre communisme, *l'espérance communiste*, et le communisme soviétique.

- Le communisme est la plus louable organisation sociale qui ait été tentée. L'idéologie communiste primitive s'opposait à l'impérialisme et ses suppôts, voulait servir le peuple, permettre son bonheur et sa prospérité. Transformer la terre en "*paradis terrestre*", quel merveilleux projet. Malheureusement, les prétendus communistes de l'Est, une minorité d'apparatchiks, ont défini ce qu'était le peuple, les opinions que devait avoir le peuple, dès lors le communisme était vidé de sa substance, le parti n'était plus au service du peuple, mais excluait, supprimait carrément les femmes et les hommes considérés trop différents.

176

- Vous croyez encore à une résurgence communiste ?
- Une idée n'est pas forcément mauvaise parce qu'elle a été utilisée par des usurpateurs pour couvrir leurs exactions ! Si des esprits pourtant éclairés furent piégés par le communisme perverti c'est justement parce que les soviets tentaient une variante au capitalisme qui se voulait omnipotent, apportaient une espérance là où devait régner le fatalisme, la soumission au marché, au hasard d'une bonne ou mauvaise naissance. Ainsi, le lynchage d'un Aragon ou d'un Sartre me scandalise : ils ont manqué de regard critique dans leurs soutiens, leurs enthousiasmes, mais ils ont eu raison de chercher une alternative au capitalisme ; de plus, juger le passé à l'aune des seules connaissances actuelles est dangereux, inconséquent ; d'ailleurs, Aragon et Sartre sont nettement plus estimables que ceux qui se plièrent, les moutons de Panurge, toujours du côté des plus nombreux, collabos sous Pétain, Résistants sous De Gaulle, pompidoliens sous Pompidou et même socialistes sous Mitterrand.
- Mais si, la leçon de tout cela, c'était justement le triomphe du capitalisme ?
- Le capitalisme agonise. Depuis longtemps. Mais en agitant les horreurs, les goulags du communisme dictatorial soviétique, on nous interdisait de le dire. Depuis la chute du mur de Berlin le capitalisme est redevenu le système duquel on veut sortir. Mais c'est justement parce que nos aînés se sont laissés berner par les mauvaises réponses au vrai problème, au scandale du capitalisme, qu'il nous faut trouver de vraies réponses.
- Sinon ?
- Sinon les mauvaises réponses reviendront. Elles réapparaissent déjà en Russie ou en Bosnie. *Le réveil des nationalismes*. Et même chez nous, où des paumés, qu'on

appellerait de braves gens s'ils n'étaient dans la spirale du malheur, accordent leur suffrage à un fils spirituel d'Hitler, Mussolini et Pétain, comme l'a nommé le tribunal de Grande Instance de Nancy. Nancy contre Drancy, comprenne qui pourra. Le grand défi d'aujourd'hui, c'est de parvenir à démentir la fatalité de la haine qui semble s'abattre à chaque crise économique, politique et morale.

- Comment expliquez-vous que la société se jette dans la gueule du lion, soit en passe de réitérer les cruelles erreurs, laisser la haine triompher ?

- Les gens de pouvoirs aveuglent le peuple, préfèrent déplacer les problèmes plutôt que de les résoudre. Ils pressentent que leur heure a sonné de passer aux sacrifices, donc ils essayent de retarder l'inéluctable. Ils se gargarisent en se disant, *il n'y a aucune raison de s'alarmer*. Ils seraient même prêts, comme les industriels allemands en 1933, à signer un pacte avec le diable pour conserver leurs privilèges. La bourgeoisie aime danser sur un volcan ! Car la solution humaine, sans barbarie, existe, elle est dans le partage, par un changement de mentalités où l'on considère l'autre en humain qui mérite autant que soi d'accéder à la prospérité.

- Mais ce changement de mentalités, sans heurts, nécessiterait plusieurs générations.

- On réfléchit encore sur le modèle de la révolution française où, soit le changement s'effectue par le sang versé, soit les choses demeurent en état, dérivent lentement, pourrissent. Mais si, aujourd'hui, on décidait du changement, si un gouvernement, émanation d'un véritable souffle populaire, décrétait cette mesure, si on avait réellement la volonté de redonner sens à la vie, de briser les valeurs purulentes, grâce aux moyens de communication modernes, grâce à la télévision, formidable outil pédagogique potentiel dévoyé par le mercantilisme, en une dizaine d'années on peut réussir une révolution, des mentalités, en douceur, en couleur. Car tout est réuni pour le paradis terrestre et pourtant nous vacillons près du gouffre. C'est l'ironie de cette fin de millénaire.

Discours dangereux, extrémiste, facile, peu raisonnable, ont commenté les installés. La classe politique s'est même gargarisée quand la bête immonde recula aux élections suivantes mais elle reculait pour mieux amadouer sa proie.

VII

Une nouvelle idole ! Donc les fieffés fêlés s'acharnaient à les inviter à leurs fiestas. Dans chaque quartier de la capitale où *"il faut être vu"*, une *"chambre d'amis"* les attendait. Un impresario insistait même pour leur rétrocéder, *"à prix d'ami naturellement"*, une parcelle où il les voyait bien ériger leur résidence estivale, proche de la sienne évidemment. Une villa à Saint-Tropez ! Ils ne tomberont pas si bas.

Chaque semaine des propositions cinématographiques affluaient, malheureusement toujours du même acabit, le rôle d'un révolté dans une histoire bâclée. Jamais Bertrand Blier, Jacques Rivette, Jean-Paul Rappeneau, Claude Chabrol ou Bertrand Tavernier.

"Mettez votre notoriété au service des grandes causes."

Un écrivain estampillé correct par les centrales d'achat d'espaces publicitaires, marionnette d'une nomenklatura excédée par ses déclarations moralisatrices et apocalyptiques, s'évertuait à assombrir ses éclats :

- Utiliser ma notoriété pour faire avancer les idées de tolérance et fraternité ? M'attaquer aux icônes souillées, au kitsch, relève de ce combat, mais je ne peux faire plus. Je ne peux revivifier le cœur de ces citoyens dans la spirale de la haine. Voltaire avait déjà décelé l'aporie : *"Que répondre à un homme qui vous dit qu'il aime mieux obéir à Dieu qu'aux hommes, et qui, en conséquence, est sûr de mériter le ciel en vous égorgeant ?"*

Cette lucidité, cette humilité, valut trois points supplémentaires au dernier baromètre mensuel qu'il consulta des "personnalités qui comptent."

Ce fut, sans conteste, la période la plus palpitante : sentimentalement et sexuellement comblé, artiste et fou des princes. Contrairement à ses premières prévisions, volontairement pessimistes, vérifiant les prédictions de la vieille voyante, sa Dulcinée l'enivrait et ils resplendissaient. Elle prétendait leurs sentiments immuables. Et riait des scénarios abracadabrants, fomentés par des actrices ou chanteuses en mal de projecteurs, pour faire la une des magasines poubelles grâce à un bisou dont l'angle d'un photographe complice suppose un coupable contact buccal. Aucune raison rationnelle ne laissait prévoir que cette félicité ne durerait même pas un lustre. Même si cette félicité, comme toujours, allons, comme presque toujours, ne fut pas aussi parfaite qu'ils le prétendaient, même si une fois, mais c'est arrivé une seule fois se défendra en me l'apprenant Jel, la photo n'était pas d'un associé mais d'un paparazzi qui saisit l'après adultère ; elle ressemblait tellement à une princesse du *Tropic*, et j'ai tout fait pour ne pas la croiser souvent, je l'ai croisée seulement trois quatre fois, la dernière peu avant le drame.

VIII

Alors que, systématiquement, après l'Amour Sybille se lovait collée à son corps, un après-midi, brusquement, elle se leva, saisit un marqueur rouge et inscrivit sur la tapisserie influence indienne, "Je *T'Aime."* Ce mur devint leur correspondant, un confident. Ils y punaiseraient aussi les cartes postales qu'ils s'envoyaient lors de leurs pérégrinations. J'y ai lu : Eternel été ; Tendresse ; idem ; Te regarder et savoir que rien ne nous séparera ; champagne ; j'ai mal aux dents et le monde s'en fout ; pour tous ; Comment exprimer un sentiment sans répéter les mots galvaudés ; Retiens ta vie ; Pourquoi ? ; un Amour parfait, un Amour sans fin ; vivre libre ; réécrire l'histoire ; je t'Aime à mourir ; Corinne ; matin midi soir et nuit ; malgré tout ; moi je n'étais rien et voilà qu'aujourd'hui ; sur chaque pore de ton corps ; Corentin ; Pardon ; ensemble ; ni remords ni regrets ; fermer les yeux et ne rien voir de mieux que la réalité ; le berceau de la vie ; aimer, c'est regarder dans la même direction ; hommage aux dunes et leur sable baladeur ; un bébé ? ; 1 + 1 = 3 ; est-ce la facture du bonheur, la fracture du futur ? ; enfin seul avec nos enfants. Et Toi ; demain, surprise ; le silence et ton cœur qui bat ; vivre c'est lutter, refuser, s'obstiner, continuer ; ici et maintenant ; qui es-tu ? ; un homme heureux ; Soleil de ma vie ; merci Cupidon.

Un vigneron à la retraite les avait hélés à leur retour du marché, presque suppliant, et ils avaient fondu.

- Si personne n'en veut, ce sera pas de gaieté de cœur, mais je pourrai pas le garder.

Séduits par sa touffe blanche sous le cou, deux tourtereaux de la ville l'avaient choisi en premier. Ils le trouvaient mignon. Il avait trois mois. Mais ils l'avaient ramené. Ils s'étaient disputés, se séparaient, quittaient donc la maison de maçons qu'aucun ne pouvait conserver avec son seul salaire. Chacun emménageait dans un appartement incompatible avec les besoins de ce dévoreur d'espaces. C'est ainsi qu'à bientôt huit mois, sans traumatisme apparent, Gary eut de nouveaux parents, des *maîtres*. Adorable et foufou toutou, setter gordon baveur, distributeur assidu de bisous mimant si bien la tristesse face à leur tentative d'éducation stricte, qu'il devint le roi, allergique à la solitude plus du temps d'un pipi.

Un tableau naïf, un bonheur concon peut-être, mais la campagne et ses longues balades toujours différentes, amplifiaient leur lassitude des salons parisiens. L'automne, les feuilles des chênes, jamais il ne les avait regardées. Sybille finit par le convaincre que s'ils prolongeaient leur immersion dans le strass, ils deviendraient *comme eux*. Ainsi, à force d'invitations sans réponse, on les oublia ; aussi rapidement qu'ils étaient apparus indispensables.

Les spécialistes du couple déconseillent le repli dans un cocon. Se couper du monde appellerait l'échec : passés les premiers émois l'autre perd ses secrets, ne vous surprend plus et, graduellement, vous énerve.

Mais qui auraient-ils vu ? En Amitié comme en Amour, être exigeant, c'est souvent être seul. La notoriété n'avait généré que des liens superficiels. Sybille n'avait jamais eu d'ami(e)s, les copines de sa scolarité n'ayant jamais résisté au changement de classe ; sa mère se plaignait qu'ils habitent si loin et les invitait rarement (cela leur convenait : ils n'avaient aucun sujet de conversation commun).

X

Ecrire et publier, planter des arbres : creuser un sillon, s'inscrire dans la durée, combattre le provisoire, l'oubli programmé de notre dérisoire agitation. L'envie d'une œuvre majeure devint aussi obsessionnelle que le syndrome de la page blanche angoissant. Cruel manque d'inspiration allié à l'incapacité d'exprimer clairement quelques banales intuitions. Un éditeur, l'éditeur des stars, présentateurs du vingt heures, de la météo, d'un jeu, acteurs ou sportifs, alléché par sa notoriété, agitait la solution de facilité : contre un contrat d'exclusivité il lui assurait le concours du *meilleur nègre de la place parisienne*, as de la recompilation, l'actualisation, la traduction des chefs-d'œuvre méconnus.

Ce besoin de survivance nourrit leur décision, fit triompher les pulsions naturelles : théâtralement Sybille jeta à la poubelle les boîtes de petits cachets qu'il lui restait. Délice d'attendre un enfant, caresser ce ventre lisse en délirant sur le développement de l'embryon, photographier et filmer ce corps en mutation, se documenter sur la vie intra-utérine, préparer une chambre, hésiter sur sa préférence pour une fille ou un garçon, finalement ne pas avoir de préférence, feuilleter les catalogues, traîner les magasins spécialisés à la recherche des premiers vêtements et jouets, s'interroger sur la bonne manière d'être parents, égrener les prénoms... Bonheur en lambeaux deux mois plus tard, balayé par une ligne des examens médicaux :

    ANTICORPS ANTI HIV 1+2   Présence

C'est pas vrai. Non, ça ne peut pas être vrai. Il y a eu erreur. Palpitations. Vertiges. Nausées. Certitude d'erreur. Mais confirmation du diagnostic. Virus : vie russe :

goulag. Non. Pas nous. Nous sommes innocents. Vous n'avez pas le droit. Nous n'avons rien fait, laissez-nous. Nous voulons simplement vivre tranquille, fonder un foyer.

- Monsieur, effectuez le dépistage.
- A quoi bon ! Vous aimez enfoncer le couteau. Vous vous délectez. Vous avez une star à votre tableau de chasse, ça égaye les conversations du dimanche...
- Comble d'une inacceptable ironie : j'ai cavalé de corps en corps, sans sentiment, durant des années, et je tombe d'Amour.
-
- Depuis le jour où je me suis su séronégatif jusqu'à ta rencontre, je me suis toujours protégé. Je n'aurais jamais pu imaginer.
- Je n'avais jamais fait le test, tu me crois encore ? Je n'ai eu qu'un partenaire avant.

Et ses souvenirs soulevaient un doute : rapports sans protection ou transfusion sans précaution, après un accident de scooter ? Transfusion inutile, effectuée par excès de zèle d'un infirmier remplaçant paniqué... à la vue du sang !
- Cela ne ternira jamais nos relations, je ne t'en veux pas, nous n'allons pas jouer au bourreau et à la victime.

J'étais fier de ces premières phrases. Je m'étais contrôlé. M'affirmer exemplaire est tentant, logique : j'ai longtemps voulu, jusqu'à y parvenir, oublier la pulsion malsaine qui m'assaillit, cette petite voix maléfique tendant à la condamner, disjoncter, partir, errer. S'il n'y avait eu l'embryon espéré enfant indemne, aurais-je su éviter l'ignoble réaction ? Le combat de la raison contre la bête en soi. Je savais qu'elle n'était pas coupable, qu'il serait indécent, inhumain, de la rejeter, et préférais taire mes états d'âme, me montrer honorable, gentleman, comme j'aurais voulu être, comme je pensais qu'un humaniste dût réagir. Mais le visage, la voix, le regard trahissent forcément de tels sentiments. Le samedi, soit finalement seulement quatre jours après l'annonce de sa séropositivité, mais quatre jours durant lesquels nulle minute de sommeil ne me fut accordée, nul aliment ne fut ingérable, le traumatisme du non-dit qui s'insinuait me contraignit à lui avouer l'indigne réalité. Elle comprenait. Elle savait l'être humain imparfait, les raisonnements développés en bonne santé légers face à la maladie, que la vraie grandeur consiste à combattre ses démons. Dès lors, le "rien ne nous séparera" n'était plus une belle parole d'amoureux aveuglés par une forcément provisoire passion.

XI

Face à l'insistance médicale, Jel cédait, effectuait le dépistage. Séronégatif.

- Quel jeu jouez-vous ? Vous voulez me faire croire que le sida m'aurait épargné ? Qui vous a dit que je suis trop fragile pour entendre la vérité, que l'idée de mort me traumatise, que toute ma vie j'ai eu peur de toutes les maladies ? Mais ça ne sert à rien. Je suis fort maintenant. Je suis prêt à l'entendre la vérité. La mort n'est rien, puisque tout bien et tout mal résident dans la sensation, et que la mort est l'éradication de nos sensations.

- Nous ne voulons pas vous faire une fausse joie. Nous sommes formels. A ce jour moins deux mois, vous n'avez pas été contaminé.

- Qu'en savez-vous ! Que connaissez-vous de ce virus ? Vous prétendez qu'il faut deux mois pour le détecter. Mais ces deux mois, c'est une moyenne, c'est peut-être parfois huit jours, parfois deux ans. Il y a peut-être une variété de sida encore plus sournoise.

- Nous sommes formels. Après deux mois notre diagnostic est formel. Nous avons effectué trois fois le dépistage pour ne pas risquer une erreur. Nous reconnaissons maintenant formellement la signature de ce virus.

- Si vous le connaissiez si bien que cela, vous l'auriez déjà vaincu. Vous prétendez qu'il reste passif durant parfois des années, et qu'il attaque ensuite, ce n'est pas logique, je suis sûr que bientôt vous prétendrez le contraire, il attaque dès le premier jour mais au début l'organisme réussit à livrer le combat d'égal à égal, et ensuite il cède. Ça se passe toujours ainsi dans la nature, dans un combat entre David et Goliath. Vous êtes des scientifiques, il vous faut des preuves, des schémas, vous n'y comprenez rien. Ecoutez-moi.

- Avec tout notre respect, c'est impossible monsieur, tous les chercheurs sont formels, le virus est d'abord passif mais nous le reconnaissons après deux mois, ce n'est qu'après une période variable suivant les individus qu'il devient offensif. Toutes les annonces que les scientifiques présentent au public sont maintenant des faits formels, nous ne sommes plus en 1900.

- Soignez-moi plutôt que vous conduire en théoricien, arc-bouté sur les communiqués de spécialistes, soignez-moi !

- C'est difficilement explicable, mais c'est ainsi, vous êtes sain, et il vous faut ne plus avoir de rapports non protégés avec madame votre compagne, ainsi dans deux mois nous pourrons vous déclarer totalement sain. C'est difficile à comprendre mais vous n'êtes pas le seul, d'autres aussi ont été en contact régulier avec le virus, soit par acte sexuel soit par échange de seringue, et ils ne l'ont pas contracté. Des spécialistes planchent sur ce dossier. Nous ne pouvons vous donner aucune réponse formelle, nous ne savons pas tout. Mais nous sommes certains d'une chose : protégez-vous lors des rapports avec madame votre compagne.

- Soignez-moi au lieu de m'embobiner...

Et il va dépérir, plus encore que Sybille, il ne sera plus qu'une loque. Le sida dans la tête. Dans le corps aussi ? Il en est persuadé.

- Et toi, tu crois que ce sida aurait pu m'épargner ?
- Je voudrais, je donnerais ma vie pour que ce soit vrai.
- Tu crois que c'est possible ? Franchement.
- Je ne sais pas, je voudrais croire les docteurs mais j'ai peur d'y croire. Ce serait tellement beau.

Ce qu'il attendait, un *spécialiste* lui dira, le dix-septième consulté.

- Oui, vous êtes malheureusement séropositif, la science institutionnelle ne peut pas le voir, car le virus se développe en phases Delta obélisque transantales, regardez, c'est flagrant sur ces images prises après avoir mélangé votre sang à la substance réactionnelle, ces sinusoïdes brunes, c'est le sida. La médecine institutionnelle refuse ma découverte, pour une question de gros sous, de licences, car avec mon système, il n'est plus besoin d'attendre deux mois pour le diagnostic. Dès la contamination, je la vois. Heureusement que des généreux donateurs ont compris tout ce que je peux apporter à la recherche, j'espère que vous en serrez... Car j'espère bientôt mettre au point le traitement antiviral adéquat.

A son retour du *cabinet* une lettre l'attendait :

"Je voulait être heureuse. Je voulait un enfant, je ne peux plus en avoir. Ma vie avait encore un sens. J'avais la force de continuer, j'avais la force de lutter, j'avais la force de tenir au nom de la vérité. Je trouvai dans l'argent la compensation de tout ce qui me manque. Mais maintenant ? L'un en prison, l'autre malade. Rester la, dix ans, vingt ans, écrire des banalités à un type pour qui je suis un piège, ne plus voir un type qui a décider de m'ignoré ? Je voulais être heureuse et je ne pouvais plus que me venger. La vie m'a venger.

J'ai donc décider d'en finir. Par testament je donne tout mes biens à ma sœur. Et le reste, j'ai tout brûler.

Adieu.

Mathieu va recevoir cette lettre, à toi j'en dit plus, maintenant je peut te le dire, c'est toi que j'aimait. Pas depuis le premier jour, non, au début j'ai aimé mon Mathieu. Depuis que tu as changer, tu n'avais pas 18 ans, depuis que tu t'es mis à bien parler. Le jour de tes

190

18 ans, le jour de mes 18 ans, nos 20 ans, restent mes plus beaux souvenirs. J'ai compris qu'il est inutile que j'attende 30 ans. Je t'ai aimé follement, en essayant de le montrer le moins possible. Si tu n'avais pas été l'ami de Mathieu je l'aurai quitté pour toi, mais j'avais peur qu'il te demande de choisir entre lui et moi, et que votre amitié prennent le dessus. Je sais que j'étais belle mais je n'ai jamais pris le temps d'écouter à l'école, j'ai cru que la beauté suffisait, j'ai comprix qu'il te fallait plus que la beauté, l'intelligence, j'ai essayé d'étudier des gros bouquins, je suis pas arriver. Mathieu se moquait de moi quand j'ouvrais mes gros bouquins, il disait on est pas des intellaux, viens plutôt voir Lagaf, ça c'est quelqu'un. Qu'est-ce qui dit déjà Lagaf de ceux qui lisent des gros bouquins ?

Je voulais me venger de toi aussi, à cause du mépris que tu m'as regardé au procès de Math, à cause de tout ce temps où tu n'a pas eu un mot pour moi. A cause qu'il est pas juste que quelqu'un soit heureux, que te voir vedette à la télé ça me fait trop mal. A cause que c'est toi qui a entrainer Math à faire tout ce qu'il a fais. C'est parce que je t'aimais que j'ai pas osé lui interdire, j'avais trop peur de ne plus te revoir si je m'opposais à toi. Pour me venger vraiment de toi, j'avais contacté un journaliste de *Nitute*, tout ce que tu détestes, j'ai rendrez-vous avec mardi, le jour où normalement tu recevras cette lettre, je serai déjà bien loin depuis une journée. C'est toi le responsable de ma mort. Je te déteste et je t'aime.

Si je pouvais recommencé, c'est dés l'école que je changerais tout, c'est dès l'école que tout se décide, c'était comme au boulot on maudissait les chefs mais au fond on les enviait, on disait qu'ils étaient comme nous, mais non ils avaient fait des études. Mais n'oublie pas, c'est toi le responsable, Mathieu et moi on était peut-être des minables mais si tu l'avais pas entrainer aujourd'hui on aurait un gosse et mon gosse il aurait fait des études, je l'aurais empêcher de faire les conneries que j'ai fais. Quand on s'es revu j'aurai voulu un enfant de toi, il aurait notre physique et ton intelligence. Je regrette de pas te l'avoir dit car tu était tout seul a ce moment et moi j'ai pas été trainer partout avant comme celle que t'as ramasser."

Pauvre Patricia, puisant dans la haine l'orgueil d'avoir la force de mourir sans le sida.

Depuis leur départ pour Reims, pas une seule fois Jel n'avait reparlé à Patricia. Aux audiences elle le regardait, il l'ignorait ou lui lançait un regard froid et cruel dont elle comprenait la signification, *c'est ta faute*. Cette lettre, il l'a lue, la chiffonna, la déchiffonna et la relue, souriant même des fautes d'orthographe, *j'en fais mais à ce point !*, avant de la jeter sur un tas de papiers avec lequel elle se mélangerait. *Ta vie, j'en ai rien à foutre Pat. Je pleure pas pour toi, t'as eu ce que tu méritais. Mais nous. Mais nous...*

XII

Avortement thérapeutique ! A la pompe, et vite ! Arrêtez cette grossesse ! *Vous n'êtes pas en situation psychologique d'avoir un enfant...* Pressions. La renommée et l'aisance financière, comme ultérieurement le reconnaîtrait le supérieur du sous-fifre chargé de leur soutirer une signature, vaudraient à Sybille plus de considération qu'aux femmes expédiées sans ménagement sur la table maudite : l'instance médicale daignait laisser décider en connaissance de risque : affaiblissement de la mère et une malchance sur cinq que le bébé contracte le virus.

Recourir à l'avortement, c'est entrer dans la logique de mort. Combien d'enfants naîtraient si l'on devait s'assurer génétiquement qu'ils ne développeront aucune maladie létale ? S'il fallait la présence des parents jusqu'à leur majorité ? S'il existait un Q.I. minimal ? Utilise-t-on ce genre d'arguments face aux cancéreux, alcooliques ou handicapés ? Indignes d'être parents ? *Vous avez fauté, vous vous êtes exclus du genre humain,* la tentation intégriste existe. Mais si l'enfant pouvait choisir : un père qui considère sa mission achevée relevé de la position du missionnaire et une mère dès l'accouchement réalisé, des géniteurs qui confient le rejeton aux "institutions", crèche puis école affublée par antiphrase du qualificatif "maternelle", ou des parents *amoindris* mais attentifs, présents, assumant leur rôle d'éveilleurs, ensemençant son terreau de bontés ? Est-ce à vingt ans ou durant les premières années que l'on a le plus besoin de guides ?
"*Cette décision va trop vous amoindrir madame.*" Pauvre

bureaucrate de la médecine, cette sentence, il l'a balancée à chaque patiente récalcitrante, et vieillira ainsi, imbu d'un savoir purement livresque, son approche statistique des naissances. Amoindrir ! Placer l'amoindrissement sur un plateau de la balance, quand sur l'autre resplendit l'inégalable désir de transmettre la vie ! La même raison, de nouveau assénée arrogamment, servirait à conseiller, intimer, de réduire la fréquence des rapports sexuels et surtout se "protéger." Colère : non à une restriction autoritaire du plaisir, non à cet inacceptable marché de dupe, à l'achat de survivance avariée. Et il osa justifier ce mépris, son défaut de pédagogie, sa fatuité, son ton comminatoire : "*nous n'avons pas été formés pour de tels cas. Nous ne sommes pas à Paris, ni à Toulouse ici. Nous, on gère les cas classiques. En plus nous réclamons des formations mais la direction répond qu'il n'y a pas de budget.*" Comme s'il fallait des cours pour regarder l'autre humainement.

Jel ne pouvait se croire indemne (il ne pouvait être que du côté des victimes : les exceptions ne viennent pas d'un bled). Puisqu'il n'y avait pas d'espoir il refusa le plastique entre eux. Et ingurgita à la même cadence les cachets prescrits à Sybille. Il l'aima plus qu'avant si c'était possible, il voulait cet enfant, l'aimer jusqu'à épuisement et un maximum d'enfants.
Suicide à petit feu ? Ils se forçaient à raisonner *positivement :* il y eut le premier tuberculeux, le premier cancéreux sauvés ; le sida apparaît éternellement incurable, comme précédemment la tuberculose et le cancer. Mais, un jour, un chercheur, plus obstiné, inspiré ou carrément loufoque, osera la formule incohérente, irrationnelle, la piste nouvelle et le résultat, claironné

miraculeux, stupéfiera ses collègues, lui vaudra le prix Nobel, son effigie ornera les coupures fiduciaires européennes.

C'était leur espérance, même si les spécialistes employaient encore le terme "miracle" en guise d'espoir. Miracle ! Mot terrible aux funestes a priori, rappelant que la logique s'appelait déchéance physique et psychique, puis la mort en unique délivrance.

XIII

L'affrontement au "bon sens des institutions" avait différé le froid face à face avec la réalité. Cette tension retombée le drame surgit sous sa cruelle horreur : *nous avons cru être en guerre contre la force publique alors que nous sommes les tranchées sanglantes ; il est là. Il : virus, démon, monstre, scolopendre, lèpre, snipper, Alien, saloperie, barbare... ; nous sommes condamnés à vivre au rythme des médicaments, toutes les huit heures, trois fois par jour.* Le tout agrémenté de contrariétés et macabres réflexions.

L'indignation envers les dérisoires préoccupations des indemnes s'accentue, scellant leur rupture définitive d'avec le monde affriolant : les médias continuaient à pérorer sur les démêlés judiciaires d'un élégant affairiste ancré sur le créneau du socialisme moderne, propulsé à la une en appliquant ses méthodes au sport : un troisième couteau déclaré héros et acclamé par les déboussolés. Comment oser perdre tant de temps et d'énergie quand talents et moyens manquent cruellement à la recherche ? Et pourtant, ils continuaient à regarder la télévision, à ouvrir les journaux : frénétique attente de La Nouvelle. Au moins suivre les progrès, ces raisons d'espérer.

Une soirée au restaurant, décidée pour se changer les idées, et jamais plus ils ne défieront la promiscuité des lieux publics : les cons (comment les nommer autrement) qui ignorent la présence d'une personne séropositive et plaisantent, à coups de douteux calembours ou ostracismes, sur la maladie ; les cons qui vous reconnaissent et demandent "comment ça va ?", "comment l'avez-vous eu ?" - traduction : victimes ou responsables, hémophiles ou débauchés ?

Cyclothymie : larmes d'injustice ou euphorie du temps à vivre en accéléré. La raison : amoureux et à l'abri du besoin : remparts. Les coups de cafard : à quoi bon. Certains et une mode médiatique glorifient le sida : il ouvre les yeux sur l'essentiel, atteint on quitte l'ornière des apparences. Sophisme ! Et pourtant, il véhicule, comme toutes les caricatures, une part de vérité : épargnés, la quasi-totalité des humains errent, aveugles inconscients de leur cécité, sans canne ni chien. Mais le monde est vraiment très malade s'il faut le sida pour comprendre la liberté.

Jel, un exemple de ces pauvres zigues à la dérive, au potentiel gâché de chimères en obsessions : à dix ans, les buts de Mario Kempès, l'ambiance féerique du *Mondial Argentina* (il ignorait les matches truqués et la junte militaire au pouvoir), lui idéalisèrent le football professionnel : entrer au centre de formation, être jeté en cas d'absence de rentabilité rapide, être jeté irrémédiablement passé la trentaine, avec, pour tout viatique, un oreiller pécuniaire et un cerveau délabré gonflé aux anabolisants de la fatuité ; Catherine enfuie l'adolescence fut invivable : les échecs sentimentaux, les blessures, construisent, prédisposent à une énième utopie ; le statut "star littéraire" l'allécha, sommet sacralisé : pour un strapontin à la table des "grands de ce monde" il aurait acheté la peau de chagrin...

Il maudit alors celles et ceux qui ont bâclé son éducation en lui occultant l'essentiel. *Il m'a fallu me tromper, oser, recommencer... tricher. Et la maladie. Je sais mais trop tard : vivre avec l'être aimé qui t'aime, travailler consciencieusement, passionnément, indifférent aux mesquineries.*

Inutilement, forcément intuitivement, il s'illusionna d'un

recommencement : un inconnu offre la pierre philosophale (la vie débute quand on se débarrasse des fausses croyances, les oripeaux de l'éducation, et s'achève quand on ne croit plus en soi) et l'homme libre apprivoise son art et attend sa moitié (non, pas "sa moitié" : Zeus n'a pas coupé en deux les êtres humains pour les châtier et les contraindre à errer nostalgiques d'une unité primitive, en quête de leur moitié complémentaire ; n'en déplaise à Platon, Aristophane et aux romantiques obtus, plusieurs peuvent potentiellement nous combler, à condition de les croiser au bon moment). Mais la vie n'accepte aucun brouillon. Aucune seconde ne reviendra. Et cette expérience n'aidera personne, cette déconvenue ne pourra servir d'exemple : aurait-il accordé la moindre importance à ces sentences vers seize ans ? Et même s'il les avait retenues, il lui aurait d'abord fallu gagner besogneusement le quotidien, entrer dans le vicieux cercle social qui éloigne de l'essentiel. Il maudit cette société qui ne favorise nullement l'épanouissement. Seuls les privilégiés dilapident leur existence sans la moindre excuse ; les pauvres hères doivent ramper ou tricher.

Alors, comment remplir agréablement ces jours potentiellement comme les autres mais sous l'épée de Damoclès ? Militer ? Continuer à écrire, interpréter le rôle du rebel writer, inventer des légendes ? Ecrire simplement la réalité, les regrets ? Quels regrets ? Entre l'aventure et se ratatiner, l'insipide exigé par la bonne société, comment oser défendre la frilosité ?

Faire comme si la maladie n'était pas là, se consacrer à la fresque historique ? Caricaturer les marionnettes ? Eveiller les consciences encore aveugles au sida, au retour masqué de la haine, au saccage de la flore et de la faune ? Noter la décrépitude et balancer le conglomérat poisseux au peuple, comme on exécutait en place publique en croyant dissuader de déroger aux lois ? En un mot : dire ; être le messager. Mais à quoi bon dire ? Tout se sait, demain tout sera sur Internet. Mais le monde s'en fout. Le monde ne sait plus discerner le vrai du charlatanisme, donc ne croit plus en rien. Trop de mots, d'images. L'incapacité de délivrer son message rendait tragique le messager de Kafka , notre tragédie c'est que les messagers se perdent en logorrhées, ne sont plus écoutés. *Ils doivent bien ricaner les bureaucrates, et au café assener, il n'avait qu'à rester ici. Ne ricanez pas, riez mes amis, vivez tant que vous le pouvez, servez-vous de mon drame, qu'il vous ouvre les yeux, la vie n'aime pas le bonheur, la vie vous fait payer chaque instant d'euphorie, faut faire gaffe. Ecrire ainsi ? Tout le monde ricanerait.*

Donc, résolu à ne plus écrire, par dégoût d'un sujet qui s'imposerait immanquablement, impression d'une incapacité à changer le cours des choses, à créer le bouleversement qui élèverait les cœurs, il annonça sa retraite "littéraire", tirant sa révérence à l'instar d'un mauvais frère à l'ombre d'un mur : "Je ne reviendrai que guéri."

A la sortie en salle des *Nuits Fauves*, cadre dynamique veillant à conserver tous les atouts de son côté pour cumuler prime et augmentation en fin d'année, benoîtement Jel avait écouté Jean-François, parole avertie :

- J'ai vu un extrait, c'est indécent, ignoble, dégoûtant. L'inverti de Collard, ce p'tit pédé, appelons les choses par leur nom vulgaire, se fait uriner dessus par des loubards, puis baise avec une jeune fille, mignonne en plus, en lui cachant qu'il a le sida. C'est honteux. Et dire que des jeunes s'identifient déjà à ça.

Il invita son jeune collaborateur préféré à corroborer cette déraison. Et la statue enchaîna :

- Il m'a été prétendu que c'est autobiographique, ce Collard est vraiment bisexuel, mon Dieu !, comment peut-on ainsi vivre, et il a vraiment le sida. Il l'a bien cherché. Et il voudrait qu'on le plaigne ? Mais il devrait être interdit d'étaler ainsi ses perversions. Avec De Gaulle on n'aurait jamais vu ça. Comment ose-t-on laisser se pavaner de tels monstres à la télévision. Peyreffite, reviens, ils sont devenus anarchistes. Et le pis, ce sont les naïves jeunes filles qu'il a contaminées ce salaud. Si seulement les parents avaient encore de l'autorité. Nous, notre fille, jamais elle ne parlera à de tels poisons, comme vous le savez elle est dans la meilleure école, privée, forcément, de la région. Nous la protégeons, il faut protéger la jeunesse. D'ailleurs, dès demain je vous ferai circuler une modeste pétition pour que ce soi-disant film, cette propagande de la perversité, soit retiré de l'affiche (Madame était présidente d'une association de bonnes mœurs).

Le lendemain, pas une signature du service ne lui manqua. Mine avenante, démarche bovine, Thérèse était entrée sur le méga plateau, avait fièrement déclamé sa requête réactionnaire avant de la remettre à Jean-Michel, dit le nordiste, le plus influençable - aussi surnommé, rarement en sa présence : patapouf, cervelle binaire zéro moins zéro, Maurice, nimbus, panche à bières, dents du fond cariées, Jean Alesis (après son deuxième accident), sourire d'enfer, futur garagiste, maître aliboron, pépin pastis, Henri Michel (après l'invective de Cantona), bob pastis, l'écrevisse (en été, après ses traditionnelles vacances en Espagne), mauvais Karma, cendrier ambulant, écorcheur de lapins... La porte à peine refermée, son traditionnel "fait chier" bougonné, il cédait "oh ! pis, c'est qu'une griffonnure." Ils se sentaient manipulés, et adroitement manipulés : refuser serait apparu excentrique, une provocation aux inévitables représailles.

Sybille avait vu *Les Nuits Fauves* au cinéma et acheta la cassette. Jel comprenait : la bonne société a préféré, comme d'habitude, ne pas réfléchir, hurler à l'incitation au meurtre là où la question de la responsabilité à l'égard du partenaire est magistralement posée. La soif de vivre de Jean le vivifia. Il s'identifia à Jean. Et, parenthèse faite de régulières crises d'angoisse, son refus de l'apitoiement, de la complaisance morbide, son obstination à savourer pleinement chaque seconde, l'aidèrent à ne pas se considérer exclusivement malade, *condamné*.

XV

Sans s'en apercevoir il avait raté un rendez-vous au parloir. Evidemment, son prisonnier connaissait le drame, la presse, *mystérieusement* informée, en ayant fait ses choux gras seulement six jours après la découverte du virus, la presse avait annoncé Jel également séropositif. Mathieu l'avait appris brutalement, par un maton militant d'extrême-droite, un de ces frustrés dont l'unique (ré)jouissance semble être d'humilier :

"- Ton copain-complice le gauchiste va crever. Bien fait pour sa gueule. Il a cru s'en tirer mais sa pute avait baisé avec des nègres, elle avait la peste, ouais le sida. Ils seront crevés avant qu'tu sortes jeune con. J'voudrais bien qu't'essayes t'évader, j'me f'rais une joie te loger une balle entre les deux yeux."

Mathieu avait répondu : une dent cassée et vingt jours au mitard. Ensuite un copain lui confirma cette rumeur. Il leur écrit et sa lettre, passée par les instances officielles, arriva après le suicide de Patricia :

"Vous êtes mes amis, depuis le premier jour votre amitié m'est vitale. Vous m'avez soutenu aux moments les plus difficiles vous m'avez apporté la force de lutter la force de vivre. Grâce à vous j'ai compris le sens de la liberté par procuration, vivre dehors par l'imagination.

On rêvait de ma sortie. Grâce à vous la société n'est pas parvenue à me briser. J'ai brûlé mes chimères (c'est ton mot ça) je me suis libéré de mes fantômes.

Mais les choses étant ce qu'elles sont vous avez fait suffisamment pour moi. Je ne suis plus qu'un point dans l'avenir alors que vous devez vivre au jour le jour, comme tout le monde devrait le faire car personne n'est à l'abri d'une crise cardiaque ou d'un accident de voiture (à part peut-être nous les taulards pour l'accident de voiture).

Tu m'as dit que l'amour te permettait de vivre sans nos virées mais que même l'amour, pourtant le plus grand des amours possibles ne suffisait pas à ton équilibre, qu'il faut notre amitié. Je sais mais je peux plus durant encore plusieurs années vivre comme je voudrais. Si j'étais dehors je serais près de vous mais en prison je suis une contrainte pour vous. Je suis comme un loir qui a un long hiver à passer, je ne suis plus que l'ombre de votre ami, je ne suis plus moi.

Même si c'est dur faut m'oublier. Nous vivons trop dans le futur.

Je ne veux pas être un poids supplémentaire. Notre amitié est éternelle, rien ne l'a détruite.

Vivez votre vie malgré tout. Soyez heureux, rendez vous heureux et vous inquiétez pas pour moi, j'hiberne.

J'ai écrit ça mais je sais pas si j'ai trouvé les mots de mes idées (encore une de tes expressions).

Mon copain Marc dit que c'est de la lâcheté. Mais je sais que quand votre enfant va naître vous ressentirez le poids que je suis devenu. Votre enfant vous redonnera goût à la vie, je suis sûr qu'il a rien. Vaut mieux se dire adieu rapidement. C'est maladroit mais c'est moi.

Je t'envoie quand même cette lettre car je sais frère que tu me comprendras."

- Et s'il avait raison ? Quand mes forces s'amenuiseront encore, ce déplacement mensuel deviendra une corvée. D'ailleurs nos bavardages m'ennuient souvent. Et les jours qu'il décompte, nous les décomptons aussi, mais désespérément, vers le néant. Et s'il avait raison ?

- Tu voudrais solder votre Amitié à une saloperie ?

- Tu as raison : même si l'Amitié se vit plus difficilement, elle reste de notre côté, contre le sida. Tes ressources psychologiques me... sidèrent.

- Je porte notre enfant ; la mort me fait moins peur en sachant que nous allons transmettre la vie. Je comprends mieux notre condition humaine, simples maillons d'éternité.

"Tu nous encourages à vivre heureux malgré tout, à profiter de chaque seconde : nous le faisons déjà, nous essayons déjà de le faire. Les secondes sont uniques, donc belles. Il y en a 31 536 000 par an (ajoute 86 400 les années bissextiles). Ça laisse du temps pour la vie et les rêves. Chaque matin, se promener main dans la main, au chant des coqs. Voir le ciel, traversé d'hirondelles, de pigeons, c'est beau, grandiose, une émotion intense. Mais jamais nous ne te rayerons de notre vie. Encore plus maintenant. Derrière des barreaux, ton cœur bat, et nous l'entendons. Maintenant tu sais que tu seras vraiment libre. Tu ne nous gâches pas la vie. Nous ne sommes jamais tristes en pensant à toi, nous sommes tristes que tu ne sois pas dehors. Nous essayons de supprimer la tristesse de nos émotions. Ou plutôt : nous voudrions ne ressentir que des petites tristesses, opposées aux tristesses métaphysiques. Quand je parle à ce maudit visiteur (forcé de l'héberger, je lui parle), je l'informe de mes intentions, ma capacité à surmonter son combat pourtant inégal, je lui montre ma vie où il n'est pas le bienvenu, je voudrais l'inciter à partir, à périr.

Dans dix ans les statistiques nous incluent déjà parmi les morts ou moribonds. Mais dans dix ans, nous serons vivants. Sous une forme ou sous une autre. Dans dix ans, soit plus de trois cent millions de secondes quand même, nous aurons du bonheur en viatique, rien à regretter. Aujourd'hui est beau car la source de l'Amitié nous désaltère, et rien ni personne n'asséchera cette source.

Nous continuerons à t'écrire, à venir. Mais je louperai peut-être certains rendez-vous. Pas le prochain ! C'est la vie, frère."

Les instances officielles compatirent vraisemblablement : le courrier circule plus rapidement :

"Evidemment vous êtes mes amis, mes seuls amis. Mais je vous croyais pas assez forts pour ajouter vos soucis aux miens et porter l'ensemble sur vos épaules. Malgré cette chienne de vie j'aurais eu la chance d'avoir des amis..."

L'évidence ne lui sauta aux yeux qu'en me montrant cette correspondance : durant les premiers mois après la découverte du virus, les lettres de Mathieu ne contenaient pratiquement aucune faute et leur style était correct : il n'a pu les rédiger seul !

Au premier parloir de cette nouvelle ère, pas un mot ne serait prononcé au sujet de Patricia. Leur amitié vacillante était redevenue fondamentale et seule la camarde semblait pouvoir l'interrompre. Et elle n'accorderait aucun parloir, ni courrier, ni pensées que l'on sait partagées. Inutile de s'illusionner : même en cas de libération à mi-peine, même au tiers, râpé, foutu, no future.

- On a eu du bon temps, hein, Mathieu, je voudrais bien revivre ces années-là. Ouais on a eu du bon temps.

- On a eu du bon temps.

Les portes se sont ouvertes sur ces mots, chacun devait repartir de son côté, chacun sa cellule... « *t'embrassera Sybille de ma part* ».

XVI

Un show télévisé : tentant. Une prestation émouvante et l'encensement médiatique redoublera, par millions les conversations déverseront compassion et admiration. Tentant chez Narcisse and Co. Utile ? Producteurs et présentateurs le prétendent... surtout pour l'audimat... *"et les dons."* Bien sûr.
- Il faut aider la recherche qui en a grandement besoin.
- Versez donc les recettes publicitaires de votre semaine.
- C'est compliqué, nous sommes une société privée, nous devons vivre.
- Nous aussi.

Ma présence aurait-elle contrarié l'évolution de la pandémie ? Nenni. Soit je répétais, sans plus de succès que les autres, des messages préventifs : "le préservatif est aujourd'hui l'unique protection" ; "moi aussi, je croyais que cela ne pouvait pas m'arriver"... Soit je vidais mon sac donc choquais, indignais, restais incompris.

Comment concilier "méfiez-vous du laïus des adultes qui agitent les peurs pour vous embrigader dans une petite vie" et "écoutez-nous, protégez-vous, le sida est un drame évitable" ? Comment concerner des adultes qui y voient encore une maladie de jeunes ?

Comment aborder posément, calmement, en prime time, les problèmes, les dysfonctionnements qui ont accéléré et continuent à favoriser la transmission du virus ?

La colère de l'impuissance médicale, du cynisme politique, des récupérations, m'aurait entraîné à réclamer des comparutions en haute cours de justice pour tentative d'holocauste - à la signification exacte du terme : élimination des représentants d'une communauté sans autre raison que leur appartenance à cette communauté -

206

envers les toxicomanes. Et les téléspectateurs n'auraient retenu que cet assaut (accentué par son passage au "zapping", ce stade final du règne des petites phrases), jugeant que j'étais allé trop loin (la majorité silencieuse pensait encore, sans oser le scander, que les toxicomanes, homosexuels et coureurs récoltaient les fruits de leur perversion, que seuls hémophiles et contaminés post-transfusionnels méritaient compassion et aide pécuniaire). Comment tolérer le mercantilisme des multinationales pharmaceutiques obnubilées par les comptes d'exploitation et peu pressées de découvrir un vaccin qui tuerait la poule aux œufs d'or ?

Comment n'aurais-je pas stigmatisé des pays autoproclamés "développés" sacrifiant les continents africains et asiatiques, avec le maléfique espoir d'éliminer en quelques décennies la population autochtone avant d'entreprendre une colonisation de vaste envergure ?

Et quels mots, à même d'inciter à la prudence, employer face au romantique assuré d'avoir rencontré le grand Amour, ayant, le premier soir, à peine osé déposer un petit bisou sur le front de la princesse pour laquelle il se sentit l'âme d'un Don Quichotte aux jambes de coton quand elle accepta son verre au bar après des slows où la timidité lui interdit d'articuler la moindre syllabe ; comment persuader les puceaux ou inexpérimentés, paniqués par la nudité des corps, qu'il faut ajouter un morceau de latex, véritable débandeur ? Comment intervenir avec nos précautions durant un instant de grâce où l'Amour semble éternel, invulnérable, magique, unificateur, insoupçonnable, pur, divin, où l'Amour semble plus important que tout, même plus important que la mort.

XVII

Ne plus chanter. Sur un sujet mes parents s'accordaient : si dame nature ne vous a pas doté d'un organe mélodieux, on la boucle. Ils vénéraient Tino Rossi et, à l'annuel banquet des chasseurs, l'assistance réclamait immuablement ses trois chansonnettes à ma mère. Leurs *"tais-toi"* résonnent encore en moi. Car je voulais chanter, imiter Johnny Hallyday ! Alors ils m'accolèrent le sobriquet *"corbeau"* ; comme ces *"oiseaux de malheur"* je croassais. Puis y ajoutèrent *"solitaire."* La solitude ne m'attirait pas spécialement, mais m'isoler se révélait l'unique moyen de ne plus déranger, d'agir sans restriction. Cette manie vira à la phobie : Je redoutais les oreilles indiscrètes. Lolita me décomplexa, m'encourageant à m'exprimer naturellement en sa présence :
- C'est vrai, tu chantes comme une vache espagnole enrhumée, mais t'entendre me fait plaisir : ton bonheur se lit dans tes yeux et ça, ça me rend heureuse.

A la recherche d'un licenciement, cette tare favorisa mes désopilantes provocations. *"Désolé bergère, j'aime pas les moutons..."* au passage de Thérèse, déclenchait l'hilarité générale (stoppée nette si elle ouvrait la porte, bien entendu). Tous auraient juré à une parodie exagérée du canard.

Le succès d'*Assedic Blues* fut donc une véritable revanche, entachée d'un unique regret : ma Dulcinée, malgré une voix digne du Conservatoire, avait refusé d'interpréter *vivre libre* en duo. Elle souhaitait conserver l'anonymat, chanter que pour moi. Mon soleil dans l'ombre.

Mais nos airs favoris rejoignaient le cimetière des souvenirs funestement interdits : *"Je l'aime à mourir"* ;

"Tue-moi d'Amour" ; "fais-moi l'amour, pas la guerre" (une génération grandit en croyant l'Amour plus dangereux que la guerre)...

Malgré notre résolution de vivre "normalement", le sida s'immisçait insidieusement : nous délaissions les zones d'activité qui nous renvoyaient cruellement à notre état.

- Ecris un album pour nous. Si notre bébé est indemne, nous l'enregistrerons.

- J'ai peur de ne pas savoir. Ne pas être à la hauteur.

- Muss es sein ? Es muss sein !

- Ecrire, c'est écrire quelque chose d'intemporel, dont notre enfant sera encore fier à vingt ans. C'est plus compliqué que des rimes pour la frime, un succès commercial inspiré par l'air du temps.

- Tu avais raison de vouloir laisser une œuvre. C'est la seule chose éternelle. Enfin, éternelle à l'échelle humaine. Avant, avant ce bout de chou, ce bout de nous qui pousse en moi, se survivre me semblait sans intérêt. Mais il faut laisser une trace indélébile à ceux qui nous aiment, et à ceux qui les aimeront. Il faut leur offrir des repères, leur signaler les trop nombreux pièges. Etre des guides, c'est notre noble mission.

XVIII

La mère et l'enfant se portent du mieux possible et le père se remet de ses indescriptibles émotions ; les chroniqueurs mondains asséneront leur formule consacrée. Pour bien sûr ensuite immédiatement ouvrir le dossier de ce couple, dont certains médecins affirment, sous couvert d'anonymat, maudites lois sur le secret médical et la protection de la vie privée, l'homme indemne (l'enfant est-il vraiment de lui ? vivent-ils vraiment ensemble ? serait-ce un couple pour les apparences, entre Sodome et Gomorrhe ? est-ce une opération publicitaire ?...). Corentin est né. Comme tout enfant ses anticorps proviennent de la mère. Est-ce une vie vivable ou une étincelle de douleurs ? Verdict plus tard. Seigneur AZT, faites...
Elle est belle la mère ! d'une beauté métaphysique, si cette image signifie quelque chose. Dans les "couples classiques", la première grossesse dégrade la femme en mère. L'aimée, la désirée, devient, imperceptiblement mais graduellement, la génitrice, et disparaîtra sous le faix des habitudes, jusqu'à n'être plus qu'un point d'une maison, chargée d'élever la descendance et vaquer aux besognes ménagères. Elle n'a plus alors que les amants ou la rupture pour essayer d'exister de nouveau. Est-ce parce qu'en quelques mois la vie leur a plus appris que durant une existence "classique", mais la mère, toujours phare, l'éblouit. Durant son sommeil, paisible, il reste prostré, amoureux. *Eternellement amoureux.*
La réalité hospitalière abrège cette béatitude : un docteur, la mine renfrognée, communique ses résultats sanguins. Enième dégradation. Et Sybille ne pourra accomplir les tendresses rêvées durant des années : allaiter son bébé. L'HIV, résolument au cœur des fonctions vitales, se

transmet aussi par le lait maternel, rappelle l'aide soignante ; ils le savaient mais préféraient éviter d'y penser.

Savoir mais ne pas y penser : penser à autre chose, vivre en état d'urgence, regarder ailleurs, regarder ce bébé. Le retour dans cette maison qui devait être celle du bonheur décuplait les angoisses du père.

Qui sommes-nous ? Des rentiers gagas devant un berceau ? Non, des sursitaires, gavés de pilules, qui noient l'angoisse dans les benzodiazépines comme la tristesse dans l'alcool.

"C'est peut-être ça qu'on cherche à travers la vie, le plus grand chagrin pour devenir soi-même avant de mourir." Peu après la naissance de Corentin "un admirateur anonyme" envoya cette phrase du *Voyage au bout de la nuit*. Jel avait chiffonné la lettre car nulle étincelle de plénitude n'éclaircissait l'obscur gouffre. Et ce Louis Ferdinand Céline le répugnait. De *mort à crédit*, présenté comme un chef-d'œuvre qu'on doit impérativement avoir lu, il n'avait jamais pu dépasser la page vingt-deux, dégoûté d'un tel baragouinage. Cela le rassurait : il ne voulait pas croire qu'un antisémite, *un salaud*, puisse produire une œuvre majeure ; il préférait un monde où le bien absolu et le mal absolu ne se rencontrent jamais chez un même individu.

Ils ne pouvaient se considérer comme les autres : mortels, embarqués sur le cargo à la dérive. L'avenir précaire : comme celui des autres ; par millions, des contemporains insensibles au provisoire de la vie, entretenus dans l'illusion d'éternité par une santé apparemment de fer inoxydable, périraient avant eux, victimes d'accidents ou des barbaries. Et seule leur disparition prématurée,

autrement que par la logique du sida, pourrait démentir cette vérité statistique. Ce raisonnement rationnel glissait sur son angoisse : l'interdiction des projets à long terme, plusieurs décennies, le traumatisait ; leur différence dramatiquement ressentie n'était pas que la camarde les faucherait en pleine jeunesse, mais qu'ils ne pouvaient ignorer qu'elle les visait déjà. Au temps du cancer incurable la collectivité encourageait le *condamné* à se repaître de chimères ; un bien, une erreur ?, les sidéens n'auront jamais eu un tel droit : ils devaient s'accepter quotidiennement macchabées en sursis... alors que Jel est de ces anxieux incapables de se reconnaître froidement insignifiants. Peur de la mort au point de ne pouvoir vivre. Avant, oui avant, car il y a un avant et un après, une terrible frontière, avant donc, il avait toujours rejeté ce statut. Quand, à sept ans, par le départ de sa grand-mère maternelle, le premier cadavre devant ses yeux d'enfant, la vie lui fit découvrir qu'elle avait une fin, il se crut une exception, réaction classique. Grandir c'est comprendre qu'il ne se produit aucune exception ; ce seront ses premières suées métaphysiques puis il essaya, déjà, de ne plus y penser. Même au décès de sa mère, le propulsant en tête (et l'unique) sur la liste familiale, il se persuada protégé par sa jeunesse et la *certitude* qu'un chercheur trouverait la pilule miracle. En société, pour éviter ce sujet *"trop sérieux"*, il empruntait une réplique à Woody Allen : *"j'ai pas peur de la mort, mais le jour où elle se présentera, j'aimerais autant être ailleurs."*
La contamination les avait exclus du temps humain : la vieillesse les avait happés, comme si ce visiteur maléfique les avait catapultés dans le temps des chiens auxquels nous nous habituons à multiplier l'âge par sept. Selon les communications officielles l'espérance de vie du

contaminé excédait rarement dix ans, soixante-dix ans après correctif humain / canin. Le rapprochement du sidéen au chien apparut évident lors des examens devenus routiniers. Où les médecins confirmaient à chaque séance sa séronégativité à un Jel incapable de le croire et s'inquiétaient des constantes dégradations chez Sybille. Terribles séjours en hôpitaux. Les grilles des hôpitaux aussi sont grises. Maudites grilles grises. Cruelle promiscuité : encore combien d'années avant d'être ainsi ? Peau de vieillard sur jeunes trentenaires, impression d'être monté dans le wagon des Juifs d'Auschwitz, balancé conscient dans le corbillard. Un autre monde, amplifiant les règles, les injustices : même chez les contaminés, classe à part, on discerne encore des subdivisions : pour la majorité de ces compagnons d'infortune, sida égal exclusion totale, la porte fermée partout, impossible de travailler, ni toit ni monnaie, galère ; pour ces "damnés de la terre", quart-monde à l'intérieur de la prospérité, le virus n'a été qu'une misère de plus, une hypothèque à long terme greffée sur un drame quotidien.

Pour d'autres, socialement insérés, le sida avait dépeuplé l'espace familier : les "amis" changent de trottoir, achètent un répondeur et ne rappellent jamais, les parents, effrayés du qu'en-dira-t-on, rejettent leur enfant...

Dans ce malheur ils avaient la chance d'être deux, matériellement indépendants et déjà éloignés des pseudos amis. Seuls Yves et Sylvie le déçurent, n'appelant même pas une fois. Mais la mère de Sybille se rapprocha d'elle, respecta leur douleur, les accepta. Et plus tard, lorsque le délabrement physique nécessita des soins intensifs, leur privilège, l'aisance financière, permit d'obtenir l'hospitalisation à domicile, avec infirmières particulières et docteurs dévoués. L'argent. Décidément partout prédomine l'argent. Il n'y a pas plus d'égalité devant l'accès aux soins que devant la vie en général.

XIX

Les *institutionnels* ont vilipendé leur *inconscience :* ils voulaient un autre enfant. Nouvel *affrontement :* interruption des souffrances psychologiques ; ils revivaient !

- Vous n'avez pas le droit de nous l'interdire.

Malheureusement, au mimétisme des gestes, nul enivrement : ils ne visionnaient plus les films, et redoutaient l'implacable réalisme des photos ; Jel se surprenait même à dérober aux yeux de sa Dulcinée les plus critiques. Corinne naîtrait onze mois après son frère. Prématurée. Trente-quatre semaines, *"mais en bonne santé."* Un soulagement : chaque jour, impuissant, il *regarpleurait* sa douce compagne s'amoindrir, regrettait d'avoir souhaité cette seconde grossesse, inévitablement la dernière. Malgré sa sainte horreur de l'apitoiement, son honneur à ne jamais se plaindre, l'avalanche des douleurs physiques aiguës et la répétition des infections opportunistes l'achevaient. Et les affirmations de "la presse d'investigation" la perturbaient. "Une ancienne trafiquante de drogue" avait titré un torchon du samedi. Un mafioso y vidait anonymement son sac, jusqu'à la date de son ultime mission à Reims, dont la similitude avec l'arrestation de Mathieu valut à son comparse un "Et si c'était vraiment lui le cerveau du gang aux trente-huit tonnes ?"

D'une dépêche à l'AFP, ils dénonçaient immédiatement ces *pernicieuses élucubrations* et attaquaient en diffamation le journal. Faute de documents probants, la presse sérieuse ignora "le scoop" et, malgré quelques pétitions, toujours du même bord, bien sûr, la justice, totalement reprise en main par un pouvoir opposé à un énième inutile combat au sein d'une classe politique sortie anémiée d'une trop grande liberté accordée aux juges, préféra se ruer sur une cible moins coriace : les fraudeurs au RMI, *"ces mauvais sujets qui ne font aucun effort d'insertion, veulent vivre sur le dos de la société."*

XX

Corentin déclaré *"sans risque d'erreur"* indemne, ils annonçaient au producteur de son premier album leurs intentions musicales. Il s'avoua comblé. Et rêva succès. Maillons d'éternité, Elle veut vivre, Aujourd'hui c'est gratuit, Lhassa, Domestiqués, Un monde sans arme, Banlieue, Eternel été, Sahara séduction, Marcher, Derrière leurs persiennes, Es muss sein, Forêts faut rêver, Paradis, Malaise ici, Si j'étais né ailleurs. La sortie de l'album *Testament* coïncida bizarrement, à huit jours près, avec le dernier soulagement-enthousiasme de Sybille : Corinne séronégative. Dernière coupe de champagne, toujours la même marque évidemment, celle de leur premier après-midi d'Amour. Cinq semaines plus tard un *drame routier* emportait sa mère. Le soir de ses soixante-douze ans, ne pouvant retenir ses sanglots, elle avait lâché : *"s'il y a un bon Dieu, il ne devrait pas permettre qu'une mère voye partir l'enfant qu'elle a porté ; d'ailleurs, quelqu'un qui a perdu un enfant, ça n'a pas de nom"* ; nul ne saura jamais si elle a maquillé un suicide en accident ou si la malchance exauça son vœu. Sans force, lessivée et presque vaincue, Sybille assistait, stoïque, comme ailleurs, aux funérailles. Durant le trajet, elle réitéra ses regrets du mur qui les avait, dès l'enfance, séparées ; elle savait ce voyage *inutile* mais voulait revoir, une dernière fois, le théâtre de sa découverte du monde. Imperméable aux vicissitudes, rassurée, elle croyait désormais au divin Sauveur et les enfants, quoiqu'il se produise, auraient une famille, ne subiraient jamais l'orphelinat auquel les aurait condamnés leur disparition : dès leur décès Mathieu les adoptait ; les papiers étaient signés. Si cela survenait avant sa libération, ils seraient placés chez Mathilde, sa sœur.

Sybille, au retour, avoua sa pensée profonde : ces précautions sont inutiles. Tu n'as pas le sida ; tu es une exception. Tu es là pour témoigner. Dans toutes les grandes catastrophes de l'Histoire, quelqu'un est sorti indemne du cœur du drame. Jel aussi commençait à se convaincre que seul un charlatan, d'ailleurs depuis mis en examen pour non assistance à personnes en danger et détournement de fonds, l'avait déclaré sidéen mais il n'osait l'avouer, peur de tenter le diable.

De neuf ans l'aînée de Mathieu, Mathilde ne s'est jamais mêlée aux *"jeux de gosses."* Durant des années, Jel l'avait vue régulièrement : sans la connaître ! Certaines personnes traversent ainsi la vie sans attirer l'attention : de discrétion en silences on les assimile au décor, sans identité ni pensées propres ; nul ne sollicite leur avis et on s'aperçoit à peine, et sans peine, de leur absence. Son frère arrêté elle avait fui le show médiatique, n'apparaissant qu'au procès pour, dignement, affirmer à la barre : "*Mathieu ne ferait pas de mal à une mouche, il est innocent, c'est pas possible qu'il soit coupable.*"

Depuis, chaque troisième mardi du mois, cette déjà vieille jeune fille (ni laide ni resplendissante, banale, ne sachant pas se mettre en valeur, personne ne la remarquait donc l'invitait aux slows, hormis des alcoolos qui titubaient dans les coins et la dégoûtèrent des mecs ; puis elle n'était plus sortie, préférant son fauteuil devant la télévision, où elle s'endormait régulièrement avant la fin du film) se rendait à la maison centrale, malgré l'opprobre que lui valait cette attitude dans sa bourgade tombée sous la coupe du G-N, devenue un véritable *"laboratoire de l'apartheid à la française."*

Informé de ces basses manœuvres, Jel lui avait proposé d'occuper la fermette qu'il avait achetée pour son frère, après les régulières lamentations de celui-ci de n'avoir même plus un toit dehors. Elle avait poliment refusé ; "*pour ne pas déranger*" selon Mathieu.

Et, malgré son accord de chérir les enfants *au cas où*, elle déclinait encore cette offre :

- Mathieu en aura besoin plus tard.
- Et si c'était une maison rien qu'à toi, tu viendrais ?
- J'ai pas les moyens.
- On va te l'acheter.
- Faut pas, j'pourra jamais vous rembourser.

Elle répondait naturellement, ne pouvant imaginer leur rapport à l'argent, cet argent qu'angoissée elle comptabilisait au centime près.

- Tu sais, Mathieu et moi n'avons pas toujours été honnêtes.
- Alors c'est vrai c'qu'on raconte, et vous aussi monsieur ?
- Y'a du vrai et y'a du faux. Mathieu te racontera plus tard. Il sait. Mais c'est du passé. On était dans la mouise, on voulait en sortir. Mathieu a payé pour ce qu'il a fait, même si je ne crois pas au retour de manivelle, on peut dire, pour simplifier, que moi aussi ; mais toi, tu n'as rien à te reprocher, et c'est pas bien ce qu'ils te font subir.
- Ah vous savez. Et j'ai été licenciée la semaine dernière, pour raison économique soi-disant, et mon propriétaire veut tripler la location et monsieur le maire dit qu'il a le droit.
- On va t'acheter la maison en vente au hameau, dans la vallée profonde. Et on va te donner suffisamment pour vivre sans soucis financiers.
- J'peux pas accepter tout ça.
- Tu sais, ça peut te paraître beaucoup, mais c'est toi qui nous donnes énormément en acceptant de t'occuper des enfants, *au cas où*, et ça, ça n'a pas de prix. Et c'est

important qu'ils te connaissent maintenant, qu'ils grandissent avec toi. Et c'est bien que tu nous connaisses, car plus tard, ils te poseront des questions.

Sybille l'a serrée dans ses bras : Mathilde eut l'air de saisir cette symbolique, le passage du témoin. Le notaire se chargeait des formalités : officiellement ils l'embauchaient.

XXI

Quatre ans de pratique sexuelle suffisent à lasser du partenaire, prétendent des spécialistes : ils ont évité cet écueil. Mais la continence s'est imposée, par inaptitude au plaisir du corps décharné. Par peur aussi d'un Jel qui commençait à croire en sa bonne étoile ? Oui, lors de nos derniers Amours, j'étais souvent ailleurs, comme paralysé, la peur d'être contaminé, je luttais contre cette pensée, elle revenait, m'interdisait tout plaisir, je crois que ma Dulcinée comprenait ; quand je m'inquiétais pour elle, c'était d'abord pour moi.

Dans un couple "classique" l'absence d'ébats corrobore la décrépitude des sentiments : chacun rêve nouvelles conquêtes ou ils se coltinent la monotonie, "*pour les enfants.*" Cette abstinence ne parvint jamais à les éloigner. Et, par défi, bravade, Sybille voulut les astreindre au "bilan" : aurions-nous pu mieux faire ? Evidemment oui... comme tout le monde. Alors, l'autosatisfaction béate saupoudrée de haine envers cet inopiné visiteur maléfique ?

Catapulté sur terre avec une malchance culminant à 99,9% de moisir là où le hasard les fit braillards, là où ils ne voyaient que médiocrité, cupidité, bassesse, ils ont refusé cette fatalité. Ils ont essayé quand la majorité démissionne : *c'est notre titre de gloire.* Qui permit leur rencontre et quelques années dégagées des tribulations matérielles. Evidemment, sagement restés *à leur place*, la multiplication des coïncidences (transats à rayures côte à côte dans un club Med bondé ? concert des Pink Floyd au parc des Princes ?) aurait pu les réunir. Mais qu'espérer de l'union d'une diplômée en psychologie acculée aux petits boulots abrutissants et d'un cadre en informatique chloroformé par les raisonnements binaires ? Un remake du naufrage avec la mijaurée qui l'éloigna de Mathieu. Jeunes et pétris de bonnes intentions, ils auraient exulté puis dérivé, minés par les contrariétés et contraintes, contribuables maussades obnubilés par l'oscillation du CAC 40, baromètre des insignifiantes économies, placées, tels des professionnels abonnés aux revues de conseils, sur les marchés mondiaux. Il retrouvait le feu sacré :

Une vie étriquée, obscure, monotone, de privations, à renifler les privilèges, espérer des miettes sous la table ; salariés de vingt à soixante ans, soit de vie effective quarante fois les cinq fameuses semaines, deux cents semaines, même pas quatre ans ! D'avoir évité cet écueil, *c'est déjà ça*. Cet échec est le lot commun. Quand on entame l'existence dans la grisaille, sans joker, on ne peut, en suivant les chemins balisés, concilier réussite professionnelle et sentimentale ; se consacrer à l'une c'est négliger, faute de temps, l'autre.

Des quatre-vingt milliards de bipèdes à station verticale nés sur terre, la quasi-totalité observeraient pourtant un tel parcours les yeux écarquillés : le pain à volonté et un toit, le confort en plus, un rêve ! N'avons-nous pas trop exigé ? Nous réagissons en occidentaux d'un siècle prospère, privilégiés, gâtés. Et même la durée de ce passage, selon nous injustement abrégé, aurait satisfait des milliards d'êtres humains. Combien n'ont pas dépassé vingt ans ? La vision d'ensemble, historique, objective, nous situe encore dans le camp des chanceux. L'enfant décapité à la hachette au Rwanda aurait envié ce sort, la gamine des Andes aspirée par une coulée de boue aussi. De plus, ce n'est pas la longueur qui fait la beauté, la grandeur, d'une existence : littéralement cette remarque peut prétendre au titre d'aphorisme. Ainsi Vincent Van Gogh, Arthur Rimbaud, Gérard Philippe, Rainer Werner Fassbinder ont plus contribué au patrimoine planétaire que les rustres centenaires... Mais si soutenu par le soleil on peut se raisonner, relativiser, la nuit, le subconscient, l'inconscient ou les farfadets s'enflamment. Et on se réveille en sueur, traumatisé de cauchemars où rient faucheuses et moralisateurs.

- Après, il t'incombera une tâche fondamentale : écrire, romancer en œuvre d'art notre parcours, ta vie au moins, donc un peu la mienne. Pour que nos enfants sachent pourquoi et comment, ne se retrouvent pas un jour perplexes devant les ragots des fouineurs de poubelles. N'oublie pas de dire que j'ai été heureuse et qu'il n'y a qu'une autre vie que j'aurais préféré : la nôtre mais sans cette saloperie, même pauvres, mais en sachant dès le départ qu'il faut toujours refuser les systèmes qui vous embrigadent ; ils sont cons ces gens sans argent qui triment dans les villes puantes, bruyantes, sans nature, alors qu'ils trouveraient l'équilibre sur la route, en travellers. Des gens du voyage : si j'avais su ce que je sais aujourd'hui à vingt ans, et toi aussi, et que l'on s'était rencontré, nous aurions pris la route. Ah si ! Il faudrait deux vies, une pour apprendre, l'autre pour vivre.

Elle parvenait à envisager posément une terre sans elle :

- Essaye d'émerger rapidement. N'écris surtout pas dès le lendemain. Même si tu y parvenais, ce ne serait que cris et révoltes. Faudra te changer les idées. Ne t'inquiète pas, l'Amour est plus fort que tout. Je veillerai sur toi, et je veillerai sur les enfants. Ne t'inquiète pas, tu guériras. Tu guériras de la maladie qui t'a pris dans la tête, c'est moins grave que dans la chair. Et ne t'inquiète pas pour moi, j'ai rencontré Dieu, il m'a souri en me murmurant *Je t'emmène bientôt, au purgatoire*, mais que j'avais compensé mes fautes en donnant un Amour pur.

Evidemment Jel réduisait cette phrase à un délire, chimère adoucissant l'approche de la camarde, effet secondaire des surdoses d'opiacés prescrites pour amenuiser ses souffrances. Trop intelligent pour croire en Dieu ! Mais trop faible pour croire en soi. Ce Dieu que je récuse peut-être m'y convertirais-je à l'ultime minute.

XXII

Evidemment *j'aurais donné ma vie pour la sauver*. Cette expression relève de la construction intellectuelle (comme : on donnerait tout, on ferait tout pour un ami). La tragédie de son déclin squelettique me renvoyait à mon propre chemin de croix. Nouvelle confirmation : on pleure moins le drame des autres que l'éclairage braqué sur le nôtre imminent, et le vide annoncé. Que vais-je devenir sans toi ?...

Cynisme ? Les bons penseurs l'auraient prétendu en m'intimant de sacrifier à la sacro-sainte compassion, au blabla de circonstance. Les citoyens exemplaires visitent les alités ou les chambres funéraires et assènent les banalités : "on est peu de chose" ; "ce sont toujours les meilleurs qui partent les premiers" ; "faut bien finir" ; "c'est triste tout ça"... Le comble du cynisme : l'homme d'apparences ne ressent pas ces lieux communs, il les déverse machinalement, en songeant à autre chose, au prix des fleurs, à l'indécence de s'éteindre en hiver, d'envoyer ainsi ses amis sur des routes verglacées, ou en été, quand on serait mieux à la plage.

Mais j'étais à une étape où l'on ne triche plus, ne se cherche plus de fausses bonnes raisons, où l'on ose ses contradictions. Et je me savais tenu d'affronter le plus dignement possible sa disparition, lui assigner un caractère naturel pour nos enfants, les aider à vivre sans mère. Les préparer aux jours sans parent ?

Ma Dulcinée resta vigoureuse jusqu'à son vingt-neuvième anniversaire, mettant même un point d'honneur à effectuer quotidiennement une promenade au jardin, puis s'alita, définitivement. Macabre période. *J'essaye de vivre, ne pas plonger dans le vide, vivre, être là, vivre comme je n'aurais jamais appelé ça vivre, vivre comme une plante dont les feuilles sont tombées, vivre, car on ne sait jamais, le miracle peut arriver.* L'agonie. Une agonie malheureusement humainement classique. Comme la littérature en décrit des tas en détail. La mort était déjà partout, sauf les yeux.

- Ses yeux, où la vie semblait s'être réfugiée, étaient restés brillants.
- Comment le sais-tu ?
- Gobseck. Honoré de Balzac.

Malgré les traitements importés à prix d'uranium d'un laboratoire américain puis d'un sage Hindou, la mort apparut préférable, une délivrance. La mort. Elle ne la nomma jamais ainsi, évoquait une frontière à franchir, de la vie à la Vie. Et elle restait calme, étrangement calme, sereine, pourtant m'avoua : *"malgré Dieu que je vais retrouver, j'ai peur, peur de l'inconnu. Même Vladimir Jankélévitch, fort d'une existence consacrée à l'analyse, la dissection, dut se soumettre à ce passage de la peur. Et personne pour nous le raconter. Et personne ne peut le répéter. On essaye de comprendre. Mais rien ne nous guérit : on a peur. Tant qu'on est lucide, on a peur."*

Puis, comme la plupart des agonisants, ses dernières paroles envisagèrent la guérison, foisonnèrent de projets, Corentin et Corinne adultes, chanter, écrire, peindre, être grand-mère... Les dernières fois la révulsaient. Elle ne voulait plus accepter qu'elle ne retournerait jamais à Etretat, La Rochelle, Biscarrosse, au Sahara. Le Sahara revenait continuellement, son rêve de gamine que j'avais réalisé après avoir écrit, *demain surprise*, sur notre mur.

Je tenais sa main droite, ce souvenir de main, jaune et émacié. Mathilde et Gary s'occupaient des enfants. Elle eut un rictus comme si elle avait encore voulu activer ses lèvres et ses pupilles envoyèrent une dernière tendresse, son corps tressaillit, c'était fini. FINI. Tout est fini. Non ! La mort ! NON ! Que vais-je devenir ? Des larmes s'écrasèrent sur ce visage que je n'osais plus toucher. Non ! Des professionnels m'éloignaient, se chargeaient du corps de la défunte. Des professionnels de la mort se chargeaient de tout. Il suffit de payer pour ne pas voir la mort en face. Ainsi préparé, il ne manquait plus que la vie à ce visage revivifié. Que la vie. Reviens la vie. Reviens ! Reviens... Mourir à vingt-neuf ans ! Mourir, inacceptable, implacable.

La mort. Rien. Etre rien. Et des vivants qui pleurent, se souviennent du temps où ce rien vivait. Et des vivants qui ont tous les droits, réécrire l'histoire, fouiller l'intimité, ouvrir les lettres... Oui Sybille, tu as eu raison, l'avant-dernière fois où nous sommes retournés chez ta mère, de brûler les vestiges du passé, et d'offrir à Corinne tes premières poupées. J'aurais été tenté de savoir tout ce que je n'ai pas à savoir, les premières lettres, les petits secrets... Après permission du président de la République, Mathieu, surveillé par quinze policiers, cynique mascarade, put assister aux funérailles en l'église municipale et à l'inhumation, exceptionnellement autorisée là où elle la souhaitait, sous le châtaignier du parc où nous avions tant fait l'amour et où, symboliquement, nous avions conçu Corinne. La vie et la mort. La mort était, plus que jamais, le berceau de la vie.

Souvent, depuis, je me suis reproché de ne pas avoir été à la hauteur, ne pas l'avoir suffisamment écoutée, soutenue, ne pas lui avoir permise d'exprimer totalement ses sentiments. Pardonne-moi, mais j'ai tellement peur de la mort. Même gavé de psychotropes, certains mots, certains regards, m'étaient insupportables.

XXII

Corentin, Corinne et leur père. Et Gary, meurtri aussi. Et Mathilde, dévouée, prévenante et silencieuse, respectueuse. Et le grand vide. Les cassettes de la période édénique où ils ignoraient la maudite présence, repassées en boucle. Le dégoût. La décision d'arrêter tous les traitements : *advienne que pourra*. Les larmes. Les cauchemars. L'incapacité de se "ressaisir."

A quoi bon puisque tout est écrit ? Sans les enfants, aurait-il résisté à l'appel du suicide ?

Stéphan, motard, force de la nature, avait frappé à leur porte deux ans plus tôt :

- J'habite au village voisin. Et je voudrais vous parler.

Ses yeux trahissaient un abîme de détresses : ni quémandeur d'autographe ni voyeur ou journaliste déguisé.

- Il faut que je le dise à quelqu'un, je suis séropositif. Si mes parents l'apprennent, ils me flanqueront dehors. Ils l'ont dit, "si tu ramènes cette gangrène de pédés, drogués et noirs ici, on t'déshérite, t'es plus not' gosse, à l'cour." Et ils feraient. Ils rient des malades. I trouvent une raison de se croire importants, "c'est bien fait pour eux à ces jeunes sots. Nous on vivra vieux." I ont sorti le champagne à la mort de Cyril Collard. Et lors de la soirée sur le si... la soirée sur les six chaînes à la télé, i ont pas arrêté de téléphoner pour dire des méchancetés. Alors j'suis obligé de cacher mes cachets. J'ai pas d'boulot, donc j'peux pas partir. J'dois faire cinquante kilomètres pour aller passer les examens à l'hôpital. J'dois faire cinquante kilomètres pour voir un docteur, car j'oserais jamais aller voir celui de mes parents, encore moins l'appeler. C'est à lui que j'avais demandé un dépistage lors d'une prise de sang, il avait éclaté de rire en disant que j'avais pas à m'inquiéter, qu'il y avait pas ce genre de maladie par ici, alors j'étais allé à

Agen, dans un centre de dépistage anonyme. Mais j'sais pas c'qui va s'passer quand j'pourrai plus conduire ma moto. En plus je connais personne par ici. J'habitais Lille avant, c'est mes parents qui ont voulu déménager, quand i ont eu leur préretraite. Et moi ja dû suivre. C'est gentil de m'écouter. Fallait que j'en parle à quelqu'un.
Ils lui avaient proposé leur aide, un toit et l'argent indispensable. Il avait répondu vouloir y réfléchir. Il avait promis de revenir. Une semaine plus tard, à la branche la plus vivace du pommier derrière la mairie, il s'accrochait. A l'église ses parents pleureraient, jureraient ne pas comprendre, qu'ils avaient toujours été exemplaires. Ils voueraient aux gémonies la fille qui l'avait quitté l'année précédente. Ils maudiraient "*l'influence de la télévision et de leurs films, leur Manon des Sources.*" Avait-il osé se confier ? Avait-il eu trop peur ? Avait-il voulu se libérer en s'épanchant ? Pour que ce soit répété ? Avait-il déjà pris sa décision, certain de ne jamais être accepté tel qu'il était par les seules personnes desquelles il lui semblait primordial d'être soutenu ? Le suicide fut-il le seul moyen qu'il pensa avoir pour exister enfin dans la tête de ceux qui le méprisaient. Comme tant d'autres, la hantise des regards, l'absence de compréhension, d'amour, l'ont tué avant la maladie.
Jel avait cette chance de ne pas être un sidéen partout. Pour les enfants, il restait "papa", l'exemple. La vie lui laissait une responsabilité et cette responsabilité le tint survivant, le força à combattre le désespoir, à les consoler, à prononcer des phrases qui s'adressaient aussi à l'amoureux transi. Mais il n'attendait plus rien, il ne vivait plus qu'à travers eux, indifférent au monde extérieur. Il se demanda même si ce sida, valait mieux qu'il soit ou non en lui.

Pourquoi ai-je joué ce rôle du faux contaminé, du malade imaginaire ? Molière. Moi le roi ! Pour voir ce que les hommes ont cru voir ? Pour descendre très loin ? Je ne jouais pas. Pour tout le monde, hormis les médecins, j'étais séropositif, si j'avais prétendu le contraire, les médias ne m'auraient pas cru ou m'auraient accusé d'avoir menti. Toujours cette séquence me poursuivait : j'annonce ma séronégativité et à la sortie du studio un spécialiste en blouse blanche m'annonce, *il y a eu erreur, vous êtes séropositif.* J'ai préféré me taire, ne plus rien dire, ne plus voir personne, essayer de vivre comme si je pouvais porter le deuil, c'était peut-être plus facile aussi ainsi.

Pour la première fois, je n'ai plus pensé à moi, dans mes pensées je n'étais plus prioritaire, nos enfants passaient avant. Je suis devenu comme tu espérais que je sois ! Malheureusement, c'était la première fois. Sybille ne m'a jamais connu ainsi ; cette inconduite, cette bassesse sûrement trop naturelle, comme la bassesse de la libido, reste une blessure inguérissable.

- Inexpiable ?
- J'ignore la définition exacte.
- Qui ne peut être réparé.
- Oui. Oui, on croit souvent avoir le temps pour dire les choses qui nous tiennent à cœur, pour devenir ce que l'on veut être, on croit avoir le temps et les êtres ne font que passer autour de nous, comme nous passons autour d'eux, comme nous passons sur cette terre. Comme nous passons sur cette terre… comment croire à la transmigration des âmes… si seulement de génération en génération il y avait un progrès, un passé qui élève, au moins un souvenir...

231

XXIV

Sept mois après la disparition de Sybille, Catherine sonnait au portail. D'innombrables nuits blanches l'avaient convaincue qu'elle regretterait éternellement sa lycéenne décision si elle ne réactivait pas leur juvénile passion. Cette peur de rater l'essentiel devint plus vitale que celle de décevoir sa famille. Alors elle était partie, laissant un simple billet à son mari, ce brave homme dont parents et voisins louaient l'abnégation au chantier, ce père attentif, ce bon époux à qui elle ne reprochait rien en particulier, ce prototype de la sécurité auquel rêvent les mères pour leur demoiselle, mais ce français moyen jusqu'au médiocre, insensible à l'art, déjà bedonnant, incapable d'originalité, d'autodérision, de "folies douces", cette insouciance, ce sel sans lequel la vie commune n'est qu'un soporifique. Jamais son image n'avait retraversé l'esprit de Jel. Une seule, parfois, l'agitait : Laurence.

Il n'y a que toi qui saurais me consoler. Mais où es-tu, tu m'as délogé de ton cœur. Tu as rencontré un gars de ton âge, mi-artiste mi-parasite social, beatnik, et vous êtes heureux. S'il n'y avait cette foutue saloperie, j'essaierais de te revoir et tout recommencerait ! Mais aujourd'hui, à quoi bon. Je ne peux plus t'apporter les délices que mérite ta jeunesse. Et même si je suis indemne, pour toi je suis un vieux, un bon souvenir qu'il vaut mieux ne pas ternir. Ton svelte cadre idéalisé a bien changé ! A trop souffert. N'est toujours pas bien dans sa tête.

Les réflexes judéo-chrétiens, incrustés au catéchisme, où le statut d'enfant de cœur valait une attention spéciale (les réprimandes en cas d'incapacité à réciter les dogmes), l'exigence du deuil sans plaisir inscrit dans la coutume, la bienséance, ce terreau contre lequel il s'était révolté sans parvenir à extirper l'intégralité des racines, tout l'intimait de l'accueillir froidement, la repousser, l'éloigner :

- Je croyais ne jamais t'oublier, et je n'ai plus pensé un seul instant à toi après avoir rencontré mon Amour, je lui ai même raconté notre passade, comme un fait divers, crucial sur l'instant, source de souffrances durant des années et finalement envolé en fumée... On ne saura jamais si toi et moi nous aurions connu une telle félicité. Il est trop tard. Trop d'années, de drames, nous séparent. Nos routes sont irréconciliables... Félicitations d'avoir quitté l'homme que tu n'aimais pas, mais j'espère que tu l'as fait pour toi et pas pour moi.

Elle avait envisagé l'éventualité d'un tel accueil ; il l'avait connue hésitante, elle s'avéra maîtresse ès argumentation. En fait, elle récitait (quand elle jugera cette manipulation devenue sans importance, elle s'en enorgueillira, en rira) et dirigea leur dialogue, oscillant de la simulation d'auto-flagellation à l'attendrissement :

- Je ne viens pas implorer ton amour. Même si depuis nos dix-sept ans, je n'eus pas une journée sans pensées pour toi, même si en prononçant "oui" à la mairie puis à l'église, les larmes me frappaient les paupières ; je sais, je suis responsable de notre rupture, et peut-être responsable de ce qui t'est arrivé, ton bonheur évidemment, et ça je ne le regrette pas, je t'ai toujours aimé au point de souhaiter ton bonheur, même avec une autre, mais je suis sûrement aussi responsable de ce... ce truc entré en toi (Catherine le croyait porteur sain), et ça je m'en voudrai toujours. Même si c'est inutile, je te demande pardon. J'ai réagi trop rapidement, j'aurais dû essayer de te comprendre.

- Faut pas regretter, c'est comme ça. Toutes les vies ont un début et une fin. Et un milieu, parfois long et con, parfois

court et merveilleux. Des gens s'éteignent comme des bougies, mon Amour est partie "*en regrettant un peu*", en regrettant sa vie qui était belle et non ses actions.
- Je sais. Et parfois, je l'envie. Elle est morte jeune, tiraillée d'atroces souffrances mais elle a vécu sa vie, elle est allée au bout d'un idéal ; je suis certaine qu'elle jouissait durant l'Amour, alors que moi, durant mes années de devoir conjugal, j'ai toujours simulé. Je ne sais pas ce qu'est un orgasme. Même si je meurs à cent dix ans je ne vivrai sûrement pas la moitié de sa vie effective et affective. Quelques secondes par-ci, quelques secondes par-là, et boom, c'est fini. En observant les petites vieilles dans le bus, je me disais, voilà, tu es comme elles, simplement un peu moins ridée, un peu moins écrasée par les humiliations, mais ça viendra, tu as eu des rêves et tu n'as pas eu le courage de les réaliser, tu as remis au lendemain, ou tu as naïvement accepté la décision des autres. Puis je me secoue : tu pourrais encore être heureuse, si tu le voulais vraiment.
- Tu te fais mal, mais tu résumes parfaitement ton cas. Le cas des adorables petites lolycéennes qui finissent dans les HLM de banlieues parce qu'elles ont idéalisé une image qu'elles croyaient aimer, sans chercher à découvrir qui était derrière l'écorce et ce qu'il deviendrait. Que tu en aies pris conscience, ça prouve que tu es encore vivante, que tu peux encore réagir.
- C'est à cause de tout ça si je suis ici. Sans toi, l'envie de te revoir, peut-être je n'aurais jamais osé le quitter. Mais je suis là, là où j'avais tellement envie d'être et non où le devoir me réclamait. Je suis là pour toi, simplement te parler si tu ne peux pas me donner davantage. Et je partirai, je ne te reverrai plus si tu l'exiges, mais je ne regretterai jamais d'être venue.

- Ça me ferait plaisir de te parler de temps en temps. Ça faisait longtemps que ça ne m'était pas arrivé, de parler ! Mais tu ne peux pas rester ici.

- Comme tu veux.

Gentiment Mathilde l'hébergea. Et jura plus tard avoir détecté dans les prunelles de Jel une étincelle d'euphorie. Cela lui était inconcevable. L'abattement prédominait : la nuit tombée, les enfants couchés, bordés, embrassés et lestés d'une histoire (les attitudes attendues en vain de ses parents...), souvent encore, envahi d'un irrépressible cafard, il se réfugiait sous la tente de leurs nuits sahariennes, plantée près de sa tombe depuis sa mise en terre. Ce soir-là, la douleur l'avait allongé près d'elle ; vers trois heures du matin, frigorifié, maculé de boue, il s'y était réveillé ; courant comme un mort vivant, sans penser à se réchauffer, il se précipita au grenier, retournant le fouillis tel Don Quichotte affrontant une armée d'outres de vin pour retrouver cette tente et la planter dehors, s'y lover avec Gary. La nuit suivante, des couvertures épargnaient à ce doux toutou indulgent envers le déraisonnement de son maître, d'être fiévreusement enlacé. Et depuis c'était l'alcool qui le tenait au chaud. L'alcool pour oublier. L'alcool pour croire que tout n'est qu'imaginations, rien n'existe en fait, donc ni le malheur ni la finitude. La bière pour encore et toujours reprendre du poids, reprendre du poids pour se croire en bonne santé.

"*Essaye d'être heureux quand même, et vis tout ce que tu pourras vivre*" avait susurré Sybille. Bien sûr, elle aurait sûrement approuvé Catherine, son victorieux combat face aux médiocres inhibitrices forces, elle l'aurait même encouragée à le violenter, lui prendre l'amour qu'il se considérait obligé de refuser, principalement à cause de cet éternel Amour, mais aussi par une malsaine pulsion qui voulait refacturer les années de soumission, la blessure qu'elle lui fit. Ou alors : il n'aimait plus Catherine, ne l'a aimée qu'à dix-sept ans et ensuite a recherché son souvenir, ce qui aurait pu être, et le subconscient le prévenait : tu vas t'engager sur un "faute de mieux."

Il ne pouvait se décider. Ignoble individu que celui qui céderait à la tentation ? Passées les classiques banalités, ce fut la conversation du mois avec Mathieu. Les rôles s'inversaient, il le conseillait :
- Fais comme t'as envie. T'as rien à te reprocher, c'est l'destin qui vous a séparés. Les beaux et bons principes, on les utilise pour faire bien. T'laisse pas avoir par leurs "c'est bien" ou "c'est pas bien." Les baratineurs qui disent de pas faire ça, on sait comment i font. Quand leur femme disparaît, i pleurent et se limitent à la masturbation. Alors que de son vivant, i manquaient jamais une occasion de la foutre cocue. Un peu comme moi. Mais bon, moi j'joue pas les moralistes.
- Tu deviens sage !
- I sont pas aussi cons qu'tu prétends mes feuilletons. I instruisent. J'peux même te faire une belle phrase : aime Catherine comme tu l'aimes. Vis avec elle c'que t'as envie. Et n'aie pas mauvaise conscience, tu sais qu'elle ne t'aurait pas parlé autrement. T'as connu avec elle le plus bel amour qu'il soit possible de vivre, en plus sur une longue période, si on compare à la durée des couples de cons. T'as eu de la chance, elle t'a jamais trahi. Vous vous êtes jamais trompés. Mais après la fin, y'a plus rien. Profite, ça t'aidera à rester en forme... Profite, y'a que ça de vrai. J'vois que tu t'es remis à picoler, t'as bien raison. Sexe, drogue alcool et Thiéfaine, y'a rien de mieux. Profite, on les aura nos conversations au coin d'un feu.
- L'espoir fait lire, rire, allez, je te l'accorde, fait vivre parfois.

Jel pensait, et si je n'aimais plus Catherine, mais un

gardien ouvrit sa porte du parloir et il évacua l'objection, jugeant cette réflexion née d'un sentiment de culpabilité envers Sybille, d'une réticence à présenter à leurs enfants une "mère de remplacement", une "belle-mère."

Dehors il se regarda dans la glace : c'est moi ça ! Elle ne peut pas m'aimer pour mon physique. Le temps a pris sa revanche sur la beauté dont j'ai bien profité. J'arrête l'alcool, et les chips... entre les repas ! Etienne, réveille-toi... On a tous des excuses pour se conduire comme des minables. J'ai du temps et je ne lis même pas. Même les enfants, je m'en décharge sur Mathilde. Je suis une loque, je trouve même du plaisir à regarder la télévision. Etienne réveille-toi...

Mais qu'est-ce que je pourrais faire ! Les gens du troupeau, les piliers de la démocratie, ont des occupations, ils courent après l'argent du minimum vital, l'argent, j'en ai plus que je pourrais en dépenser. Je suis devenu comme ces riches que je méprisais. Mais encore lucide. Ma lucidité, mon drame ? Je ne peux pas me contenter de regarder les enfants grandir.

Un jour, la folie ou l'amnésie me prendra, et je ne chercherai plus la Liberté, je n'aurai plus peur de la mort, je ne chercherai plus de sens à cette vie, je ne souffrirai plus, je serai un animal.

Puisqu'il est trop tard pour la littérature, va pour l'amour, l'homme a besoin d'illusions, quand il n'a pas de vocation.

XXVI

De mots en mots, les corps réduiraient imperceptiblement leur distance. "Premier" baiser inévitablement bizarre, interrompu par des mots, incarnations d'ingouvernables songes :

- Quelle drôle de vie ; on avait dix-sept ans ; on s'aimait follement ; on se caressait parfois dans les couloirs du lycée, ah ! Guy Mollet le midi ! Et on n'a jamais osé, on n'a jamais pu, "faire l'Amour." Et là, on va le faire, comme une évidence... mais en latex.

- Non, sans capote.

- Dis pas n'importe quoi. Toi aussi, tu ne crois pas à leurs histoires. Choper cette saloperie ne grandira pas ton destin.

- J'ai envie de tout te donner, ma vie comprise. Je suis venue ici pour ça. Pour vivre enfin. Une vie brève mais intense.

- Donne-moi ton amour, prends mon amour, mais ce virus, si je te le donne, je l'aurai encore, et si je te le donne je suis un salaud.

- Je voudrais que tu le craches en moi.

- C'est de la littérature cette phrase. Dans la réalité, même celui qui l'écrit respecte son partenaire, donc le protège.

Intention d'amour interrompue : les caresses, les mains qui dénudent, les bisous, et le rappel de la différence : préserver Catherine, sortir un préservatif de sa gaine et se couvrir. Comme au temps du libertin et ses nymphomanes. Retour des pensées, pensées blocages. Faire le vide. Puis la pénétration finalement. Différent. Différent : le jugement. Différent d'avec Dulcinée. Comme avant Elle ? Que reste-t-il d'avant ? Lolita. Lolita désormais libérée. Vraisemblablement femme libérée. Lolita, l'échec le plus inacceptable, car décidé par son père, avec le consentement de la société. Les autres ? Des prénoms : Aline, Anouk, Betty, Blandine, Chantal, Dorothée, Elisa, Fanny, Gisèle, Hélène, Isabelle, Julie... Ah ! La passante. Des détails : un geste, la manie de se rejeter les cheveux en arrière d'une blonde, le strabisme d'une rousse aux prunelles vertes, le sourire perpétuel d'une autre, des cris à crever les tympans, des froides, des câlines, des félines, des obscénités pour s'exciter, des positions par défi sportif, des lieux par provocation (toilettes du cinéma, restaurant ou publiques, ascenseurs, cabines d'essayage...). Comme si elles n'avaient été qu'une nébuleuse, une répétition, des exutoires.

- Tu penses au passé ?

Catherine sut trouver l'intonation d'une question qui n'appelle aucune réponse ; et la tendresse, la compréhension de son regard, ses sourires, calmaient son vortex cervical. Elle avait tellement rêvé de cet instant ! Ce fut un acte d'amour. Avec peu d'idées. Sans idées qui comparent.

- Je suis heureuse mais j'ai l'impression d'occuper une place vacante, m'y imposer. J'ai l'impression d'être une remplaçante, tolérée, acceptée faute de... faute d'idéal. J'ai peur qu'il soit trop tard pour vivre ce que nous aurions vécu si, si je n'avais pas été lâche et butée.
Elle sentait l'impasse et, comme elle l'espérait, Jel tenta de l'en dissuader. Elle y vit ce qu'elle attendait : une preuve d'Amour. Mais elle n'était qu'une bouée de sauvetage, la seule visible à l'horizon ; vivre avec une femme semblait préférable ; vivre l'amour semblait indispensable. J'ai besoin de quelqu'un pour ne pas sombrer. Il croyait impossible qu'une autre accepte son état et ses souvenirs.

Il avait intériorisé qu'être séropositif exige de réviser à la baisse les prétentions. Même l'être seulement dans le regard des autres. "Logiquement" voué à la diète sentimentale, il accueillait ce pis-aller comme le maximum qui puisse encore lui arriver. Et c'était sûrement vrai : c'était Catherine ou personne ; il aurait refusé une rencontre, le début d'une histoire, y aurait soupçonné, maudite célébrité !, une rédhibitoire raison malsaine : la pitié, la curiosité, l'argent, un pari...

- Après ce que j'ai vécu, après un tel Amour, dans une vie *normale*, avec des chagrins destinés à s'amenuiser avec le temps, des années de deuil m'auraient été nécessaires pour revoir la vie telle qu'elle peut encore être. Je n'en ai peut-être pas le temps, personne n'en a le temps, je suis en état d'urgence, tout le monde est en état d'urgence, ma course est perdue d'avance mais éperdue. Alors accepte-moi ainsi, avec une mémoire, avec une ombre omnipotente, des démons, des obsessions, mais avec l'envie de ne pas gâcher cette chance de vivre autre chose. Prends-moi avec mes blessures ou pars. N'aie ni remords ni regrets sur le passé qui ne fut pas. Peut-être que si nous avions vécu ensemble à vingt ans, notre couple aurait duré six mois et tu serais retournée chez ta mère, désappointée, en larmes, les cheveux entre les jambes. Si tu veux vivre ce qu'on n'a pas vécu, mieux vaut arrêter immédiatement. Et si tu me demandes d'oublier mon passé, je ne veux plus te voir. La femme de ma vie, même si c'est dur à entendre, ce n'est pas toi. Tu seras peut-être celle qui me fermera les yeux. Et je t'aime. Mais nous, ce sera forcément autre chose. Si tu te sens capable d'accepter cela, d'accepter Corentin et Corinne, reviens demain, ou après-demain, ou quand tu t'en sentiras capable, quand tu accepteras la vie telle qu'elle fut et telle qu'elle peut encore être.

Il avait joué l'homme fort, mi-détaché mi-sentencieux, mais le lendemain Catherine surprit un utopiste persuadé d'exister de nouveau, inquiet à l'hypothèse de sa non venue, les yeux rivés sur le portail d'entrée, grotesquement dissimulé derrière les rideaux. Naturellement, elle sut attiser l'incertitude présagée en arrivant légèrement en retard sur son heure habituelle. Et durant deux semaines, elle continua ainsi, les nuits chez Mathilde, des journées sensuelles "au château", puis s'appropria la "chambre d'ami", la nouvelle alcôve, et sa fille, Vanessa, emmenée chez ses parents lors de sa fuite, les rejoignit. Vanessa serait adorable avec Corentin et Corinne, une vraie petite maman.

XXVII

Catherine avait acheté l'un des trois exemplaires vendus en librairie d'*Eternelle Tendresse* et l'encourageait à réécrire. Quelques poèmes la comblèrent. *"Raconte la vie que nous aurions eu si..."* : il débutait un roman, jamais achevé, "une histoire d'amour idéal", quel projet !, entre découvertes littéraires et concupiscence, après un coup de foudre à dix-sept ans. Difficile d'éviter la niaiserie face au "bonheur."

Aucun événement extérieur : ils déclament les phrases des auteurs qui les enthousiasment et sont heureux. La définition du bonheur ?

Des heures durant, jusqu'à épuisement, il couvrait d'encre noire des feuilles vertes, et elle saisissait ces textes sur ordinateur. Première étape suivie d'interminables corrections qu'elle remettait patiemment au propre, appelant *"recherche de perfection"* son incapacité à trouver le ton et les expressions justes.

Moins de trois mois d'euphorie des mots qui jaillissent et le refus d'admettre la source tarie, l'échec, le renvoyait à la poésie (avec la peinture "moderne", la poésie est l'art le plus facilement imitable : n'importe quel rimailleur peut se prétendre poète, tandis que le roman exige une minimale consistance) puis il rangea la plume. L'envie d'écrire lui manquait : on écrit rarement très longtemps pour faire plaisir à quelqu'un ; on écrit par besoin, vocation, passion. Ou pour le fric, sullitzier, ou fonctionnaire coquet.

Des éditeurs tentaient encore leur chance, disposés à publier n'importe quoi. Tel un Salvador Dali tachant une toile et la signant, ses vomissures se seraient arrachées, le couple drame personnel / silence médiatique ayant surmultiplié sa côte. Il conseillait habituellement à ces vautours une attentive lecture des jeunes apprentis auteurs et les congédiait sans ménagement, parfois lestés d'une modeste citation d'un Valéry Giscard d'Estaing se déclarant, en mille neuf cent soixante-quatorze, prêt à se consacrer à la littérature s'il avait *"la certitude de pouvoir écrire en quelques mois ou années l'équivalent de l'œuvre de Guy de Maupassant ou Gustave Flaubert."* Ecrire un roman ?

- Le public préfère s'animaliser sur deux phrases ânonnées par trois minets. Le choix du public, je ne peux pas aller contre. Dans le grand jeu médiatique, l'apparence triomphe. Je suis passé de mode, je n'intéresse plus...

Il ne se sentait pas la force de confesser son incapacité d'écrire un roman.

Cela devint une vie moderne, monotone, où la tendresse succède graduellement à l'amour, jusqu'à la simple attention, une vie de vieux amants recollés après une longue séparation, une cohabitation affublée du qualificatif paisible, quand on a revu ses prétentions à la baisse. Gamin, les vieux du village l'ennuyaient avec leur *"si jeunesse savait, si vieillesse pouvait"* ou *"l'eau a coulé sous les ponts."* Encore jeune il croyait *savoir*, mais le monde lui apparaissait déjà au prisme de leur myopie.

- Grâce à la fécondation in vitro on peut unir le spermatozoïde d'un homme séropositif et un ovule. Avec un risque infime de contamination pour le bébé. Malheureusement, le médecin m'a dit que cette manipulation est interdite en France !

Concevoir un humain en laboratoire, un être qui ne connaîtra jamais le ventre d'une mère, un enfant a-mère ! Défier inutilement la nature. Que deviendrait le monde aux mains d'une génération née en batterie ? Nul ne peut prévoir les réactions, les liens, de créatures sujettes, à la même période, aux mêmes stimulations électriques. Que de périls pour un faux problème : certes, ne pas pouvoir procréer est dommage, triste aussi, mais à l'échelle de la planète cet inconvénient reste bien dérisoire. Drôle de civilisation qui réprime les risques individuels et multiplie les dangers universels. L'Histoire (si Histoire il demeure) jugera sévèrement le vingtième siècle, inconscient, inconséquent, d'avoir : sacrifié la nature à l'industrie et à l'agriculture intensive ; décrété l'éducation anarchique par la télévision, sans naturellement savoir les réactions d'un cerveau témoin, par petit écran interposé, de milliers de meurtres et bassesses ; organisé l'exode rural ; facilité l'explosion démographique ; oublié que l'Homme a besoin de se nourrir, de respirer ; confié le génome humain aux savants parfois fous ; développé des armes chimiques, bactériologiques et nucléaires infaillibles ; pillé boulimiquement les ressources naturelles...

Un soir, au coin du feu, alors que nous évoquions cette époque :
- Cet aveu va peut-être t'apparaître prétentieux, ne va sûrement pas te surprendre, je ne considérais pas Catherine digne de porter notre enfant. Pas après ce qu'elle m'a fait à dix-sept ans. Me préférer un philistin, quelle blessure narcissique ! Elle aurait dû comprendre. Si elle avait bien écouté les quelques confidences que je lui fis, elle aurait compris. Je savais qu'elle et moi, ça ne pouvait pas durer. Nous aurions peut-être pu avoir des relations d'amitié. L'amitié aurait été préférable au programme qui nous attendait.

XXVIII

Enfin Mathieu eut un premier week-end, "*mise à l'épreuve*", récompense pour bonne conduite. Le président de la République, touché, selon des indiscrétions, par les régulières suppliques de la *star*, avait même envisagé sa grâce le 14 juillet, mais la levée de boucliers d'un syndicat de policiers l'encouragea à laisser la justice suivre son cours. Enfin quarante-huit heures sans barreaux, dont dix dans les transports, TGV et taxis. Enfin il découvrait sa maison, où, sans crainte, il pouvait s'exprimer, accueillir ses proches : Mathilde, l'ami et Catherine, "nouvelle compagne officielle", flash-back sur la juvénile idylle, qui réveillait l'ombre Patricia. Heureusement Gary lui fit la fête, le noyant de baves, et Jel lui présenta Vanessa, Corentin et Corinne (déjà vus en photos).

Enfin l'apéritif, un repas convenable, des coquilles Saint-Jacques, un lapin aux pruneaux, une tarte aux pommes et bananes, un moka, du vin, Loupiac, Buzet, Champagne et du Malibu (lors de leurs samedis soirs sauvages, ils vidaient fréquemment leur bouteille).

Enfin une discussion au coin du feu... mais un malaise, la difficulté à ne pas évoquer les absentes. Et les heures qui défilent, sans sommeil, avec ses histoires "drôles", des rires...

En guise d'ultime dessert, Jel lui offrait une surprise, à consommer sous protection : trois prostituées, une blonde, une brune, une rousse.

- Je te les commande pour ma prochaine sortie.

Jel suivait des yeux son départ, comprenait la déception qui l'avait assailli peu après son arrivée : il le décevait, manquait cruellement de maturité, ressemblait aux portraits qu'il dressait des personnages des séries télévisées sur lesquelles il se prétendait incollable.

Ah ! s'il n'y avait cette satanée mauvaise conscience ! Les chaînes me triturent : je perds un temps pourtant précieux avec une femme et un type qui ne sont plus que d'inutiles souvenirs de jeunesse, des nostalgies. Mais comment pourrait-il en être autrement ? Je me considère mentalement au niveau néant ; Corentin, Corinne et Vanessa sont mes derniers rayons de soleil.

Eh oui, ses seuls véritables instants d'apaisement, depuis la disparition de Sybille, il les avait connus avec les enfants. Mais il sortait du marasme moral, retrouvait son sens critique, allait enfin bientôt être en état de revivre. Surtout, il relisait, s'essayant même à Proust.

Pourquoi Marcel Proust a écrit "*La vraie vie, la vie enfin découverte et éclaircie, la seule vie par conséquent réellement vécue, c'est la littérature.*" Egocentrisme ou Graal ? Il ne trouvera pas la réponse, *la recherche* lui apparaîtra trop compliquée.

La promesse littéraire faite à Sybille resurgit, il griffonna des repères, quelques paragraphes jugés essentiels (suffisants pour l'envoyer en prison), relut lettres, articles et notes, réécouta des bandes magnétiques, revisionna ses prestations télévisées.

Mathieu, à sa libération, apporta la dernière pierre de cet édifice, en lui remettant le courrier envoyé par Jel et son carnet "PERSONNEL."

- C'est toi qui m'avais dit de le tenir, et parfois ça m'a aidé, c'est un peu normal que je te l'offre. Cadeau. Ton cadeau d'anniversaire avec quelques mois d'avance. Sinon je l'aurais brûlé car j'en vois pas l'utilité. C'est du passé. J'l'ai pas relu mais j'pense qu'il y aura peut-être deux trois trucs qui t'plairont pas. Mais bon, c'est comme ça. Sûrement que

si t'écris toute la vérité y'aura aussi des choses qui m'plairont pas. Mais bon, on va pas se disputer, c'est du passé. Si tu crois qu'ça peut te servir, prends-le tout de suite, avant que j'change d'avis.
--> Les archives essentielles à mon futur travail étaient regroupées. Heureusement, réflexe d'informaticien malgré lui, il avait la bonne idée de scanner l'ensemble, d'en sauvegarder une copie dans un coffre à la banque.

Sa vie lui donnait l'impression d'un objet posé sur un bureau, un conglomérat inerte à rassembler, observer, disséquer, comprendre. L'histoire d'un mec qui cherchait la Liberté, d'une victime des mines dissimulées sur les chemins non balisés. Une vie pour un roman, une errance vouée à s'arrêter bêtement, demeurer en suspension ou s'achever en fanfare. Comment réussir une sortie noble, héroïque, historique ou hitchcockienne, quand on ne croit plus en rien ni personne ? Comment transformer un passage somme toute banal en destin ? Toujours ce besoin de survivance ! S'immoler sur la place Saint-Pierre lors d'une homélie en mondiovision du pape ? Traverser l'Atlantique "à la nage", planqué sur un radeau dérivant ? Inoculer l'HIV à l'ex-professeur Garetta ? Se lancer dans la course à l'Elysée sous l'étendard des opprimés fatigués du cynisme des épargnés ? Kidnapper le dealer fasciste européen, en rappelant que si un dévoué pacifiste s'était comporté ainsi avant 1933, l'opinion publique l'aurait vraisemblablement lynché ? S'inscrire au Marathon de Figeac ? Créer un prix littéraire ?
Il dévoila son ultime projet à Catherine, personnage crucial donc au droit de refuser accordé (il employa le terme plus contraignant "te dérober"). Malgré quarante-huit heures de réticences, elle céda, se conformant à son

intime conviction : sa révolte pour le rejoindre fut l'acte héroïque par lequel elle joua son avenir à pile ou face ; à ses côtés elle était redevenue "naturelle" : une fille soumise, une poupée qui dit oui pour satisfaire l'homme qu'elle aime, même si elle doit en souffrir.

XXIX

Mille francs suffirent pour avancer d'une semaine sa sixième sortie temporaire. Nulle explication ne lui ayant été fournie, pensant que personne ne l'attendait, il avait téléphoné. Et réclamé ses prostituées. Mais il en serait privé ! Et se fâchait carrément en apprenant que l'ami avait tout organisé. "T'as toujours aimé manigancer, putain, j'suis en manque, tu sais pas c'que c'est..." "Suis-moi", l'air solennel, président directeur génial, le refroidissait.

Auprès de notre arbre, Jel parla de pseudos résultats sanguins aux traces suspectes, vraisemblablement le satané virus, et détailla le programme.

- T'es fou ! lâchait Mathieu, puis : pourquoi ?

Préparée, sa réponse fusait :

- Pour la vie. La vie qui se doit de narguer la mort.

- Qu'en pense Catherine ?

- C'était son rêve, elle a vu les clichés, elle sait que c'est la meilleure solution.

Le moment propice se produisant le lendemain, une nuit de réflexions l'attendait.

Au réveil, après discussion en aparté avec la "*compagne*", Mathieu accepta. Et ils copulèrent. N'ayant trouvé aucun acte historiquement extraordinaire, il espérait réparer symboliquement ses fautes. Vis-à-vis de sa "commensale", son penchant à la culpabilisation reprochait quotidiennement froideur et indifférence : lui offrir, même par procuration, un enfant, sembla le plus beau des cadeaux. Elle l'avait bien mérité, quand même, en quittant son philistin ! Bien sûr, dans une situation classique du mâle stérile, le recours à l'anonymat de l'insémination artificielle prévaut mais, tandis que Mathieu suppléait son sperme *contaminé*, il souriait doucement. Une raison inavouable lui octroyait ce corps : la mauvaise conscience évidemment ; l'égarement de ses dix-huit ans.

Jel déprimait encore du choix de Catherine, et Patricia, clouée au lit par un rhume carabiné, l'avait invité à passer chez elle. Mathieu préféra ne pas louper son feuilleton que l'y accompagner.

Elle s'excusa de n'avoir rien pu lui acheter et enchaîna d'un ton qui appelle un "c'est l'intention qui compte" :

- Qu'est-ce qui te ferait plaisir ?

- Toi.

Une perche miraculeuse ! Depuis vingt-quatre heures et leur conversation téléphonique, pareil scénario était inespéré. Un cadre idéal : des parents absents, une clef "cachée" entre les géraniums rouges (rien à craindre niveau sécurité, leur berger allemand régulait les entrées ; il connaissait le lycéen) et la belle enfant, trop abattue pour quitter son plumard, le reçoit dans sa chambre. Et un mec alléché : ô Patricia ! ah ! ce corps ! Dès ce décor connu, il accapara ses idées. Le mois précédent déjà, sa seule vue en maillot de bain (qui plus est sans le haut) avait précipité midi et seule une fuite en mer put remettre sa pendule à heure convenable, comme il s'exprimait alors. En vain, l'ami repoussa cette obsession, se croyant, malheureusement !, incapable de la draguer. La question jaillit donc comme une perche miraculeuse.

- Arrête de déconner.

- Ce serait le plus beau cadeau que tu puisses me faire. Ce serait notre secret.

- Mais j'aime Mathieu, je l'ai jamais trompé, et je n'ai pas l'intention de le tromper.

- Ce serait pas vraiment le tromper, puisqu'il ne le saura jamais et que c'est avec moi. Lui et moi, on est comme frères. Et nous deux, on s'aime bien. L'amitié, l'amour, c'est presque pareil. Et j'ai dix-huit ans aujourd'hui. Je suis majeur aujourd'hui !

Elle sourit. Silence oppressant. Envie de partir en courant, la supplier d'oublier ça, n'en parler à personne. Elle retira son peignoir. Il se déshabilla, affreusement gêné. Et hypernerveux. Il éjacula précocement. Gênés, ils se rhabillèrent rapidement.

- Tu le diras jamais à mon Mathieu.
- Promis. C'est notre secret.

Le lendemain, le cocu n'était pas au train. Ouf ! Le midi Jel téléphonait, *j'me suis tordu la cheville, j'me prends la s'maine*. Encore gênés, le lundi suivant, face à face, dans le train, avec lui, Jel et Patricia évitaient de se regarder, peur d'apparaître trop intimes. Jel exagéra le côté "déconnade", passa le trajet à rire d'un couple "de vieux" qui avait l'air de se faire la tête. On ne se comporte pas ainsi avec l'ami qu'on vient de trahir ? On se comporte souvent ainsi avec l'ami qu'on vient de trahir. Dès le soir, leurs relations redevinrent normales.

Jel pensait alors souvent à ce mardi : était-ce une simple pulsion sexuelle où toute femme potable est attirante ? L'ami est aussi le sparring-partner privilégié : Mathieu, baraqué, heureux avec son premier amour ; lui, plutôt gringalet, largué par Catherine ; sa réussite scolaire était secondaire, n'entrait pas dans leurs critères. Posséder Patricia, c'était atteindre sa toute puissance, se grandir.

Quatre mois plus tard, un samedi soir, profitant que le hard-rockeux agitait sa tignasse sur *Hell's bells*, Patricia susurrait à l'étudiant :

- Tu sais que jeudi j'ai dix-huit ans ?
- Evidemment.
- Tu te rappelles, tes dix-huit ans ?

Regard gêné.

- Evidemment.

- Jeudi après-midi, je vais sécher les cours mais Mathieu ne le saura pas. Mercredi je vais réserver une chambre d'hôtel, au *Coq Hardi*, pour nous. Je te dirai le numéro mercredi soir.

Les images avaient défilé, ce corps nu, les réprimandes de sa mère si elle apprenait cette conduite, la confiance de Mathieu, le rire du salaud... La possibilité de prétexter un devoir se présenta.

- D'accord. Je t'y rejoindrai.

C'était trop tentant ! Sexuellement plus expérimenté et moins pressé, il la couvrait de bisous et s'attardait. Ce fut son premier 69, leurs baisers eurent un goût anisé. Puis ils avaient joui. Trois mots, à tout jamais gravés en lui, inscrits dans son carnet secret malheureusement brûlé un soir cafard : *après-midi inoubliable, dionysiaque* (il avait découvert cet adjectif peu avant).

Que cherche Patricia ? A ne pas s'enferrer dans le statut de la Sainte ? A punir Mathieu de ses sautes d'humeur ? Le dépaysement ? Un souvenir ? Le véritable amour ?

- Tu crois qu'on réussira à ne pas recommencer ?

Jel avait prévu cette question, l'aurait posée si elle ne l'avait fait :

- Pour ne pas sombrer dans la banalité des amants, on va se fixer un rendez-vous à long terme, le jour de mes vingt ans.

- Puis le jour de mes vingt ans.

- Puis tous les dix ans.

Il aurait pu dire chaque année (nous savons maintenant que Patricia n'aurait pas refusé un "chaque semaine"), mais il était alors persuadé que les relations mec / meuf ne pouvaient excéder une cinquantaine de coïts, donc soit être régulières sur une courte période (quelques mois : son activité sexuelle se limitait au samedi soir, sur la banquette avant droite baissée d'une voiture), soit éternelles mais très espacées. Ils avaient rendez-vous pour ses trente ans, au même hôtel. Ils s'étaient promis que, quoiqu'il se produise, ils honoreraient ce rendez-vous... Après son *accident* Jel avait hésité : dois-je briser l'illusion sur laquelle ils ont vécu ? Non ! Cela t'achèverait, frère. Je ne peux te rappeler ainsi le danger d'accorder une totale confiance à qui que ce soit. Mais surtout, il ne voulait pas sacrifier leur amitié et craignait sa réaction. Dire ou ne pas dire, aucune issue satisfaisante. Il s'était mis en situation de n'avoir à choisir qu'entre deux solutions bancales, cruelles.

Mathieu et Catherine réapparurent comme s'ils étaient allés à la chasse aux papillons, et préférèrent parler d'autre chose. Dangereusement Jel exultait, pensant avoir réparé tous ses torts. Son enthousiasme les surprenait, "non, j'peux pas vous expliquer. C'est la vie ! Follow the light."

XXX

Catherine enceinte. Son ventre le renvoie aux grossesses de sa Dulcinée. Il la regarde et c'est une certitude : il ne l'aime pas. Il triche *"oui, ça va."* Et s'isole, prétendument pour réfléchir. Singe la fatigue quand elle tente un contact ou attend son assoupissement pour la rejoindre. Mais le rocambolesque de la situation l'intéresse : père sans l'être ; père spirituel voué à s'effacer.

Des jumelles ! Assister à l'accouchement ? Hors de question. Arrivé sans entrain et en retard à l'hôpital, le bonheur l'assaille ; bonheur malsain : satisfaction d'une revanche. Le rêve de ses dix-sept ans réalisé : Delphine et Séverine braillent.

Evidemment, elle ne put éviter la question maladroite : qui préfères-tu ? Ils sont tous nos enfants ! Alors, par peur d'être pris en flagrant délit de préférence, ne voulant défavoriser personne, un véritable chronomètre interne régula ses attentions durant près d'un mois. Plus de câlins aujourd'hui, repasse demain ! Mais il fallait, comme toujours, vivre suivant l'envie. Penser à la culpabilité, c'était se culpabiliser, donc blesser tout le monde. Naturellement, il s'acoquinait de nouveau avec Corentin, dont la pertinence des questions et la faculté de compréhension l'enthousiasmaient (papa gaga ?). Et ainsi s'enivra du paradis effleuré seulement quelques week-ends par les "bons pères" : la redécouverte du monde par les yeux d'un enfant. Ils devenaient un couple classique : la marmaille épargnait les tête-à-tête. La Famille se retrouvait à l'heure du repas puis devant la télévision. Ou chacun prenait son propre repas puis regardait sa propre télé. Seuls les enfants, et surtout Vanessa, exultaient. Son rôle d'aînée dévouée la ravissait, au point de demander à ne plus retourner chez son père.

- Je voudrais bien, mais c'est la loi.
- Je suis heureuse ici. Pour moi, c'est toi mon père.
- Ça me fait plaisir. Je te considère comme ma fille. Mais ne lui dis pas, il m'en voudrait encore plus.

Vanessa le serrait très fort quand sa mère cria "*à table.*"

Libertés d'avant l'an 2000

Quatrième Partie

I

"Sois plus fort qu'avant... ne regarde pas en arrière... la vengeance ne sert à rien... positive toujours... empoigne à bras-le-corps cette seconde chance... soit heureux..." Allongé sur le dos, bras croisés sous la nuque, les yeux rivés au plafond, Mathieu répétait ce programme, sa mère apparaissait, le conseillait. Morphée le jugea trop agité. Sa sentence ayant été commuée en liberté conditionnelle, c'était sa dernière nuit en prison.

Midi dix, il arriva, rasé, en pleine forme, radieux. Jel sortait le champagne, toujours la même marque naturellement. Ce fut une fête... abrégée. Abrégée par un drame potentiel : on trinque !... Coupures simultanées et son sang gicle vers celui de Mathieu. Et ponctuée d'un drame potentiel : pénétration... sans protection... et l'éjaculation.

Deux mois tendus à l'extrême achevaient les dernières illusions sur cette amitié et cet amour. Chaque regard l'accusait : pourquoi m'as-tu fait ça ? Jel avait beau répéter, *non je ne suis pas séropositif.*

- T'en es pas sûr, et moi non plus, fusait.

- J'suis maudit, c'est ma punition, après avoir payé l'assassinat du keuf j'dois payer pour Pat.

- La première fois, je voulais que tu me le craches, ton virus, mais aujourd'hui, j'ai peur.

Soulagement : Mathieu et Catherine séronégatifs. Mais la hantise d'un nouvel accident retiendrait leurs gestes, surveillerait le moindre contact.

Pour une apothéose finale, seulement plausible dans la réalité, un des spermatozoïdes en liberté aurait dû atteindre un ovule fécondable.

Instructive conversation entre ce fringant centenaire et ses arrière-arrière-petits-enfants :

- J'ai toujours été un sacré débrouillard. Géant papy fruit du hasard et des pilules antivieillissement. Dès le départ, ma naissance était normalement impossible alors petit nageur s'est faufilé la nuit où ses chers parents ont fait l'amour sans préservatif. C'était la première et dernière fois. Ils étaient tellement éméchés qu'ils avaient oublié que c'était très dangereux. Car mon père souffrait du sida. Croyait, les autres croyaient, lui aussi souvent, enfin, ça, c'est une autre histoire, d'ailleurs racontée dans un livre que vous trouverez sur le rayon du haut de la bibliothèque, entre Perrault et Proust, si ça vous intéresse. Pour simplifier, disons que tout le monde le croyait porteur du sida.
- Le si-da ? c'est quoi ? s'intéresse le cadet.
- Une maladie mortelle durant ma jeunesse, un virus qui se transmettait par le sang, le sperme, les sécrétions vaginales et le lait maternel. Un virus qui a contaminé des millions de personnes en peu d'années.
- Et on ne savait pas comment l'interner à Toulouse, au musée des petites et grandes maladies anciennes ?
- Les chercheurs ne trouvaient pas le vaccin mais la

manière d'éviter la contamination était connue ; il fallait changer des habitudes : mettre un préservatif lors de rapports sexuels avec une personne contaminée, donc aussi avec toute personne dont on ignorait la sérologie ; proscrire le sang contaminé des transfusions sanguines ; ne pas allaiter les bébés aux seins d'une mère atteinte ; détruire les seringues souillées.

- Alors, pourquoi, si on savait comment l'éviter, des gens l'ont attrapé ?
- C'est une longue histoire, et compliquée.
- Oh ! raconte ! raconte ! (les enfants adoreraient ces intrigues du *"temps des barbares attardés mentaux"*)

- A l'orée des années quatre-vingt du vingtième siècle, les médias annoncèrent, à coups d'images d'agonisants cadavériques, le risque d'une nouvelle épidémie baptisée d'un acronyme, sida, traduit de l'anglais aids, signifiant Syndrome d'immunodéficience acquise. Les premières victimes pratiquaient l'homosexualité. La majorité des hétérosexuels détestaient leurs frères homos, les considéraient même anormaux. Eh ! oui ! c'était ainsi ! Certains, au nom d'une morale puritaine, iraient jusqu'à parler d'un châtiment divin, réclamer des sidatoriums, se livrer à une véritable cabale à l'encontre des contaminés. Alors, la société, alors régie par un système démocratique pervers qui se contentait du bien-être d'une majorité d'électeurs, laissa les homosexuels se débrouiller avec leur "cancer gay", comme des milieux prétendument distingués appelèrent la maladie. Puis les toxicomanes furent massivement touchés. Mais eux aussi, étaient une minorité mal aimée. On n'aimait pas beaucoup les minorités, en ce temps-là ! Des responsables politiques cachaient difficilement leur enthousiasme : le monde chrétien occidental allait enfin être débarrassé de ses indésirables. Dieu a décidé de châtier les dépravés qui enfreignent ses lois, scandaient les nouveaux évangélistes pour qui la vue d'un préservatif équivalait à celle de Satan. Il fallut attendre la contamination massive des hémophiles et transfusés sanguins pour que le sida devienne enfin officiellement une préoccupation de santé publique.

- Ah ! oui ! le scandale du sang contaminé, interrompt l'aîné qui réactive sa mémoire historique.

- Exact. Les hémophiles étaient des citoyens respectés, plaints, mais, eux aussi les piranhas voulurent les passer par pertes et profits. Et le bon peuple, naïf, ne voulait croire que des gens responsables auraient pu, sciemment, donner à d'autres des produits qu'ils savaient assassins. Les hémophiles durent s'organiser, lutter. Ce fut l'un des scandales les plus sulfureux de la fin du second millénaire. Malheureusement, il fut politisé et le premier Ministre en poste en mille neuf cent quatre-vingt... cinq, servit de bouc émissaire. Il avait le profil idéal du bouc émissaire : socialiste né avec une cuillère en argent dans la bouche, peu apprécié dans son parti, chouchou du Président, tête de turc de la droite et surtout de la vermine nationaliste qui ne ratait jamais une occasion d'étriper un Juif. Certains l'accusèrent même de meurtres, alors qu'il décréta, dès mille neuf cent quatre-vingt-cinq, soit très rapidement après l'identification du virus, des mesures d'hygiène publique pourtant décriées par la majorité des parlementaires, qui eux, bien sûr, ne furent jamais inquiétés.

- Ah ! oui ! le procès truqué.

- Truqué n'est pas le terme exact. Mais effectivement, ce procès masqua l'hypocrisie collective qui avait prévalu, et continuait de prévaloir, à l'encontre des communautés homosexuelles et toxicomanes. Durant ces années, il y eut les bons et les mauvais sidéens : aux premiers, innocentes victimes, l'état versait des millions en dédommagement, aux seconds, pervertis punis, l'administration fermait ses portes.

- Le scandale des seringues.

- Bien petit. C'est seulement après sa disparition que l'Etat osa incriminer, destituer de ses titres honorifiques, le ministre de l'Intérieur qui frayait avec les nazillons, considérait les toxicomanes en êtres inférieurs, refusait la distribution de seringues stériles, donc encourageait l'échange des seringues usagées, nids à microbes. Acharnement sur personnes en danger.

- Finalement, ce n'était pas grand chose ton sida, il n'a fait que quelques millions de morts.

- Petit, on ne juge pas de l'horreur d'un événement par le seul critère du nombre. Le sida, c'était horrible, dramatique.

- Tu dis ça parce que ton père a été touché. C'est une réaction subjective, émotionnelle.

Fier de ses neurones, l'aîné enchaîne :

- Le sida est la première maladie virale rapidement identifiée et rapidement soignée. Si on le compare à la peste, ses effets frisent l'insignifiance. Personne ne pouvait échapper à la peste parce que son facteur de propagation était inconnu, alors que, tu l'as dit toi-même, ses modes de contamination furent rapidement répertoriés. N'oublie pas que la peste de Milan en 1630, de Naples en 1656 et de Marseille en 1720, décimèrent la moitié de la population de ces villes en quelques mois. Et plus près de toi, tu as le choléra qui ravagea la France en 1832, et l'Europe.

- Tu parles comme un statisticien, en observateur distrait. Comme si tu commentais la production céréalière au travers des siècles. Mais il s'agit d'êtres humains ! Même si vous êtes plus intelligents, mieux éveillés que nous l'étions à votre âge, vos cours d'histoire vous induisent dans les mêmes erreurs que les nôtres. Nous aussi, on apprenait les effets positifs des vagues de peste. Je m'en souviens encore : la multiplication des héritages pour les survivants, l'augmentation des salaires par raréfaction de la main-d'œuvre, le progrès... On oublie toujours que les massacrés, les victimes des temps anciens, étaient des êtres humains comme nous ; leur vie mérite le même respect que la nôtre. On oublie cela mais on croit que les siècles futurs s'extasieront devant nous. On se croit au sommet. Mais, petits, nous sommes tous voués à devenir les incultes, les inconscients, des siècles futurs. Enfin, tant que la roue tournera dans le sens de la connaissance.

II

- Mon corps te dégoûte ? Les capotes te dégoûtent ?
- Ne dis pas ça.
- Oh ! pis t'as raison ! j'te mérite plus.

Avec Catherine aussi, rompre d'un laconique "dégage, c'est fini", dépassa ses forces ; une scène, "après tout c'qu'on a vécu, c'est pas possible ; qu'est-ce que tu me reproches ? comment tu veux que je sois ?...", ne pouvant rien répondre de précis, finalement il le savait, il aurait cédé, laissé continuer, pourrir. Pourtant cette cohabitation devait s'arrêter. Elle l'ennuyait. Elle l'énervait. [Quand on se plaint continuellement de l'autre, c'est qu'on n'est plus très content de soi] Sous le châtaignier, il se recueillait, tournait en rond, cherchait la solution. Alors il l'a manipulée, l'a persuadée d'avoir causé leur irréversible éloignement. Cela a fonctionné. Elle pensa le regarder, "*sûrement inconsciemment au départ*", comme "*un déchet*", confirma "*rêver d'autre chose.*"

Avec Mathieu, ressasser des *exploits* épargnait un véritable dialogue. Chaque jour, avant sa tournée des bistrots, il passait, embrassait longuement ses filles, trouvait des ressemblances. Parfois Jel le suivait, "*comme au bon vieux temps.*" Deux heures, jamais plus ; l'*ambiance* des cafés l'a toujours répugné, il n'y allait que pour se faire accepter, "t'es ailleurs" beuglait régulièrement en le bousculant un peu quelqu'un qui se croyait très intéressant... non il était là, regardait, écoutait, ces gens ridicules, obscènes, rarement poètes après quelques verres... il ignorait toucher à l'essentiel quand il pensait "*c'est qu'ils doivent terriblement souffrir pour s'abaisser ainsi.*"

Ce cinéma fatiguant tout le monde, tout le monde était prêt

pour le grand bouleversement. Il fallait de nouveau franchir une frontière, avec l'espoir d'une liberté derrière, la tranquillité, entre Corentin, Corinne et l'écriture. Il était décidé, de nouveau, à écrire le roman de sa vie. Donc, au terme du long repas dominical pris invariablement en commun, debout, l'orateur récita :

- Nous formons une grande et belle famille, Vanessa, presque une demoiselle, Corentin et Corinne. Et Delphine et Séverine, officiellement nos enfants, Catherine. Mais clarifions la situation. Si je n'attaque pas sérieusement le récit de ma vie, le temps risque de me manquer. Comme vous le voyez, j'ai retrouvé mon poids de forme mais ça veut aussi dire que j'ai maigri. Je maigris. Pourquoi ? Mon régime sans chips ? Qui sait ! Bref, si, Mathieu, tu ne peux pas regarder tes enfants comme tes enfants, tu en deviendras malheureux, peut-être même jusqu'à me détester. Catherine, désormais la tendresse a remplacé l'Amour. C'était un peu fou d'essayer et ce fut des années charmantes. Oui, charmantes. Mais abrégeons avant de nous déchirer.

- Je t'aime encore.

- Je sais. L'amour a des milliers de facettes, et l'on peut, en certaines circonstances, aimer deux personnes en même temps, d'un amour différent. Mais nous ne nous aimons plus assez pour vivre ensemble. Nous conjuguons le verbe aimer à la nostalgie, à la tendresse : on s'amitie. On se tolère, on vit de souvenirs. Catherine, ton avenir n'est plus avec moi.

- Pourquoi tu dis ça, devant tout le monde ? Qu'est-ce que j'vais devenir ?

- Catherine, l'amour que tu portes à Mathieu est plus proche de la définition que nous donnions jadis à l'amour. Et c'est, j'en suis convaincu, réciproque. Donc je voulais que Mathieu le sache, je ne ferai pas obstacle à vos sentiments.

- Tu

- Non, j'emmène les enfants, car eux aussi devaient savoir. Nous vous laissons discuter. On verra demain.

Deux heures plus tard, Catherine le rejoignait. Il mima le sommeil et elle n'osa l'interrompre sauvagement. Elle fit un peu de bruit, toussota, en vain, éteignit la lumière et la ralluma plusieurs fois, se leva, traîna les pieds jusqu'à la porte, revint, le fit presque rebondir en s'allongeant derechef, lui ouvrit presque le mollet d'un coup d'orteil, se redressa, se pencha au-dessus de son corps inerte avec la vraisemblable intention de s'y effondrer, et aperçut donc les somnifères bien en évidence sur sa table de nuit. Elle comprenait ! Se relevait, saisissait la plaquette et avalait, avec le demi verre d'eau toujours à dessein disposé, les trois derniers. Enfin Jel pouvait sourire d'un tel stratagème, s'endormir paisiblement. Ce fut leur dernière nuit côte à côte. Dès l'aurore, il était au jardin mais elle obtint quand même son tête-à-tête. Dialogue impossible : n'essaye pas de m'expliquer, j'ai compris depuis longtemps, tu as fait le bon choix. L'après-midi, elle emménageait chez Mathieu, dans la chambre d'amis, et ils attendraient trois semaines avant de se montrer *amoureux*. Sur *notre mur*, depuis trop longtemps évité, il ajoutait : enfin seul avec nos enfants. Et Toi.

Aucun événement extérieur ne troubla les huit mois qui suivirent. Huit mois d'écriture. Quel bonheur ! Mais il n'écrivit pas grand chose. *Désolé Sybille, je n'écrirai pas le roman de notre vie. J'en suis incapable. Je suis nul.*

Corentin prit quatre centimètres et deux kilos. Corinne cinq centimètres et trois kilos. Mathilde passait quotidiennement, faisait la cuisine, s'occupait du ménage le mardi et le vendredi. Et il avait brisé, officiellement pour se consacrer à ce travail, le cycle des visites et repas en commun, donc voyait rarement les voisins. La paix. Royale.

C'est plus tard, comme toujours, c'est toujours plus tard, trop tard, que cette période m'est apparue exceptionnelle. Aucun souci extérieur. Un calme de neige. Et pourtant j'étais angoissé, je me croyais obligé d'écrire et je n'y parvenais pas, cela démultipliait mes angoisses. C'est durant ces instants de profond dérèglement qu'*Harmonie* est venu, comme une chose sans importance notée pour ne plus penser aux pages blanches, à cette incapacité d'extraire un récit de mes entrailles.

Harmonie

Harmonie, je cherchais le mot
Pour résumer mon ambition
Harmonie, entre Toi et moi
Harmonie, entre moi et tout

L'harmonie entre quoi et quoi ?
Le capital et le travail
L'idéal et le trop banal
L'homme et la nature, sa nature

L'harmonie entre toi et moi
C'est Balzac et la variété
Chacun ses choix, chacun chez soi
L'éternel été sans Prozac

L'harmonie de l'art maudit

Quand je crois en ce que je crée
Viens, si tu crois en mes secrets
Viens le toucher le feu sacré

Harmonie, j'ai trouvé le mot
Mais derrière, le langage
Chaque âge a sa vérité
A mériter, à méditer

Harmonie, Harmonie
C'est le sens de ma vie...
L'essence de mes nuits
Harmonie, Harmonie

III

Jel reçut la lettre de madame veuve Dehove le mercredi :
"Monsieur,
Je t'appelle monsieur car depuis tout ce temps tu es devenu quelqu'un d'important. Pour moi la vie est bientôt finie, à quatre-vingt-sept ans, j'ai pas à me plaindre. J'ai fait mon temps comme on dit. J'aimerais encore bien continuer, car je m'y plais sur cette terre, rien n'est mieux que la vie. Les vieux grinchons sont nombreux mais moi j'ai toujours aimé lire. Ça faisait souvent rire que je lise quand j'étais jeune. Tu vas t'abrutir dans les bouquins, tout le monde disait. Tu ne vas pas acheter des bouquins alors qu'il n'y a plus de vin disait mon mari. Je peux même te dire que tu es un vrai écrivain, ton domaine à toi, c'est la chanson. C'est important les textes des chansons, c'est ce qui trotte dans la tête même quand on n'y pense pas. Si je peux me permettre de t'apporter mon jugement. Ça te fera peut-être plaisir, je parle pour tes discours pour la littérature, mais depuis ce temps chaque mois je prends dix livres au bibliobus et je les lis. Avant, comme beaucoup, je me laissais souvent aller devant la télévision. Depuis je ne l'allume plus, même plus pour les informations, les voisines me racontent.
Ça me fait plaisir de t'écrire, j'allais te raconter ma vie mais c'est pour un sujet plus grave que je t'écris. Comme je te l'ai dit, mon cœur en a plus pour beaucoup, il est trop fatigué. Et j'ai un secret pour toi, un grave secret, un secret dont j'ai jamais parlé à personne. J'ai longtemps hésité et je crois que je n'ai pas le droit de partir avec lui. Je t'embrasse mon garnement. Tu peux me téléphoner mais je préférerais quand même te dire cela face à face."

Corentin et Corinne l'interrogeaient régulièrement sur cette région *"où il fait toujours froid."* C'était l'occasion ! Moi un grand écrivain ! La chanson un art majeur peut-être même ! Qu'est-ce qu'elle va m'apprendre ? Qu'est-ce qu'elle peut m'apprendre que je ne sais pas ? Une banalité sûrement. Revoir l'artiste et mourir. Enfin, ça nous fera un tour.

Chulier 1,2. Pensées.

Réécrire l'histoire. C'est l'histoire de ma vie ici. C'est là qu'un instant, le jour de mes sept ans, comme une graine en terre qui doit pourrir pour germer, a façonné ma personnalité : ma mère a préparé un moka et il rentre ivre ; il ouvre la fenêtre, prend le gâteau, le balance sur le fumier ; la pluie creuse des cratères dans la crème, maman pleure en me serrant contre elle et le monstre beugle : *"té rien... té seras jamais rien... té réussiras jamais rien..."* Je ne peux retenir mes larmes et peste : *"je me vengerai."* Me suis-je vengé ? Se venger, c'est accorder trop d'importance aux minables ; il faut partir et laisser crever dans l'indifférence celles et ceux qui vous ont fait les pires crasses. Ni pardon ni vengeance, le dédain, la terre est encore suffisamment vaste pour ne pas devoir côtoyer les ignobles.

Dès lors, face à un choix, systématiquement je refusais l'orientation vers laquelle il me poussait (en paroles puis en souvenirs). Je ne serai jamais comme ça, me jurai-je. J'évitais ainsi les pièges de la vie ! En premier celui de lui succéder. S'il avait été un père "normal", j'aurais été un fils "normal", installé dans la ferme qu'il n'aurait pas coulée par ses beuveries. A la campagne, sauf accident, le ou l'un des fils, l'aîné souvent, se substituait au père, n'était que son prolongement. Il adoptait gestes, tics et expressions, se liait aux mêmes familles, s'opposait, pour les mêmes

271

bornes limitrophes des champs, aux mêmes autres. En règle générale, le père et le fils habitaient la même maison, chaque domaine étant séparé par la pièce principale, cuisine et salle à manger communes où s'agitaient les femmes, objets au droit à la parole limité ; chez les plus aisés le père et le fils possédaient leur propre toit, face à face ou côte à côte, l'un glissant dans celle du grand-père à son décès. C'était ainsi depuis des générations. Pas besoin d'une tête trop remplie pour cela ! Fils unique, "l'idéal", j'aurais, au mieux, fréquenté un lycée agricole, plus sûrement brisé ma scolarité à seize ans.

Mais dès ce funeste jour d'anniversaire, ce père, déjà détesté, n'aura plus le moindre bonjour ni sourire. La guerre. Oui, les Etats ne font que reproduire à grande échelle les conflits qui peuvent diviser un foyer. Plus une seule fois je ne l'accompagnais sur *son tracteur*, et aidais à la ferme que pour aller conduire aux pâtures ou rechercher les vaches... avec ma mère bien sûr. Cela me valut d'être la risée des repas de famille, ces tristes dimanches où il invitait ses deux frères, leur épouse et mes cousins qui ne comprendront jamais cette sainte horreur de l'agriculture. Que deviennent-ils ? Je n'ai revu personne depuis le dernier enterrement. C'est cela une famille, des gens qu'on voit quand quelqu'un disparaît.

Malgré tout, en cherchant à m'humilier dans une fuite éperdue devant le précipice de son propre échec, ce père qui n'en aura jamais été un, a sécrété en moi les plus profitables des dispositions : la colère, le dégoût de sa soumission, des mauvaises réponses aux vraies questions, l'envie d'exister par moi-même, ne pas me laisser embrigader.

C'est ainsi qu'à dix-sept ans le lycéen ne pouvait s'imaginer lesté d'un bébé fardeau : Catherine honnit ma cinglante réflexion, "comment peux-tu vouloir donner la vie dans un monde aussi cruel ?" Cette réplique était sincère, mais tronquée, un résumé sûrement incompréhensible à toi qui ignorais mes blessures : comment peux-tu vouloir donner la vie dans un monde où je ne suis rien, où je dois devenir quelqu'un, réussir, prendre confiance, Comment oses-tu vouloir te marier. M'épouser c'est connaître ma famille, donc mon père, et j'ai trop honte pour te le présenter. A dix-sept ans je ne pouvais t'avouer clairement ce drame. Quelques allusions. Mais j'avais peur que tu penses tel père tel fils, ces absurdités font mal à ceux qui ne peuvent rien répondre, on ne peut rien répondre à la bêtise populaire qui véhicule toutes formes d'anathèmes, il ne fait pas bon être Noir, il ne fait pas bon être fils d'Arabe, il ne faisait pas bon être fils d'alcoolique, victimes mes frères. Frères humains qui marchez sans savoir pourquoi je vous tends la main.

C'est ainsi qu'à vingt ans, l'amoureux sacrifia l'ami pour conserver une princesse dont l'effet se révéla analogue à celui de Brigitte Bardot sur Serge Gainsbourg ; après il entonnait "*moi, quand on m'dit que j'suis moche, j'me marre doucement.*" Blessures, blessures, nous portons tous nos blessures, certains croient pouvoir l'oublier.

C'est ainsi qu'à vingt et un le bureaucrate se déroba au service militaire, là où les hommes ne sont rien.

C'est ainsi qu'à vingt-cinq, la vie au rabais, la vie du termite devint insupportable... Que serais-je devenu si j'avais continué à *Gropassur* ? Un obscur directeur informatique cravaté ? Un dépressif ?

Mais cette genèse transparaît trop tard, il m'aura fallu ce retour pour la découvrir…

- Nous sommes arrivés les enfants !

Elle aura décidé à mon insu, sans que je sache la positiver.

273

Ma mère m'avait supplié d'oublier *ça* et le bon fils avait rejeté la venimeuse éructation aux confins désertés du cerveau, le bon fils serait resté un bon fils, dans le chemin, si Elle... Au fait ! Sans raviver cette plaie, ma Dulcinée, victime d'une violence verbale semblable par son premier amour, me fit partager son émerveillement pour Fernando Pessoa :

> *"Je ne suis rien*
> *Je ne serai jamais rien*
> *Je ne peux vouloir être rien*
> *A part ça, je porte en moi tous les rêves du* monde. *"*

- Amour, tu en penses quoi, du rapprochement entre Fernando Pessoa et la venimeuse éructation ?
- Une sonorité similaire : la différence entre le désespoir assumé et la volonté de blesser (la dérive dans le monde de la haine).

IV

- Chulier. Je suis d'ici ! Mes racines. On n'est pas d'un pays mais d'un village. Chulier, mes racines. Dès l'entrée, à votre gauche, son cimetière, et l'église derrière.

La petite voix romanesque le guide : le héros revenant au pays s'arrête au cimetière ; cela séduit, offre une filiation.

- Allons-y ! Faites le signe de croix, les enfants. Au nom du père, du fils et du Saint-Esprit, amen. Amen : mot hébreu "ainsi soit-il", ou plus simplement , "oui."

Une pensée immédiatement jugée déplacée l'assaille : *Mais qu'est-ce que j'fais là, merde alors.* Téléphone ! Ah ! Téléphone, *la bombe humaine.*

Le marbre est sourd et muet ; même pour les croyants, prétendre que l'on prie mieux face aux tombes, que l'on invoque plus sereinement les disparus, est grotesque. Une action obligée, à date fixe, n'a aucune valeur. Déposer une brindille de buis une fois par an, c'est montrer aux vivants que l'on remplit son devoir envers nos proches défunts, c'est tout sauf un acte sain.

- Y'a qui dedans ?
- Superposés, de bas en haut, mon grand-père jamais connu, ma grand-mère, avec dans un coin, au même niveau, la boîte d'une sœur presque mort-née, puis au-dessus mon père et en dernier ma mère.
- Pourquoi ton père et ta mère sont ensemble alors qu'ils ne s'aiment pas ? Astucieux, Corentin pointait l'incohérence.
- Parce qu'ils étaient mariés.

Cette réponse lui suffit. Les liens indissolubles du mariage ne concernent pas les quelques années où quotidiennement les époux s'évitent au maximum mais celles qu'ils subiront sous terre ; ne pas divorcer c'est condamner nos enveloppes humaines à une promiscuité jusqu'à poussière s'en suive. On comprend mieux pourquoi un nombre croissant préfère l'incinération !

Il aurait été incapable d'ajouter à Corentin cette *analyse* d'un soir d'ivresse : face au marbre le choc l'appuya contre la paroi de l'église : oui, au même niveau que ma grand-mère, un mini cercueil rappelle une sœur que je n'ai pas eue. Et il regarda Corinne en comprenant qu'aussi loin que remonte son arbre généalogique, elle est la première fillette de sa lignée paternelle !

Son arrière-arrière-grand-père avait eu trois fils, son arrière-grand-père deux, l'un, le cadet, ypérité au front, à Dunkerque, sans descendance, et l'autre, son grand-père, aurait trois fils, puis ces derniers, ses oncles, respectivement deux et quatre fils. Il y avait bien eu cette sœur mais repartie à trois semaines. Comment ? Pour toute réponse sa mère affirmait "*elle s'est étouffée une nuit... ça arrivait souvent en ce temps-là.*" Et avant ? Officiellement les garçons étaient plus résistants. Bien sûr ! Les statistiques signalent aussi que 6% des hommes n'ont qu'une seule sorte de spermatozoïdes donc ne peuvent engendrer qu'un seul sexe. De même, si le rapport sexuel a lieu au moment de l'ovulation ou une à deux journées après, les garçons sont plus fréquents, comme en cas d'orgasme féminin.

De maigres indices lui revenaient : à au moins trois reprises, lors de leurs invectives, le monstre avait beuglé "*si tin père t'avau ch'tée din ch'puch, j'aurau été trinquil*", si ton père t'avait jetée dans le puits, j'aurais été tranquille.
- Suis-je d'une lignée fillicide ! L'exclamation était sortie à voix haute.
- Comment ?

276

- D'étranges idées. Je vous raconterai un jour.
Au village aussi, les "grandes familles" étaient masculines, souvent un fils unique... "*Ne pas diviser l'héritage*" disait-on. Et tous comprenaient la déception, la tristesse, la détresse du patriarche Villerd quand son fils eut une pisseuse et sa fureur à la seconde. Corinne tirait sa manche. Elle voulait aller ailleurs. Elle avait bieraison.

V

Sur son éternel vélo rouillé grinçant où subsistent quelques traces du rouge d'origine, Georges dévale la rue principale (donnant sur deux rues secondaires quand même). Il met pied à terre, lui serre chaleureusement la main.

- De retour !

Jel redoutait d'éventuelles rencontres, ne pouvant ignorer que, pour la majorité, il est un pestiféré, au moins un marginal, dans ce village dont il a eu honte, ce village où la dernière fois qu'il y vota huit voix sur quarante-neuf choisirent la haine.

- Eh ouais. Ça va ? (le tutoiement l'aurait-il choqué ?)

Enfant, il représentait le père rêvé (après Johnny Hallyday naturellement, mais plus accessible). Gentil. Gai. Honnête. Et surtout ne picolant pas. Bien sûr Jel n'a jamais osé lui avouer. Visiblement heureux, il se tourne vers Corentin et Corinne.

- Le plus beau métier du monde, être papa. J'me souviens encore, quand t'avais leur âge, avec ton short vert et ton maillot de Saint-Etienne. Ça m'rajeunit pas tout ça !

Jel l'interrogea sur les changements depuis son départ. Maire, fatigué des sempiternelles rancœurs, des rumeurs, des mauvais coups la nuit, des clôtures électriques sectionnées, il avait interrompu son mandat ; les trois irréconciliables clans s'étaient alors affrontés mais personne n'ayant réussi à s'imposer, l'idiot du village se porta candidat, et fut élu ! Marcel maire !

Sinon Chulier ressemble à tous les patelins de la région : il dépérit. La ducasse, le bal des chasseurs et leur repas annuel se sont arrêtés. Les gens préfèrent s'asseoir devant le téléviseur, fini le bénévolat. Même pour servir à la

278

buvette ou nettoyer ! Et les doigts d'une main suffisent à compter les fermes.

- Les vieux vivotent jusqu'à la retraite et alors personne ne peut leur succéder. Moins de cinquante hectares, c'est plus vivable. Y'a que les gros qui s'en sortent. Mais c'est plus des paysans. Nous on bichonnait la terre, on l'aimait notre métier. Eux, c'est des industriels, faut que ça aille vite, faut du chiffre. Et ça pique les bœufs pour les faire enfler, ça élève des porcs en batterie, ça donne des aliments chimiques, ça déverse des nitrates partout. Tiens, depuis qu'j'ai plus mes bêtes, j'mange plus de viande rouge, j'bois plus d'lait. Et j'ai mes poules car t'as vu les œufs qu'ils osent vendre dans leurs supermarchés. Un jour i vont tuer tout le monde avec leur productivité. Un jour, une bactérie, comme ils disent, va se mettre dans tout ça, et les gens des villes découvriront qu'un steak ça ne tombe pas du ciel sous un plastique.

En quelques années "le progrès" a brisé la chaîne des générations unies à la terre.

Durant son enfance, ce progrès alimentait les conversations qu'il devait écouter sans intervenir, les petites exploitations le redoutaient, pressentant cette course perdue d'avance, truquée, mais les chefs continuaient à élever leurs fils comme s'ils allaient entrer dans la danse et leurs filles en futures femmes d'agriculteurs, les retirant de l'école dès que possible ; les "gros" l'imploraient et se frottaient les mains. A chaque K.O, des hectares en plus. Stimulés par leur tout puissant syndicat, ils louaient la raison du plus fort. Estampillés paysans par des journalistes fonctionnaires de la plume, ces égoïstes hurlent contre la mondialisation ; et les politiques, en quête de suffrages, n'osent sanctionner ces pollueurs enfin visés au jeu qu'ils prônaient, n'osent interdire des traitements nocifs à la nature et inutiles dans un pays en surproduction, où les mêmes empoisonnent les terres pour produire toujours plus sur certaines parcelles et récoltent des subventions pour en laisser d'autres en jachère.

Ils ont presque refait la campagne ! Un véritable plan d'aménagement du territoire chérirait les amoureux de la nature attachés à la qualité des produits, permettrait aux jeunes de faire revivre les petites fermes, rester, revenir au pays...

Ainsi, conséquence directe du mépris politique, des quatre garçons et deux filles qui furent ses premiers compagnons de jeu, trois sont partis en ville, où l'absence d'études limite les ambitions.

Leurs parents les appelaient "la bande des sept" et les prétendaient inséparables. En fait, ils n'étaient que sept enfants au village.

"Logiquement", il fut la cible privilégiée - pitoyable constat : même chez les enfants, les rapports de force priment, les plus sensibles, émotifs ou faibles, les plus vulnérables, trinquent - : seul Daniel était plus jeune que lui mais son cousin, Jean-Paul, l'aîné, le protégeait. Il eut droit aux shampooings d'œufs pourris, à la boue dans le dos, au slip rempli d'orties...

L'amitié de Mathieu le sortit de leurs griffes : ils redoutaient sa corpulence, même Jean-Paul qui, après l'avoir bousculé s'en retourna piteusement, l'œil gauche au beurre noir. Ils l'exclurent du groupe. Puis pensèrent l'insulter en l'appelant la gonzesse, quand il ne passa plus chez le coiffeur chaque trimestre. Dès lors, il devint un indésirable au village, soupçonné de tous les maux, des pires fréquentations, raillé derrière les persiennes, et presque tous plaignaient son père d'avoir un fils pareil.

Jean-Paul se prétend chef, en fait, il surveille une chaîne de conditionnement alimentaire (des saucisses ou de la pâte à pizzas, la merde moderne) et subit les 3*8. Grâce aux plages de nuit, il affirme sans mentir gagner plus du Smic (information communiquée par son grand-père, exaspéré de ses grands airs). Cette situation chagrine sa femme - un beau mariage, avec tout le conseil municipal invité ! - : elle se veut une "dame du grand monde" et fait la roue avec son bac +4, dont elle tait l'obtention à la troisième tentative, mais trouve humiliant de devoir travailler. Elle maudit continuellement cette incapacité à obtenir une promotion et cite son glorieux exemple : passée de réceptionniste - "*même avec mon niveau, il faut débuter en bas de l'échelle*" - à secrétaire (une des secrétaires) du grand manitou... qu'elle accompagne régulièrement en déplacement. Evidemment, les mauvaises langues se régalent et brodent une logique : même encore maintenant, Jean-Paul père (Jean-Paul de père en fils aîné depuis au moins cinq générations), pourtant cruellement décati, trompe régulièrement sa femme. Aux dernières nouvelles, il doit désormais débourser pour obtenir consolations d'un mariage arrangé avec une bigote. En ces parages, on croit au retour de manivelle.

Corentin et Corinne s'impatientent.

Daniel vit en ville, en appartement, à Saint Peaux, dans une tour, au septième étage, il alterne remplacements et chômage. Il doit avoir une copine. Le père a peur qu'il finisse mal, se drogue.

Françoise, mariée à dix-neuf ans, divorcée à vingt-quatre avec deux gosses sur les bras, s'est remise avec un représentant, et travaille en intérim.

Comme convenu de longue date par leurs parents,

Christophe a épousé Martine et leur union fit des Delannoi les plus gros proprios du canton. Mais Martine ne ressemble pas à sa mère, elle ne veut pas se salir les mains, en plus, depuis peu, chaque soir, dès le noir tombé, elle part en voiture, nul ne sait comment tout cela va finir, les vieux ont bien du chagrin, une vie de sacrifices, pour qu'un jour les jeunes dépensent tout dans des folies. Christophe, ça se voit sur son visage, qu'il est pas heureux dans son ménage, mais il ne dit rien ; tous les matins, à six heures, il est dans sa salle de traite, la dernière salle de traite en activité dans le village.

Et Fabrice ? Il ne quitte sa télévision ou sa radio que durant la moisson, où il daigne aider son paternel. Encore une ferme vouée à disparaître. Il ne voit pas l'utilité d'aller travailler. Il a réussi à obtenir le RMI, ça lui suffit. La risée. *Un fainéant.*

VI

- A votre gauche, le terrain. Ce cher terrain. Georges y avait planté des poteaux, des grosses branches, avec une autre clouée au-dessus, artisanal, plutôt dangereux. Mais tout le monde faisait attention et il n'y a jamais eu d'accident. Le soir j'y jouais, au début je regardais les autres jouer, les grands, je les enviais. Ils frappaient tellement fort que je les croyais très bons. Mais ils ne voulaient pas de moi. Selon eux, un seul shoot m'aurait envolé à vingt mètres. Trop jeune. Plus tard chaque équipe insista pour m'avoir. Ce fut la bonne période. Qui ne dura pas. Je devins une cible. Les vieux - certains cumulaient trois fois mon âge ! - ne supportaient pas d'être ridiculisés par un gosse. Feinte, petit pont, dribble extérieur, balle piquée ! Goaaaal ! Platini ! Platini ! Ça ne vous dit rien, Platini ? C'est une bonne chose ! Les coups pleuvaient. Et je n'ai jamais eu l'intelligence de mépriser ces bœufs. Chaque soir je revenais, même sur une jambe, j'insistais. A douze ans, mes débuts en club, à côté, à Valdeon, mes chevilles étaient déjà abîmées, déjà condamnées pour le haut niveau. Car durant quelques années j'ai prétendu vouloir en faire un métier, en fait je ne savais pas quoi faire, et c'était plus original que répondre pompier à tous ces gens qui se croient intéressants de demander aux enfants "qu'est-ce que tu veux faire quand tu seras grand ?" Bref, et l'état du terrain n'y arrangeait rien. Mais il ne fallait surtout pas se fâcher avec monsieur Mathon qui, matin et soir, y passait ses vaches, les laissait brouter. Forcément, les jours humides, leurs pattes creusaient de véritables pièges à chevilles. Et personne ne lui interdisait : il avait toujours agi ainsi. Souvent coutume vaut loi. Et moi j'ai arrêté le foot, je ne supportais plus cette "ambiance." Vous désirez descendre ?

283

- Y'a rien à voir !
- C'est vrai, la nostalgie des autres paraît souvent sans intérêt, et même les buts ont été retirés. Sûrement qu'ils ont pourri. Et personne ne les a remplacés. Voilà donc la maison où ma mère est née, en ce temps-là on naissait chez soi, où elle a vécu. J'y ai vécu aussi, jusqu'à vingt ans. On y va d'abord ou je vais chez la Maria ?
- On y va !
- Des pannes envolées, un carreau cassé. Et la porte forcée. La commode qu'elle aimait tant, retournée. Fendue. Qui a espéré dénicher ici un trésor ? Et des chats ! Nullement impressionnés par notre présence. Ils se croient sûrement chez eux. Ils y sont peut-être d'ailleurs nés ! Ma chambre était en haut, la première. Sûrement visitée aussi.
- Montre-nous.
- Ô misère ! Ce qu'l reste de mes peluches, par terre ! Là mon petit chien auquel j'ai arraché une oreille à trop dormir avec. A votre âge... Mon almanach, ce cher almanach de cadre...

Quelle force le poussa, sans raison consciente, au moment du départ, une larme à l'œil par dégoût d'un tel saccage, à fracturer la boîte aux lettres dont la clé demeurait introuvable ? Publicités, faire-part, EDF... Et l'écriture toujours aussi reconnaissable :

"Mon unique Amour,

Tu m'avais dit : quoi qu'il arrive, écris chez ma mère.

Je sais son adresse par cœur. J'ai 18 ans et je suis libre. Je rêvais de cet instant en le redoutant : le pire est arrivé : tu es heureux sans moi. Ai-je le droit de revenir à l'improviste ? Peut-être n'est-ce qu'un amour-poubelle décrit idéal par des journalistes éblouis par les apparences, manipulés par ton éditeur. Si tu attends ma lettre tu iras la chercher chez ta mère car je ne trouve pas ton adresse. Pour moi rien n'a changé : je t'Aime. In aeternum, je t'Aime."

Puis une autre, postée six mois plus tard :

"Mon unique Amour,
Un jour, si tu penses ... moi, appelle-moi. O— que je sois je t'Aime. O— que je serai, je t'Aimerai. Omnia Vincit Amor. Je t'Aime. In aeternum, Je t'Aime"

Lolita. Ma Lolita. Et j'avais présumé qu'un rendez-vous négligé anéantirait tes Sentiments !
- Les enfants, si vous le souhaitez, nous reviendrons plus tard. Je vais chez la vieille ; je vous enregistre notre conversation pour le cas où l'emplacement du Graal me serait dévoilé, dans cinq minutes je suis là, on est pressé.
Cinq minutes, trois cents secondes ?

VII

- Tu te souviens que ton père a été retrouvé dans les *aurantes* [une toupie pour épandre des monts de fumier lui avait happé le bras et l'avait déchiqueté, il avait encore pu bouger, l'enquête en conclut qu'il s'était traîné durant trois heures, avait ainsi parcouru deux kilomètres, sans jamais s'éloigner de plus de quatre cents mètres du tracteur, qu'il avait tourné en rond, le plus souvent en rampant, parfois à genoux], si j'avais su ce qui se passait, on aurait peut-être pu le sauver. J'étais là, pas loin, dans le champ de maïs, je remplissais un sac de carottes, mes petites provisions, pour l'hiver. Et je l'ai entendu crier. Un cri à crever les tympans. Je me suis arrêtée de cueillir, comme paralysée. Il s'en est suivi un long silence, je pourrais pas dire combien. Je tremblais. Puis j'ai entendu marmonner. Puis j'ai entendu parler. Parfois crier presque comme quand il était ivre, j'ai cru qu'il était soûl. Quand j'ai su ce qui était arrivé, j'ai noté ce que j'ai entendu. Et j'ai rien dit, tu te souviens que les gens m'aiment pas beaucoup. J'ai eu peur.

Tu sais que mon frère y est resté, en Algérie. Je savais pas que ton père y était allé aussi.

Maria s'était arrêtée et le regardait, Jel se sentit obligé de répondre.

- Moi non plus. Vous êtes sûre ?

- Après ce qu'il a dit, je ne peux pas en douter. Tu ne savais donc pas qu'il avait fait l'Algérie ?

- Si c'est vrai, ma mère non plus. Car elle m'a raconté sa vie, après l'armée il a travaillé un an et demi comme docker à Marseille, avant de revenir dans le Pas-de-Calais. Et il a connu ma mère.

- Avant de t'écrire, j'ai vérifié si c'était vrai, et c'est vrai. Il a fait l'Algérie du 24 novembre 56 au 4 septembre 57. C'est l'ancien officier, celui qui est venu en personne

m'adresser les sincères condoléances de la République Française pour la mort de mon frère, qui a vérifié dans les registres.
- Pourquoi il l'aurait caché ?
- Paraît que ça arrive parfois, c'est l'ancien officier qui me l'a dit, peut-être parce qu'il a vu des choses qu'un être humain ne devrait jamais voir. Il s'est passé tellement de choses sur ce continent, lui, par exemple, connaît l'explication du treizième corps dans l'accident du beau général, mais il n'a rien voulu me dire. Tous ceux qui en sont revenus, tous ceux qui ont connu les combats, le maquis, en sont revenus traumatisés. Il a peut-être cru qu'il pouvait oublier. Paraît que certains en arrivent à se persuader qu'ils l'ont rêvé, les malheureux finissent ski, ski, schizophrènes. Ou mi, mythomanes.
Mais je vais te lire ce que j'ai noté. Il y avait souvent des pauses entre chaque mot, mais les mots que je vais te dire, c'est certain, il les a dits dans cet ordre-là.
Les fellouzes. Gus, réponds, non... Putain on est dans la merde... Je voulais pas venir, j'aurais jamais dû venir, j'étais con, on était tous des cons, je voulais l'aventure, je croyais que casser du bougnoul c'était ça l'aventure, ce pays on a aucun droit sur ce pays, c'est la faute à De Gaulle. On fout la merde. C'est la faute à Guy Mollet. Ouais j'ai dû boire, boire pour faire comme les chefs, boire pour dormir, boire pour oser fermer un œil, la peur des fellagas dans leur bureau ils savent pas ce que c'est, pour dormir malgré des têtes à dix mètres, qu'est-ce qu'on a dû faire !, ouais j'ai dû boire pour oublier les camarades égorgés, Gus, Gus égorgé. Gus où t'es ? Gus, derrière. Ça bouge par là. Gus, derrière. Ouais, boire tous les jours. Que faites-vous maudites têtes. On avait l'ordre de violer vos mères. Pourquoi riez-vous ? Aidez-moi. Je voulais

pas. Gus, tu m'avais promis qu'on ferait le tour du monde ensemble. Pourquoi vous m'avez renvoyé sans merci. Sans un merci. Vous m'avez dit retourne chez tes parents. J'aurais dû faire comme Mesrine. Vous croyez peut-être qu'on peut oublier ? De Gaulle, réponds. De Gaulle on se retrouvera. De Gaulle j'te tiens.

A ce moment il a attrapé des tiges de maïs, j'ai vidé mon sac et je me suis sauvée, si j'avais su j'aurais appelé les secours.

Il n'était pas fou comme je l'ai cru, c'est vrai qu'il avait le regard de mon mari quand il avait bu. J'aurais dû me douter. Mais ce n'était pas la folie. J'ai hésité, est-ce que je devais te le dire ? Est-ce qu'après tu te poseras des questions que tu ne trouveras pas la réponse ?

A toi, je sais que je peux parler, je sais que tu sais écouter. Avec ce que je vais te dire, dans le village, tout le monde me traiterait de vieille folle.

Si l'on excepte ceux à qui il manque une case à la naissance, les pauvres, heureux les simples d'esprit le royaume des cieux leur appartient, si l'on excepte les accidents de la nature, il n'y a pas de fous. La folie, ce qu'on appelle folie, c'est le passé en action, un passé trop lourd à porter, un passé qui vous est tombé dessus. Moi quand je les ai vus revenir, ceux d'ici, je savais que beaucoup tourneraient mal, et beaucoup ont mal tourné. Et la légion étrangère, la Yougoslavie, c'est pareil. Encore, maintenant il y a des spécialistes, des psychologues, mais dans le temps celui qui avait vu l'horreur ne pouvait en parler à personne.

C'est d'avoir vu tant d'amochés qui m'a fait penser comme ça, peut-être parce que moi aussi, à ma façon, je suis une amochée, mais moi je dois me taire, on n'a pas le droit d'embêter les voisins avec ces histoires, on doit se taire, toujours se taire. Si je savais écrire. Mais je ne sais pas écrire. Les souvenirs d'une vieille femme n'intéressent personne. Je ne me suis jamais remise de la mort de mon frère, d'avoir vu son corps rapatrié dans cet état, ce souvenir du frère, je l'ai cherché en épousant son meilleur ami, celui qui l'a tenu dans ses bras, là-bas. Ils étaient inséparables. Comme tu sais mon mari a mal tourné aussi. Et moi j'ai vieilli avec tout ce poids à porter, et personne à qui en parler. On ne parle pas de ces choses dans un village. J'ai toujours dû me taire.

Je sais que toi aussi, tu as perdu un être cher. J'ai vu des images de cette terrible maladie. Ne cherche pas durant toute ta vie à retrouver son souvenir. Les fantômes, je les ai trop vus. Essaye de ne pas faire comme tout le monde. On a tous des histoires effroyables dans nos placards. On a tous vu de ces choses. Et ceux qui ont vu Auschwitz. Mais pour tous ceux qui n'en sont pas revenus, pour tous ceux qui sont tombés, on doit être leur mémoire. Ah ! si je savais écrire comme toi ! J'ai compris qu'on trouve dans les livres la force de tenir le coup. Primo Levi, quand j'ai lu Primo Levi, le choc que ça m'a fait. Toi, tu es encore jeune. J'ai lu que tu vivais replié, comme un sauvage qu'ils disaient. Oh ! je sais, les journaux disent bien des bêtises mais ne fais pas comme nous tous. Va en paix. Et dis-leur aux hommes, de ne plus jouer à la guerre, de ne plus jouer avec le feu, de ne pas oublier qu'ils ont toujours crié, ceux qui veulent la guerre, qu'ils ont toujours essayé de trouver des motifs de haine entre les hommes.

- Merci. Merci pour tout... Je viens de comprendre qu'il ne sert à rien de regarder en arrière, puisque tout ce qu'on peut y voir est déformé par l'endroit où l'on se situe. Je me comprends. Grâce à vous. Il ne sert à rien de regarder en arrière quand on sait que tout ce qui s'y est passé aurait pu se dérouler autrement si les Hommes avaient réfléchi avant d'agir, si le bien de l'humanité avait primé. Vous savez, j'aime bien faire de belles phrases, résumer. Mais sur un point je vous contredis, je ne suis pas écrivain, un simple chansonnier. Je vous embrasse. Merci, vous avez raison de lire, j'oublie trop souvent ce que j'ai dit. Merci pour cette vérité...

VIII

Par dépit, sept mois après ma libération, j'épousai le premier riche et naïf venu. Déshéritée j'avais besoin d'argent ! Subjugué il m'octroya par alliance la moitié de sa fortune ! Trente-sept semaines plus tard, jackpot en poche, je quittais l'hexagone, errant de villes chaudes en palaces, sans parvenir à me fixer nulle part, seulement retenue le temps de passades avec des tribades comme moi de passage, attirance née durant mes années en claustration où, en mal de notre contact, je dévergondai le dortoir, suscitant même d'imprévisibles vocations parmi les sœurs surveillantes. Las des tours du monde je rentrai en France... quand les journaux péroraient sur sa remise en ménage. Nouveau mariage, toujours vénal, qui dura plus longtemps, grâce à la permissivité d'un époux accaparé par ses affaires, m'encourageant à me distraire avec "les bonnes."

A Jel, je n'ai jamais cherché à présenter mon errance mieux qu'elle fut.

- Pourquoi aurais-je épousé des pauvres alors que je n'aime que toi. Ils me voulaient, il fallait payer. Une femme sans Amour a toujours un prix.

A la première poste Jel, sur Minitel, avait cherché mon adresse : aucune trace. Il consulta les services administratifs : nous ne fournissons pas ce genre de renseignement. Mais l'argent soudoie : cinq mille francs combleront un employé modèle.

Notre différence d'âge ne choque plus : qui sait notre destin si la société respectait les sentiments d'une fillette, ne la déclarait pas automatiquement manipulée par un obsédé. Aurions-nous été un couple de l'enfance à la vieillesse ? La possibilité est tentante. Oui, peut-être. Forever ? Faut rêver. Je lui aurait évité tout ça ? Toutes ces errances et aventures qui ont forcément détraqué, au moins un peu, son cerveau. Comment aurait-il pu vivre tout cela sans perturbation ?

Il portait déjà en lui le non-dit algérien de son père ?

IX

--> Jamais je n'ai su ni voulu voiler mes sentiments, et rien n'apaisa ma rancœur envers Catherine. *"Cette pimbêche"* avait retardé nos retrouvailles, tare complétant celle d'avoir été un premier amour indigne et traumatisant. [Au contraire, je respecte sa Dulcinée : leur union fut pure, et débuta durant mon "incarcération"]

J'ai ainsi refusé toute conversation, même marmonner "salut" dépassait mes forces, même à la nouvelle année j'esquivais ses bises, l'ignorais, un non-être, même à son enterrement, je n'accompagnerai pas Jel.

Cette animosité acheva notre voisinage : nous vivions en couples classiques, vulgaires et prêts à se chamailler pour la moindre peccadille. La rivalité irait crescendo. Seule Vanessa traversait quotidiennement la route.

Mathieu demanda même à sa sœur de quitter son service chez nous :

- T'es pas leur esclave ; et s'ils te réclament quelque chose pour la maison, t'as qu'à me les envoyer.

Mathilde s'avoua gênée mais ne voulait pas contrarier le maître de cette existence sans consistance.

Le scénario apparemment ficelé tombait à l'eau : si Jel disparaissait, Corentin et Corinne seraient abandonnés, ou pire, martyrisés.

--> Nous choisissions une robe blanche perlée de diamants, le notaire et son épouse feraient d'excellents témoins. Mairie, photos devant le puits et un repas certes gastronomique. Sans invité. L'allergique aux alliances marié !

Les yeux hagards, Mathieu cogna à la porte :

- J'veux t'voir. Seul.

--> Que voulait-il ! Une pulsion meurtrière m'envahit. Je chargeai le revolver offert par mon premier mari, et me postai derrière le rideau séparant en deux le salon.

- J'aime pas Catherine. J'ai essayé. J'aimais bien la baiser mais elle est vieux jeu. En plus elle a pas de personnalité. Elle est toujours de mon avis. Un p'tit toutou. Elle m'énerve. Elle arrive même pas à la cheville de Patricia. Mais à cause des p'tiotes j'sais pas quoi faire. Après tout, c'est aussi ton problème. C'est ta faute tout ça.

Mathieu n'était pas heureux et se distrayait autour des tables de poker. Il aurait voulu partir à Bangkok, sa liberté conditionnelle lui interdisait toute sortie du territoire. Il se considérait prisonnier des frontières et vivait cela comme une injustice. Mais regrettait que Catherine souffre de ses colères, ses absences, son goût des prostituées. Jel culpabilisa, conscience d'avoir favorisé, presque décrété, leur entente ; Il avait cru les connaître suffisamment pour être certain qu'ils se combleraient. Autre lecture : il s'est débarrassé d'une girouette collante en la jetant dans le lit du premier venu.

Il prit son silence pour de l'indifférence :

- Après tout tu t'en fous, chacun sa merde, c'est ça. Maintenant qu't'as ta p'tite pouffiasse. Pas besoin de m'raccompagner, j'connais l'chemin.

Jel marmonnait "attends" quand claqua la porte.

--> Cinq jours plus tard, Catherine effectua le même trajet :

- Je viens te dire adieu, je retourne avec mon mari. Il m'aime encore et je crois que ma place est avec lui. J'ai essayé, tu vois. Il était sûrement trop tard. J'ai voulu croire que la vie, ça peut être comme dans les livres, mais chercher l'aventure ce n'est pas aussi facile que dans les romans. Je savais bien que je prenais un risque, je t'avais promis, je ne regrette pas d'être venue. J'ai eu de bons moments, ici. Je retourne dans une petite vie banale, vie moderne monotone, comme tu disais. Je me prends un sacré coup de vieille, mais j'ai plus vraiment le choix, ça me permettra au moins de voir plus souvent mes parents. --> Le silence. Ils n'avaient plus rien à se dire. Vanessa l'avait suppliée : "Maman, retourne avec papa, il t'aime encore." Avec Vanessa la scène fut déchirante. Blottie contre Jel, elle avait pleuré, à flots, "j'veux rester avec toi... j'sais bien que c'est pas possible ; on s'écrira hein ; c'est toi mon vrai papa ; on se reverra ; hein on se reverra." Il lui promit, oui, on se reverra. Elle s'était jetée dans mes bras, avait serré Corentin et Corinne. Aurait-il pu, aurait-il dû deviner ? Aurais-je dû deviner ?

Dans son almanach brûlé ou volé depuis, mon nouvel époux notait ce qui devait constituer le refrain d'une chanson : *Vies modernes, vies monotones, c'est l'automne, dans l'cœur des hommes.*

Un mardi vers midi, trois semaines plus tard, Catherine téléphonait, me suppliait de ne pas raccrocher, d'appeler Jel. Elle n'avait que lui à qui raconter ça. Et il fallait qu'elle raconte. Vanessa, hantée par ses souvenirs, s'était confiée. Mais cette pimbêche implora son silence, comme elle avait exigé celui de sa fille, *"c'est du passé, faut plus y penser, ça n'arrivera plus"*, la condamnant à grandir traumatisée et sans le moindre soutien psychologique.

Quand Catherine avertit son mari que son départ était définitif, qu'elle vivait désormais avec Jel, il avait réclamé Vanessa un week-end sur deux et la moitié des vacances ; Catherine, redoutant qu'une action en justice prétextant la santé du "beau-père" lui accorde la garde, avait immédiatement accepté. Les premiers mois il se comporta en papa gâteau, l'emmenant systématiquement au cinéma, à la foire, au restaurant... Brusquement, un samedi soir, au retour d'une pizzeria, il l'accusa d'être responsable de leur rupture, de ne pas avoir su sceller leur couple.

- Tu mériterais des baffes mais je suis certain que tu veux te racheter, te faire pardonner.

- Oui

- Oui qui ?

Dès lors, il la menaça de la main quand elle n'ajoutait pas "mon bon papa" après chaque question ou réponse. Puis il exigea qu'elle ramène sa mère. Lui donna un mois. Vanessa était heureuse avec eux, comparait avec ses souvenirs du triste foyer de ses parents : elle préféra se taire, et oublier.

Un mois écoulé, son père lui présenta des gants, un tablier, l'avertit qu'elle remplacerait donc Cat. Elle comprit qu'elle devait faire la cuisine et la vaisselle. Boudeuse mais rassurée, elle s'appliqua. Le soir, fatiguée mais contente du sourire paternel, elle y vit une récompense, qu'il la prenne tendrement dans ses bras pour la porter de son petit lit vers le sien, si grand, où plus jeune elle aimait tant sauter le dimanche matin. Elle trouva tendre qu'il l'invite à se serrer contre lui. Trop fatiguée pour réfléchir elle dormit paisiblement. Un samedi il la déshabilla, elle eut peur un instant mais se rendormit ainsi, et fit de beaux rêves.

Puis les vacances arrivèrent. Du trois au trente et un août, ils furent ensemble. Le premier soir il ouvrit une bouteille de champagne, affirma qu'elle avait de la chance, qu'elle allait pouvoir regarder un film interdit, une cassette spécialement achetée pour elle. Importée des Philippines. Des séquences pédophiles. Elle était dégoûtée, il accepta d'arrêter avant la fin, à condition qu'elle finisse cul sec sa quatrième coupe. Ensuite, sur le canapé, devant la télé assourdissante, une série américaine, il lui caressa les bras, le dos, puis le ventre : un mélange de sensations agréables et craintes la paralysait. Elle comprenait. Se savait perdue. Et comprenait qu'il était inutile de crier. Ecartelée, elle hurla, comme un loup dans un piège. Chaque nuit, chaque jour, le calvaire se répéta. Il avait fait des provisions pour un mois, pas une seule fois il ne sortit. En la raccompagnant au train, il la serra comme un bon père, elle tremblait, "ne dis rien à personne, sinon tu iras en prison. Si tu veux que j'arrête, ramène ta mère."

Vanessa se tut, se renfermait souvent, surtout les veilles de départ. Jel et Catherine croyaient assister à une banale crise d'adolescence. L'inceste se poursuivit donc.

"*Bonne nouvelle ma petite*" répondit-il, en apprenant les disputes entre sa mère et Mathieu. Et il accrut la pression : attachée, forcée d'avaler, sodomisée. Elle saigna. *"La prochaine fois si Cat n'est pas ici, ce sera au tour de mes copains. Et eux ce sera plus de la rigolade, ce sera comme la dernière scène, tu te rappelles ou tu veux revoir..."* Le lundi elle craquait : "Maman..."

Le mercredi, Catherine toujours, éplorée : rentrée en avance elle avait surpris son mari... Elle avait crié. Il avait ricané : "tu n'es plus bonne à rien." Catherine pleurait mais refusa l'aide de Jel. Il avait néanmoins réussi à la convaincre de rappeler le lendemain.

Elle le fit, après une nuit cauchemardesque. Le souper avait dégénéré en jets d'assiettes, de fourchettes, en bagarre. Il avait frappé, frappé très fort. Il les avait enfermées dans le débarras, revint avec de la ficelle, lui lia les bras aux chevilles de Vanessa et les bras de leur fille à ses genoux. Il urina sur elles, arracha leurs vêtements... Vanessa était encore prisonnière. Catherine accepta d'aller à la police...

Mathieu apprit la nouvelle à la télévision, et vint nous avertir. Un fait divers : "un ouvrier au chômage depuis deux mois a abattu sa femme et leur gamine avant de se retourner l'arme dans la bouche..." Puis le présentateur dévoilait le croustillant de l'affaire passionnelle : elle avait été la compagne de Jel et celle de son ami l'ancien taulard. Ils iraient ensemble à l'inhumation. En taxi. Sans échanger le moindre mot.

X

Quinze jours durant, Mathieu nous ignora. Nous entendions sa Mercedes démarrer le soir, rentrer au petit matin, parfois à midi. Nous redoutions le pire. Le mercredi, vers dix-huit heures, il cogna à la porte, je préférai m'éclipser avec les enfants, allumer la caméra de surveillance, empoigner mon revolver. il tituba jusqu'au salon.

- C'est toi ou moi qui porte la poisse... j'ai tout raté... j'réussirai jamais à vivre comme les cons... j'suis plus un homme... même mes gosses j'm'en fous... heureusement Mathilde est là... après tout, j'suis pas responsable de leur naissance... *un ex-taulard ne sera jamais quitte de sa dette.*
Un long silence. Il fermait les yeux. Allait-il s'assoupir ?
Malabar, mon frère, Jel avait envie de le prendre dans ses bras.
- J'ai butté trois keufs. Un vrai jeu d'enfant. J'ai mis d'la boue sur mes plaques d'immatriculation et j'ai attendu une fourgonnette. Crime avec prévarication qui disent ! J'les connais les termes exacts ! J'en sais autant qu'les intellos. J'les ai doublés en zigzaguant et en leur montrant une bouteille de Malibu. Ouais du Malibu monsieur qui boit plus. Ils m'ont pris en chasse. Avec la sirène. J'me suis arrêté. J'leur ai souri. J'suis aimable hein ! Ils ont souri ces gros cons. J'leur ai d'mandé s'ils voulaient une goutte. J'crois qu'ils m'ont r'connu. Et boum, boum, boum. Trois gouttes à zéro. Z'ont payé pour les pourris qui m'ont humilié. Z'ont même pas eu l'temps dégainer. Tuer c'est facile, aussi facile que braquer. J'fais des trous des p'tits trous, moi aussi j'peux chanter, vous faire tous chanter. Ouais, tuer c'est facile. Faut avoir le cran. Et j'vais butter

un flic par année qui m'ont volé. Puis j'les ai finis d'une balle dans la tête, pour voir leur cervelle de porc exploser. J'les finirai tous comme ça. Ce s'ra ma signature. C'est moins con que ton ni âne ni violence. *C'est dans les prisons qu'on fabrique le crime, les Busson Troquet et bien d'autres Mécrimes.*

A dix-huit ans Jel avait lu *L'instinct de mort*, avait aimé, en avait récité des passages à Mathieu. Trust était leur tasse de thé. Il s'identifiait désormais à Jacques Mesrine, à un Mesrine sans la moindre morale.

- Mais j'retournerai jamais en zonzon. J'aurais jamais dû y aller. Si j'avais fini Singer et Durras i m'auraient jamais eu. Faut toujours finir les ordures. J'aurais dû suivre ma première idée. J'm'étais approché pour leur en mettre une et un canard m'a appelé, "allez on y va, laisse-les comme ça", j'étais trop bon en c'temps-là. J'l'ai écouté. Core un minable comme toi qu't'avais choisi. C'est toi la poisse. Le jour où j't'ai fait cette balafre, j'aurais mieux fait de t'la mettre entre les deux yeux. Ouais ducon, j'savais qu'il était chargé. On avait parlé d'Pat juste avant, on avait parlé d'Pat juste avant, t'avais dit "ouais, belle", alors j't'avais r'vu la baiser, car tu l'as baisée hein vieux salaud, j'avais eu envie de t'butter mais j'ai préféré t'marquer en vie. J'voulais qu'tu trembles à chaque fois qu'tu m'verras avec un flingue. Ouais, qu'est-ce que t'as fait l'jour de tes dix-huit balais ?

Heureusement Jel était assis. Il pâlit, ses joues tremblèrent, l'ex-acolyte n'était pas en état de remarquer ces émotions.

- Alors, tu réponds ou tu veux que j'te les sorte de la gueule, tes excuses. Réponds.

Après avoir respiré profondément par le nez, sur le ton de la causerie amicale, Jel voulut l'amadouer :

- C'est vieux.

- J'te d'mande pas d'baratin, j'te pose une question. C'est moi qui pose les questions. C'est moi l'juge d'intuition maint'nant. Alors qu'est-ce que t'as fait ?
- Bin, j'ai eu dix-huit ans.
- Tu veux que j'aille chercher un flingue ? Je tire. Faut que je tire. Ça va mal finir. Il suffit de viser, appuyer sur la gâchette. Et tout finirait bien... J'y avais trop pensé. J'étais incapable d'agir, mes mains tremblaient. S'il va chercher un flingue, je tire.
- Qu'est-ce que t'as fait dans la chambre de Patricia ? Qu'est-ce que t'as fait dans la chambre de Patricia !
- On a parlé cinq minutes et j'suis parti.
- Parlé ouais. Après l'feuilleton j'suis allé la voir. Elle a pas voulu qu'on baise. Elle a même pas voulu que j'la touche. Pourtant elle aimait ça, la garce. Elle avait l'air bizarre. J'ai vu un long cheveu noir sur son oreiller. C'était forcément l'tien. J'lui ai d'mandé c'qui faisait et elle a piqué sa crise. Ses vieux sont arrivés avant que j'puisse vérifier si. Tu l'as baisée !... Réponds. Tu l'as baisée ?
- Comment tu peux penser ça ? Tu te souviens, Mat, j'avais toutes les filles que je voulais, tu te souviens, on avait dit jamais une fille entre nous, le premier qui l'a, l'autre n'y touche pas, les liens du sang, c'est sacré, frère.
- J'suis sûr que tu l'as baisée. J'en ai toujours été sûr. Ton baratin, j'y crois plus. C'est pour ça que j'suis pas allé au bahut après, j't'aurais cassé la gueule, j'aurais mieux fait. Tu l'as baisée. Et c'était pas la seule fois. Quand l'attaque a foiré ? T'étais avec. Hein ? T'étais avec ? Sinon, pourquoi elle aurait pris une journée. J'suis sûr que vous baisiez. C'est pour ça qu'j'étais énervé, c'est pour ça qu'j'ai r'tiré mes gants et qu'j'ai tiré, alors qu'on aurait pu s'barrer. Ouais, Michel i faisait l'guet i nous avait prévenu qui arrivaient. J'ai dit on les entend. J'voulais m'offrir un p'tit

plaisir. Pour compenser. Les envoyer en l'air. Ouais c'est ta faute, tout c'qu'est arrivé. Et Patricia a eu c'qu'elle méritait. J'ai été trop con de m'faire du mouron à cause d'elle. Comme j'ai été trop con t'écouter en taule. J'aurais dû m'évader avec Polo, j'suis sûr qu'il est peinard aujourd'hui. Mais tu m'parlais d'avenir, d'ici, qu'ce s'rait bien. C'est bien pour toi, un déchet, un mort-vivant, un régénéré, mais y'a rien. Même pas un troquet. Que des vieux. Tu mérit'rais que j't'en mette une aussi. Mais j't'offrirai pas c'plaisir. J'préfère t'voir crever à p'tit feu. T'as maigri, ça m'fait plaisir. Mais p't'être qu'ta p'tite pouffiasse. J'reviendrai. Vous pouvez m'attendre. Toi aussi, la pouffiasse, car j'suis sûr qu'tu m'écoutes, j'te baiserai puis mon flingue... puis boum. Et toi, tu r'garderas. Et après, j'irai déterrer l'autre et on verra c'qu'il en reste, devant toi, ordure. Comme ça j'les aurais toutes tes pouffiasses. Comme la Michèle, tu t'souviens, la grande pouffiasse, j'me la suis faite aussi, gratuit en plus, en souvenir de toi sûrement, alors que la madame ne travaille que sur rendez-vous, dans l'grand luxe, j'suis passé entre deux patrons, une vraie professionnelle. Tu vois, le Malabar, ça c'est un homme. Toi j'te prépare autre chose. Tu verras, y'en a là-dedans (l'index de la main droite pointé vers son front). Attendez-moi. J'ai l'temps, moi. J'ai la santé, moi. Mathieu, moi Dieu. Vous êtes à ma merci. Le monde entier est à ma merci. Le monde entier est à ma merci. Le monde entier...

Enfin il partait. Mais il avait réussi, nous tremblions. Et ce fut l'escalade. *"Une bête fauve dans la région"* titra le quotidien que nous achetions désormais chaque matin, redoutant d'y retrouver ses frasques. Nous vivions calfeutrés, un fusil toujours à portée de main.

Exécutions sommaires de flics, attaques sanglantes de banques : dès qu'il se sentait en danger, il tirait. Et abattait de sang froid guichetiers, quidams ou automobilistes qui ne lui obéissaient pas scrupuleusement, les finissant toujours d'une balle dans la tête.

La police l'identifia rapidement. L'inspecteur Didier Denvers vint nous voir. Depuis cette *discussion*, soit cinq jours, Mathieu n'était pas repassé chez lui.

- Oui, je crois moi aussi que c'est lui. Il est devenu fou. Il veut entrer dans la légende du crime, et vous ne l'aurez pas vivant. Il vendra chèrement sa peau.

XI

Jean-Christophe Marion, le journaliste, demandait Jel ; il insistait, ce n'était pas son style.

\- Pourriez-vous m'accorder l'exclusivité de vos réactions ?

\- Sur quel sujet ?

\- Vous ne savez pas encore ?

\- Quoi ?

\- Mathieu ?

\- Quoi Mathieu ?

\- Mathieu est tombé lors d'une attaque à main armée.

\- Comment ?

\- Ses complices avaient informé la police. Car mardi il a butté l'un d'eux, simplement parce qu'il voulait arrêter. Ça été un véritable carnage. Quand il s'est vu seul et cerné il a tiré, tuant sur le coup un policier ; puis il s'est réfugié à l'intérieur de la banque et a pris les quinze personnes qui s'y trouvaient en otages ; immédiatement, il en a exécuté trois en réclamant une voiture ; puis il a descendu d'une balle en pleine tête l'homme qui habitait juste en face de la banque et qui, de sa fenêtre, filmait la scène avec son caméscope ; quand une voiture s'est arrêtée à une dizaine de mètres de la porte, il est sorti avec un pistolet dans la bouche d'un otage, il a crié, "vous ne m'aurez jamais vivant", et a lancé une grenade sous une fourgonnette ; deux policiers sont morts et un troisième est dans un piteux état ; il s'est dirigé vers la voiture, en criant qu'il ne voulait plus voir un flic, alors, un tireur d'élite planqué sur un toit, sur ordre de l'inspecteur Denvers, lui a mis une balle dans la tête ; Mathieu a encore réussi à appuyer sur la détente de son revolver mais la balle a traversé la joue de son otage, sans plus de dommage.

\-

- Selon l'inspecteur Denvers, vous lui auriez affirmé qu'il n'aurait jamais eu monsieur Vasseur vivant.
- Ces propos n'engagent que son auteur... Mathieu est une victime du système carcéral. La justice, en mélangeant des jeunes influençables avec des caïds, devrait savoir ce qu'elle prépare. En prison, autour de lui, les propositions douteuses foisonnaient et devant lui, à la télé, des magouilleurs. La société paye son mépris de l'intelligence. La facture est salée. Brodez autour de ça. Je n'ai plus aucune déclaration à faire. Considérez que vous avez l'exclusivité de mes réactions, en souvenir du bon vieux temps.
- Si ce qu'on lui reproche est exact, vous savez sûrement que cette fois je ne le défendrai plus.
- Agissez en votre âme et conscience. Mais c'était un ami.
- Une dernière question, vous considérez-vous responsable de son attitude ?
- Responsable ? C'est absurde.

C'était un ami. Jel a longtemps considéré l'Amitié comme le sentiment le plus constant d'une vie. L'Amitié ? C'est quoi l'Amitié ? Don Quichotte et Sancho Pança ? Jules et Jim ? Grâce à l'absence d'épreuves quotidiennes, les Amitiés durent généralement plus longtemps que les Amours mais peu de relations humaines peuvent résister aux contingences du temps partagé, aux modifications des êtres qui vieillissent. Oui, Mathieu a été son ami, durant leur adolescence.

XII

Jel avait activé le haut-parleur, je me suis assise à sa droite. Ensuite je l'ai serré. Et, plusieurs minutes, nous restâmes ainsi, silencieux, abasourdis. Une larme glissa sur sa joue. Après le soulagement, la nausée.

- Comment a-t-il pu ? Tu n'avais pas le droit ! On était insouciants, un peu fous mais pas des monstres.

Il voulait réfléchir, comprendre l'incompréhensible. Ne pas être responsable de ça.

Même si après son arrestation à Reims, une cartomancienne avait fasciné les torchons populaires en l'affirmant astralement programmé... comme Jean Genet et Cyril Collard, son médiatique triptyque des rebelles nés un 19 décembre, rien ne prédestinait Mathieu à cette métamorphose en desperado sanguinaire, exécuteur public. De même, rien ne prédestinait le mari de Catherine, appelons-le Charles en souvenir d'un avenir en madame Bovary prédit à la lycéenne, à réifier puis abattre sa femme et le fruit de leurs entrailles. Pourquoi la folie, latente chez tout le monde, s'est, chez eux, soudain exprimée ?

Mathieu et Charles furent des humains comme les autres, mais aspirés dans le tourbillon d'un malheur où ils ne discernaient nulle issue vivable. En pareille circonstance, chacun préfère s'indigner, "réclamer justice", éviter de se souvenir que parfois, lui aussi, avec une jubilation certaine, s'imagine poignarder son chef ou découper sa femme et jeter les sacs plastiques bleus à la Seine. Mais le *citoyen respectable* n'est pas encore passé à l'acte faute du déclic nécessaire et suffisant. Ou faute de courage. L'Homme est souvent honnête par lâcheté.

Qui est le plus immoral, Mathieu quand il braquait ou le notable qui glisse une enveloppe sous la table à un élu pour pouvoir tranquillement faire son beurre sur le dos de la collectivité ? Le notable n'a même pas l'excuse de la pauvreté, nous l'avions, le notable, à l'abri du besoin, devrait montrer l'exemple, et ça se prétend honnête, ça nous traite de mauvais sujets, parasites, lâches, ça réclame presque l'échafaud.

Vedettes de faits divers, tout n'est que prétexte à ingurgiter des pubs aux cochons de téléspectateurs, Mathieu et Charles rejoindront le muséum du mal absolu, où trône Hitler, décrété plus grand criminel universel, et ses frères d'horreur ancrés sur des créneaux moins sensibles, Staline, Pol Pot, Mengistu...

Même si nous préférons l'occulter : tout individu recèle un Hitler potentiel. Nous préférons croire que chaque cœur recèle un Abbé Pierre et assimilons nos rêves de puissance aux conquêtes d'un Alexandre "le grand."
Une faille : comment déifier cet Alexandre et vouer aux gémonies les sanguinaires du vingtième siècle ? C'est peut-être cette mauvaise graine qui est réapparue au travers des siècles. Si le Bouddha peut se réincarner en plusieurs enveloppes, les despotes aussi. Seuls des moyens restreints retinrent le macédonien d'exterminer en grand nombre. Comme tous les despotes, le pouvoir et la gloire l'obnubilaient : s'il avait disposé de missiles, il les aurait utilisés. Tous les bâtisseurs d'empires ont méprisé le bas peuple. En chacun l'attraction d'un Hitler et d'un Saint Benoît Labre s'opposent ; l'immense majorité se stabilisent au milieu, classés ni bons ni mauvais, encore capables du pire comme du meilleur. L'aquarelliste raté aussi aurait pu être l'un de ces ni bons ni mauvais. Peut-être est-ce

l'humiliation d'être un piètre peintre qui orienta sa course vers l'horreur. Les venimeux sont des frustrés.

Par associations d'idées, l'interpella la fondamentale question des responsabilités : Mathieu et Charles, coupables ou victimes ? Coupables évidemment, ils auraient pu, auraient dû, savoir s'arrêter, se contrôler, ne pas facturer à d'autres leurs problèmes (comme Hitler factura au monde sa médiocrité artistique, comme chacun facture souvent ses échecs). Mais la société ne sort pas indemne de cette recherche en responsabilités : c'est elle qui a érigé les idéaux (le truand, l'homme viril) auxquels ils se sont identifiés...
Une civilisation qui se suicide, avec images exclusives ou reconstitution virtuelle dès le vingt heures : les serials killers hantent l'Amérique, les enfants assassins refleurissent, terroristes, révisionnistes, sont des stars, l'eau et l'air des denrées de luxe...
Avoir procréé dans un monde aussi cruel, est-ce excusable ?
Et seul l'aveuglement put aviver le désir d'une œuvre : à quoi bon se survivre, envier une vénération, le respect dans trois siècles, alors qu'un millénaire représente un millimètre sur l'échelle universelle et que tout sera oublié, les bons, les méchants, les monstres, Hitler, l'Abbé Pierre, le fanatique suffisamment répugné par la vie terrestre pour ouvrir la guerre atomique...
Jel vacillait...
Nous ne sommes rien. J'ai voulu donner un sens à ma vie mais quel sens peut avoir une vie. Heureusement l'Amour. L'Amour console notre insignifiance, accorde l'illusion d'éternité, de liberté, rend vivable l'intolérable.

--> Je comprenais cette peine, ce séisme interne, Jel ne sera jamais serein face à la condition humaine, j'écoutais silencieuse ces thèses apocalyptiques, ces rapprochements contestables, en lui serrant la main gauche : ce geste le subjugua, devint, pour son raisonnement agité, plus important que la vie des millions d'innocents, forcément innocents, sacrifiés durant l'année.

- De mon adolescence, ne reste plus personne. Trente ans et déjà sans amarres. Exit parents, Mathieu, Catherine, Patricia. Ai-je vraiment porté la poisse ? Suis-je Satan ? Maudite recherche de Liberté. C'est ça, l'échec. La mort ou la médiocrité. La liberté, c'est avoir de l'argent, si t'en as pas t'as beau avoir des idées, disait ma mère. Chercher la Liberté dans le fric, la promotion sociale, c'est toujours être du maillon de la même chaîne, celle tenue par les exploiteurs qui affirment "vous faites quelque chose d'important pour le pays", l'agriculture, mamelle de la France, les ouvriers héros de l'ère industrielle, les bureaucrates propulsent l'Europe dans le vingt-et-unième siècle... Tous de la même chaîne. Pour maintenir les gens à leur place. La Liberté, c'est déjà comprendre. Ne plus penser par l'argent. Je sais, c'est facile dans notre cas de prétendre que l'argent ne doit pas être le moteur de la vie. Mais nous pouvons vivre avec un minimum très bas, Claude ne chante-t-il pas *Quelques centaines de francs par mois* ? L'euro n'est pas la Liberté. J'ai toujours cherché des Libertés sociales, je n'aurais pu être libre que par rapport au social dans lequel je me fondais. J'étais dans le social comme dans la caverne de Platon. Liberté, j'ignorais tant de Toi. Lolita, toi qui sais écrire, toi qui n'as pas perdu de temps dans les impasses du paraître, dans la recherche des inutiles récompenses, toi qui sais si bien saisir la vérité derrière le brouillard, raconte, pas comme moi j'ai essayé de le faire avant d'abandonner, pas pour me peindre plus beau que j'ai été, à ma manière j'ai aussi été un monstre, parfois, pas toujours quand même, je te raconterai ; pas pour me rendre attachant ni sympathique mais pour essayer de ridiculiser les faux dieux, les valeurs pacotilles devant lesquelles la jeunesse se prosterne comme je me suis avili. Que mon échec au moins soit utile. Oui j'ai échoué. J'ai essayé de chercher et j'ai perdu mon temps tandis que toi tu étudiais. Si quelques personnes se reprennent, ce sera déjà bien. La Littérature sert à cela, créer des personnages plus vrais que nature, auxquels les déboussolés peuvent se rattacher, comme je me suis souvent sorti de la honte grâce à Etienne.

J'abandonne toute ambition littéraire, j'aurais voulu être le philosophe d'une époque qui ne sait pas encore que son salut est dans la philosophie, je manque de références, de volonté aussi sûrement, mais toi qui as tout lu, tout digéré, raconte, permets-moi de tourner ces pages. Imprimée, la vérité ne me traumatisera peut-être plus. Et tant pis si la justice réclame des explications. Si tu le veux bien, nous allons quitter ce pays, vivre une autre vie dans une autre civilisation, en Inde, puisque tu te sens là-bas chez toi, proche des montagnes sacrées. Là-bas je comprendrai mieux tout ce que peut m'apporter ce Bouddhisme dont, grâce à Toi, je me rapproche un peu plus chaque jour, je veux marcher sur la route des Lumières, le Noble Sentier aux huit branches : Vues justes, Volonté juste, Parole juste, Action juste, Moyens d'existence justes, Effort juste, Attention juste, Méditation juste. Tu vois je connais les noms. Mais derrière les mots il y a la vérité, la Liberté.

En hédoniste j'achèverai ma traversée de cette vallée de larmes. Je ne veux plus rien réparer des fautes que j'ai commises, l'oubli se chargera du jugement. Je ne veux plus courir derrière des erreurs, je veux renaître. Carpe Diem. A chaque jour suffit sa peine. La vérité sort de la bouche du survivant effondré.

--> Il faut plusieurs naissances à l'Homme pour être vraiment de ce monde, celle du désespoir assumé étant essentielle, cher ami.

XIII

Le lendemain, dès l'aurore, l'inspecteur Denvers sonnait, nous n'avions rien à dire.
- Moi, j'ai à vous parler. Mathieu Vasseur, après avoir lancé la grenade qui a tué trois de mes hommes, a sorti de sa poche une feuille, qu'il tenait à la main quand j'ai donné l'ordre de l'abattre. Sur cette feuille il écrit que vous êtes responsable de son attitude, que c'est vous qui lui avez dit de tuer une personne par année qu'il a perdu en prison.
- Vous ne croyez quand même pas ça !
- Moi non, mais certains vont le croire. Cette feuille a été vue par les nombreux journalistes qui se trouvaient sur place. Je tenais à vous prévenir avant... avant que l'enquête officielle vous demande sûrement de vous expliquer.

Une certaine presse livrait notre adresse à la vindicte populaire. Le soir même le château fut pris d'assaut, l'ancien puits, où nous parvînmes à nous réfugier, nous sauva la vie.

Les assaillants nous crurent absents, ne partirent qu'après avoir pillé le maximum et provoqué un incendie.

La police arriva au petit jour, nous osions enfin quitter cette cachette, et apprenions que l'escouade était ensuite passée chez Mathilde, découpée en autant de morceaux que son frère fit de victimes, les filles furent décapitées.
- Nous n'avons plus qu'une chose à faire dans ce pays : faire transférer Sybille, près de sa mère.

Les autorisations furent signées le jour même. Les administrations comprenaient notre empressement. Cinq hommes assuraient notre protection rapprochée. Une dernière fois, il voulut revoir Chulier, et me montrer où il a grandi.

Le transfert, "dans la plus grande discrétion", s'effectua le jeudi matin, Jel planta un pied de fraises et un de framboises jaunes devant le marbre, le soir même nous (Jel, Corentin, Corinne et moi) atterrissions à New Delhi, Daw, une *amie*, nous y attendait.

XIV

Le lundi suivant je débutais mon travail de romancière, j'avais les références (le précieux CD, récupéré à la banque, traversa les frontières dans l'attaché-case offert par sa mère à Jel), la puissance créatrice et la volonté. Mon père (qui vieillit seul et chauve, l'effet boomerang), en voulant me punir m'a sauvé. Nouvel exemple, rarement les conséquences des actes des parents sont celles escomptées quand aucune réflexion à long terme ne les guide. L'aumônier bibliothécaire fut un vrai père, sévère, mais d'une sévérité teintée à la bonté, et toujours disponible pour l'expliquer. Il nous fit étudier, sans sectarisme, les classiques, les philosophes des divers courants de pensée. A l'âge où le cerveau emmagasine prodigieusement, le mien n'eut pas la possibilité de se disperser dans "les plaisirs." Tant d'occasions de réfléchir au sujet de la *Liberté*, pour en conclure qu'il faut être passé par une contrainte, avoir eu envie de se libérer, par la connaissance forcément, se libérer plus que de la contrainte, se libérer totalement, pour enfin goûter l'élixir chéri. Ainsi Jel ne peut être libre : une nécessité intérieure le maintient derrière les barreaux de son enfance. La "société occidentale" a vaguement intériorisé ce phénomène et proclame sa vénération d'une jeunesse qui doit être "libre", le même mot mais galvaudé, on ne change pas les mots mais leur sens, libre de consommer, s'aveugler pour finir petits robots productifs et malléables. De tels marmots sont choyés par les grandes multinationales. C'est beau une planète qui joue au football ! Et forcément divinisés (la clé du portefeuille d'actifs déboussolés). Mais comment lutter contre ce conditionnement, "même la morale parle pour eux", tellement des dirigés furent martyrisés, tellement d'adultes sont incapables de montrer l'exemple. Seuls les enfants des parents lucides peuvent subir les pressions salvatrices. Les autres doivent affronter les murs, c'est ainsi que se forgent les destins.

XV

La symbolique de ce livre m'émerveilla : je romançais la vie de l'homme dont je portais l'enfant ; j'allais donner deux naissances.

Lamaï est née le seize janvier. Est-ce Sybille revenue ?

Jour après jour l'étude et le yoga essayaient de nous rendre meilleurs, la lumière entrait par les fissures. Mon idéal du couple prenait forme, idéal né de lectures et réflexions en chambrette : ne plus être des sources de joie réciproques, ne plus être de la "vie humaine moderne", ce marché du bonheur qu'on donne à condition d'en recevoir, vivre en communion spirituelle, effleurer l'autre rive, le nirvana. Mais Jel n'est pas d'Orient. La France lui manqua. Et les événements, l'empêchaient de rêver en paix. Il voulait être utile, faire quelque chose pour son pays. Je pensais : encore et toujours être quelqu'un, décidément je ne réussirai jamais à te guérir.

Il est donc parti, livrer des armes à la Résistance - *je suis trafiquant d'armes... moi aussi* -, en Espagne, base retranchée des Démocrates. Grâce à Internet, durant deux mois j'eus des messages réguliers. Il s'insérait dans le réseau Moulin. Sa dernière lettre répétait son bonheur d'avoir retrouvé Yves, Yves dont il n'aurait jamais cru la force d'un héros, Yves qu'il glorifiait. Et il m'enviait, d'être détachée des passions, sur le chemin du savoir, le seul qui vaille, *"moi je n'ai jamais su lire, j'ai lu, pour dire d'avoir lu, sans jamais aller au cœur des choses. Cette route ne peut plus me conduire au sommet, le sommet tel que tu as réussi à me l'entendre, la connaissance globale. Je ne suis pas romancier, alors j'ai fait de ma vie un roman, Lolita, ne l'oublie jamais. Quoi qu'il arrive ne l'oublie jamais, ne m'oublie pas. Et sois le guide."*

316

Avec Yves il devait rentrer au pays.

Six mois d'attentes, six mois d'angoisses, pour la première fois ici le calme se refusait à moi, six mois et tant de nouvelles contradictoires, aucune information ne pouvait être certaine, le web français n'étant plus que propagande. On évoqua des prisons, les grottes du Quercy, les souterrains d'Amorville, un garage de Mantes-la-Jolie, la forêt de Fontainebleau, celle d'Hesdin. Seule certitude, ses chansons, celles qu'il m'avait envoyées pour les déposer, remuaient les lèvres des Résistants, furent de la fête, la victoire des forces Démocratiques Européennes. Yves fut élevé au rang de héros national, tombé au combat. Et Jel ne figure sur aucun registre, disparu.

Nous n'avons qu'une vie, ainsi c'est sûr, c'est pourquoi il nous faut essayer d'en vivre plusieurs, aimait-il répéter face à mes certitudes Bouddhistes. Le sentiment de ne plus rien avoir à prouver, l'envie d'assister incognito à son propre mythe, d'observer ces gens qui ne le regardaient même pas l'encenser, la conviction que je suis, comme il le répéta trop souvent, le meilleur guide possible pour Corentin, Corinne et Lamaï, chaque jour j'essayais de me convaincre qu'il avait voulu vivre une autre vie, et qu'il reviendrait, voir si j'ai été à la hauteur.

J'espérais trouver un indice sur son adresse électronique. Mais quel pouvait en être le code d'accès en lecture ? Corentin, Corinne, Chulier, Indien, Tracteur...

Découvrir ce sésame éclaira son départ précipité ; il m'a fallu un an, et l'aide de Daw, pour penser à ISATROBELLE.

Les temps sont troubles. Les gens meurent sans que les autorités cherchent à savoir pourquoi ; mon mari est mort ; un coin de ton cerveau sait encore comment et pourquoi. Je suis en Espagne, libre pour Toi. Moi et les miens avons hérité, nous sommes à l'abri du besoin. Je suis donc totalement libre. Comme promis ce soir-là... Je t'attends à Cathagène, 37 Boulevard Fernando Pessoa. ISABELLE.

Tu crois donc avoir vécu plusieurs vies ? Tu es dans l'erreur quand tu crois ta petite Lolita suffisante pour Corentin, Corine et Lamaï. Le comprendras-tu ? Oseras-tu revenir, même avec Isabelle ? Tu sais qu'elle pourrait devenir mon amie particulière…

Novembre 1994 - Décembre 1997

Postface : l'idée du roman (1998)

Un premier roman frise forcément l'autobiographie ? L'autobiographie n'est pas un roman, aucun personnage d'un véritable roman ne peut se réduire à l'auteur. Pourquoi Jel alors ? Pourquoi K !

Mais bien sûr, dans tout roman, l'écrivain met une part de lui-même, vécu, réflexions, rêves, rencontres... et la fiction commence où s'arrête la réalité.

Plus tard, les "exégètes" - et chaque lecteur peut en être un - essayent de retrouver qui, dans l'entourage ou les célébrités, se cache derrière chaque nom fictif ; travail forcément voué à l'échec, la genèse d'un personnage dans le cerveau de celui qui tient la plume étant tellement brouillée, une remarque d'un tel, une attitude chez l'autre, une action chez son frère...

Si aucun personnage n'est l'auteur, le personnage principal est souvent ce que l'écrivain pense qu'il aurait pu être, un jeu du je ; pour ce roman, avec chaque personnage majeur je ressens une affinité, pour être passé par un point commun, j'aurais pu, nous aurions presque tous pu, et c'est là la puissance du roman, suivre le parcours du protagoniste, ne pas arrêter ou ne pas continuer ; chaque héros a suivi son destin, poussé par des forces souvent déclenchées par lui-même, sans savoir les maîtriser, et je suis devenu créateur, joueur de mots, idées, émotions.

Postface : auteur et éditeur (1998)

Etre son propre éditeur et en vivre, relève, prétendent des vedettes, de l'utopie mais le rêve, n'est-il pas un élément fondamental ? L'innovateur n'est-il pas un rêveur ? Vivre de sa plume est une légitime exigence de l'auteur, alors pourquoi les écrivains médiatiques continuent une activité annexe ? A cause de droits d'auteur insuffisants, des ventes aléatoires, plus proportionnelles à la publicité, au parfum de scandale, à la polémique, qu'à la qualité. J'approuve Simenon quand la notoriété lui permettait de déclarer impunément : *"Je déteste que l'écrivain soit frustré d'une grosse partie de son travail et du fruit de son travail par des gens qui gagnent beaucoup plus que lui-même. Vous connaissez beaucoup d'éditeurs qui ont des châteaux, des hôtels particuliers etc ; voulez-vous compter sur les doigts le nombre d'écrivains qui en ont ?"* Il critiquait le système de l'intérieur, tout en pouvant en profiter au maximum. Aujourd'hui la peur d'être éjecté retient les installés. Ils gémissent, maudissent mais sourient devant les caméras.

Quand un éditeur fait faillite, *la profession* se lamente ; quand un auteur est obligé d'avoir une activité annexe, elle trouve cela normal. J'ose : l'auteur n'a pas à faire vivre un éditeur.

Fondamentalement rien n'a changé depuis Stendhal : *"l'homme d'esprit doit s'appliquer à acquérir ce qui lui est strictement nécessaire pour ne dépendre de personne."* Mais aujourd'hui Balzac ne se ruinerait plus en voulant devenir son propre éditeur, il pourrait vivre de sa plume sans grand éditeur mondain parisien.

L'époque est aux mastodontes de l'édition et je ne suis qu'un artisan mais si vous me jugez digne du qualificatif écrivain, souvenez-vous que chaque livre acheté permet à l'auteur, et non aux intermédiaires, d'en vivre, de continuer.

Quelques phrases extraites lors d'une relecture

Vous en avez notées d'autres ? Exprimez-vous sur http://www.ecrivain.pro

Apparaître fou, puisqu'au fou on pardonne ce qu'on ne tolérera jamais du cadre.

Envisager la victoire du cortège en colère des méprisés, l'effondrement de la citadelle des privilégiés.

Il se croyait voué à répéter éternellement le naufrage initial avec Catherine.

L'ambiance générale construisait un homme froid, désillusionné, sans espérance, stoïque, dépassionné, avide.

L'insidieux malaise né de l'impression qu'ailleurs quelqu'un pourrait vous témoigner plus d'attention, apporter un bonheur plus intense.

Il voulait comprendre comment il avait pu côtoyer le sida sans le voir.

Qu'ai-je fait de ma jeunesse ? Il avait beau jouer, frimer, cette question le taraudait... N'ai-je pas trop triché ?

Nous sommes d'une même génération piégée... la génération morale... jamais Michel Noir ne nous représentera à l'Elysée.

Génération morale... Michel Noir... perdre les élections plutôt que son âme, je l'ai applaudi.

A nos âges, nos aînés, voulaient vivre sans travailler, dénigraient la société de consommation et nous réclamons du pouvoir d'achat.

Faire le bonheur des gens malgré eux : l'excuse des dictateurs et la nôtre, quand nous manipulons l'autre.

C'est cela la vraie liberté, pouvoir prendre des virages à quatre-vingt-dix degrés sans rien demander à personne !

Son licenciement conforterait leur certitude qu'il ne faut pas chercher de poux au pouvoir, qu'on, on pauvre pion, est peu de chose.

Pourtant, jamais je ne les ai détestés ces chers collègues. Paradoxalement ils m'attiraient : ils sont comme les autres.

La conscience de n'avoir été heureux que vraiment amoureux, s'éveillait.

Pour s'aimer vraiment il faut se connaître, je n'ai que l'intuition de t'aimer, et les frissons. Vu les circonstances je parie sur cette intuition. Même si on brûle les étapes, je veux être à toi. Je suis à Toi.

Inutilement il s'illusionna d'un recommencement : un inconnu offre la pierre philosophale (la vie débute quand on se débarrasse des fausses croyances, les oripeaux de l'éducation, et s'achève quand on ne croit plus en soi)

Mais à quoi bon dire ? Tout se sait, demain tout sera sur Internet. (en 1998, oui)

Il n'y a qu'une autre vie que j'aurais préféré : la nôtre mais sans cette saloperie, même pauvres, mais en sachant dès le départ qu'il faut toujours refuser les systèmes qui vous embrigadent.

Il faudrait deux vies, une pour apprendre, l'autre pour vivre.

Elle est morte jeune, tiraillée d'atroces souffrances mais elle a vécu sa vie, elle est allée au bout d'un idéal ; je suis certaine qu'elle jouissait durant l'Amour, alors que moi, durant mes années de devoir conjugal, j'ai toujours simulé.

Tu as eu des rêves et tu n'as pas eu le courage de les réaliser, tu as remis au lendemain, ou tu as naïvement accepté la décision des autres.
On a tous des excuses pour se conduire comme des minables.
L'homme a besoin d'illusions, quand il n'a pas de vocation.

On écrit rarement très longtemps pour faire plaisir à quelqu'un ; on écrit par besoin, vocation, passion. Ou pour le fric, sullitzier, ou fonctionnaire coquet.

Valéry Giscard d'Estaing se déclarant, en mille neuf cent soixante-quatorze, prêt à se consacrer à la littérature s'il avait *"la certitude de pouvoir écrire en quelques mois ou années l'équivalent de l'œuvre de Guy de Maupassant ou Gustave Flaubert."*

L'histoire d'un mec qui cherchait la Liberté, d'une victime des mines dissimulées sur les chemins non balisés.

Il fallait de nouveau franchir une frontière, avec l'espoir d'une liberté derrière, la tranquillité.

Il faut partir et laisser crever dans l'indifférence celles et ceux qui vous ont fait les pires crasses. Ni pardon ni vengeance, le dédain, la terre est encore suffisamment vaste pour ne pas devoir côtoyer les ignobles.

Et les politiques, en quête de suffrages, n'osent sanctionner ces pollueurs enfin visés au jeu qu'ils prônaient, n'osent interdire des traitements nocifs à la nature et inutiles dans un pays en surproduction, où les mêmes empoisonnent les terres pour produire toujours plus sur certaines parcelles et récoltent des subventions pour en laisser d'autres en jachère.

La vie des Hommes se joue souvent sur quelques décisions cruciales, après qui peut, qui sait encore s'arrêter, ne pas se laisser emporter par les vents ?...

Stéphane Ternoise a trente ans, et une œuvre cohérente loin du monde de l'édition mondaine parisienne prend forme.

Pourquoi ai-je joué ce rôle du faux contaminé, du malade imaginaire ? Molière. Moi le roi ! Pour voir ce que les hommes ont cru voir ?

Un jour, la folie ou l'amnésie me prendra, et je ne chercherai plus la Liberté, je n'aurai plus peur de la mort, je ne chercherai plus de sens à cette vie, je ne souffrirai plus, je serai un animal.

Mais le travail subi, dans une société en manque d'emplois, en excès de main-d'œuvre, nul n'ose le déplorer, le dénoncer : travailler est une chance.

Quand les officiels louaient l'intégrité du professeur Garetta, j'ai contracté de "mauvaises habitudes", habitudes de liberté, déclarées naturelles des "années pilules" aux "années sida."

Les gens agissent toujours logiquement, dans leur logique.

Son licenciement conforterait leur certitude qu'il ne faut pas chercher de poux au pouvoir, qu'on, *on* pauvre pion, est peu de chose dans l'entreprise

Avec peu d'efforts ils obtiennent un luxe à faire pâlir d'envie n'importe quel besogneux d'avant la folle expansion économique : inconsciemment conscients de ce privilège ils s'accrochent à cette situation, nul ne peut prétendre leur trouver ailleurs une vie plus intéressante, puisque la vie n'est pas l'illusion envisagée durant l'enfance.

Sans moi...

Stéphane Ternoise... un peu plus d'informations

Né en 1968

http://www.ecrivain.pro essaye d'être complet, avec un "blog" (je préfère l'expression "une partie des chroniques"). Mais il ne peut naturellement pas copier coller l'ensemble des textes présentés ailleurs.

http://www.romancier.net

http://www.dramaturge.net

http://www.essayiste.net

http://www.lotois.fr

Les noms de ces sites me semblent explicites...
Le graphisme reste rudimentaire. Tant de choses à faire...

http://www.salondulivre.net le prix littéraire a lancé sa onzième édition. Une réussite d'indépendance. Mais peu visible...

L'ensemble des livres numériques ont vocation à devenir disponibles en papier et réciproquement. Il convient donc de parler de livre au sens fondamental du terme : le contenu, l'œuvre. En juillet 2013, le catalogue numérique de Stéphane Ternoise dépasse la barre naguère inimaginable de la centaine. Il est constitué de romans, pièces de théâtre, essais mais également de photos, qu'elles soient d'art (notion vague) ou documentaires (présentation de lieux, Cahors, Cajarc, Montcuq, Beauregard, Golfech...), publications pour lesquelles l'investissement en papier est impossible, sauf à recourir à l'impression à la demande.

Site officiel : http://www.ecrivain.pro

Présentation des livres essentiels :
http://www.utopie.pro

Libertés d'avant l'an 2000

Libertés d'avant l'an 2000 de Stéphane Ternoise

Dépôt légal à la publication au format ebook (9782916270135) du 18 avril 2011.

Imprimé par CreateSpace, An Amazon.com Company pour le compte de l'auteur-éditeur indépendant.

livrepapier.com

ISBN 978-2-36541-406-7
EAN 9782365414067

.

www.ingramcontent.com/pod-product-compliance
Lightning Source LLC
Chambersburg PA
CBHW060945030726
47503CB00003B/731